LES NOTES DE SANG

Édition : Pascale Morin
Révision : Patricia Juste
Correction : Sabine Cerboni
  et Caroline Hugny

DISTRIBUTEUR EXCLUSIF :

Pour le Canada et les États-Unis :
MESSAGERIES ADP inc.*
2315, rue de la Province
Longueuil, Québec J4G 1G4
Téléphone : 450-640-1237
Télécopieur : 450-674-6237
Internet : www.messageries-adp.com
* filiale du Groupe Sogides inc.,
  filiale de Québecor Média inc.

02-15

Charron Éditeur inc.
1055, boul. René-Lévesque Est, bureau 205
Montréal, Québec, H2L 4S5
Téléphone : 514-523-1182

Dépôt légal : 2015
Bibliothèque et Archives nationales
du Québec

ISBN 978-2-924259-98-6

Gouvernement du Québec
– Programme de crédit d'impôt
pour l'édition de livres – Gestion
SODEC – www.sodec.gouv.qc.ca

L'Éditeur bénéficie du soutien de
la Société de développement des
entreprises culturelles du Québec
pour son programme d'édition.

Nous reconnaissons l'aide
financière du gouvernement du
Canada par l'entremise du Fonds
du livre du Canada pour nos
activités d'édition.

CORINNE DE VAILLY

LES NOTES DE SANG

RECTO
VERSO

Une société de Québecor Média

« Le violon frémit comme un cœur qu'on afflige,
Valse mélancolique et langoureux vertige ! »

Harmonie du soir,
CHARLES BAUDELAIRE

PROLOGUE

LONDRES, CIMETIÈRE DE HIGHGATE,
NOVEMBRE 1850

Avançant à pas feutrés entre les ifs séculaires, des silhouettes sombres trouèrent les voiles du *fog* matinal. Des odeurs de terre fraîchement retournée montaient aux narines de l'observateur dissimulé non loin par une pierre tombale abandonnée aux mauvaises herbes et au lierre.

Soudain, une plainte, pure et solennelle, transperça le silence du cimetière. Des sanglots émis par les archets se joignirent à cette première note qui achevait de mourir, emportée par le vent. Un quatuor de violonistes se détacha du groupe d'une dizaine de personnes et entoura la sépulture. Leur chagrin s'écoula en une mélopée traditionnelle tsigane jouée avec recueillement. Dans le lointain, des rouges-gorges familiers entonnèrent quelques notes, en réponse à celles des instruments.

En ce matin froid et sombre de novembre, le soleil peinait à percer le voile de suie typiquement londonien qui s'étendait comme un linceul. Mirko Saster, jeune homme d'une vingtaine d'années, sentit la musique de ses ancêtres se répandre en lui. Il en appréciait chaque croche, double croche, soupir, noire et blanche. Même le crachin qui le mouillait de la tête aux pieds ne pouvait le tirer de sa ferveur muette.

Brusquement, Mirko se raidit. Rien pourtant n'était venu troubler l'atmosphère recueillie du cimetière. Pourquoi ce frisson glacial sur son échine ? De l'index, il écarta ses cheveux de jais qui tombaient en mèches détrempées sur ses yeux. À moins de quinze pieds devant lui, une libellule dansait une farandole désordonnée autour des musiciens. L'attention du jeune Tsigane fut retenue non seulement par le ballet de la demoiselle, mais aussi par les sons inhabituels qu'elle émettait. Dès lors, ses yeux ne furent plus que deux fentes sombres bordées de longs cils noirs. L'étrange beauté de l'insecte n'avait rien de naturel, il le comprenait bien. Ses ailes membraneuses et transparentes étaient façonnées dans le métal le plus fin qu'il ait jamais vu. Celui qui l'avait confectionné avait sans nul doute des doigts d'or. Du regard, Saster accompagna la libellule mécanique dans son vol ascensionnel qui l'éloignait de la tombe. À cet instant uniquement, il s'aperçut que la musique s'était tue. La communauté des Fils du vent et les musiciens s'en allaient en silence, disparaissant un à un dans la brume. Prudent, le jeune homme inspecta les alentours. Nulle trace de celui qui avait envoyé l'insecte-espion. Qui avait intérêt à épier la mise en terre du célèbre virtuose tsigane Yoshka Sinti ?

Incrédule, Mirko s'approcha à son tour de la sépulture. La stèle de grès qu'on venait de dresser portait en épitaphe une phrase énigmatique : «De mon violon emporte l'âme.» Une prière remua ses lèvres livides. Il demeura quelques minutes immobile dans une attitude de profond respect. Puis, avec lenteur, mais non sans jeter de vifs coups d'œil autour de lui, il se baissa pour ramasser le violon qu'une main anonyme avait déposé contre la pierre tombale. Qui donc avait abandonné ce merveilleux instrument à la rigueur des éléments ? Pourquoi ?

Mirko le pressa contre sa poitrine. Voilà l'unique souvenir qu'il lui importait de conserver de son modèle, de son maître.

1

LONDRES, QUELQUES JOURS PLUS TÔT

La nuit tombait sur le Strand. Hawthorne Lambton se hâtait. Quelques pas devant lui, l'allumeur de réverbères, torche à la main, parcourait l'avenue en sifflotant. L'éclairage falot créait des zones de lumière au pied des lampadaires à gaz ; bientôt la rue appartiendrait aux Assommeurs. Il ne faisait pas bon pour les bourgeois de s'égarer si près de la Tamise. Le marcheur renifla ; des odeurs de vase se mêlaient à celles des déjections des chevaux, des chiens et des hommes.

– C'est de pire en pire ! bougonna-t-il. J'aurais dû faire ma tournée du côté de Leicester Square. Au moins, là-bas, rien ne vient nous gâter l'odorat !

Il se moucha bruyamment, en surveillant les alentours. Il avait beau avoir l'air d'un type de basse extraction, il ne voulait quand même pas passer pour un malotru qui ne savait pas se tenir en public.

Depuis une dizaine de minutes déjà, des chants accompagnaient les pérégrinations de l'homme. L'artisan n'avait pas à se questionner sur leur provenance. Un sourire malsain déchira son visage aux traits tirés, tandis qu'il s'approchait du Old Court Pub. Un orchestre tsigane s'y produisait avec succès depuis plus d'un mois. Deux soirs par semaine, des refrains populaires jaillissaient des gorges avinées. Tout le quartier en résonnait. Lambton réprima un ricanement en poursuivant sa route.

– Jouez, amusez-vous, mes agneaux ! Abrutissez-vous dans ces lieux d'infamie ! Bientôt vous danserez pour moi ! Je t'ai enfin découvert, Sinti !

Il renifla une fois de plus. L'air était saturé d'odeurs irritantes venues pour la plupart des cheminées des quartiers industriels situés à l'est. L'homme leva les yeux vers le ciel, tout en sachant bien qu'il était inutile de chercher à y distinguer la moindre étoile. Un voile de fumée recouvrait la ville, jour et nuit. Mais ce n'était pas tant les astres qui l'intéressaient ce soir. Quelques minutes auparavant, il avait cru reconnaître le bruit d'un engrenage à chaîne, caractéristique des dirigeables de la police. Il plissa les yeux, espérant repérer l'engin à hélice. En vain. Le smog, trop opaque, ne permettait pas à la lune d'illuminer, ne serait-ce qu'un bref instant, la structure de laiton et de verre de l'appareil. Ses yeux picotant, Lambton pressa le pas. Il avait hâte de rentrer chez lui. La migraine s'annonçait.

Désormais, le *fog* estompait les détails des façades des maisons. Des silhouettes floues surgissaient au coin d'une rue pour disparaître aussitôt dans une autre. Il lui sembla percevoir un hurlement dans le lointain. Le brouillard était si dense, ce soir, qu'on risquait de se faire agresser par un voyou jaillissant d'entre deux immeubles ou de derrière une voiture à l'arrêt.

Soudain, comme venu de nulle part, un roulement précipita le marcheur sous un porche. De l'est, un attelage à deux chevaux débarqua dans un grondement inquiétant et dans un nuage de vapeur âcre. Traverser une rue, au risque de s'y faire renverser par un fiacre – les cochers faisant souvent peu de cas des piétons –, était une véritable gageure. Malgré sa bonne connaissance des artères londoniennes et des mœurs des voituriers, Lambton songea qu'un bête accident pouvait à tout moment mettre un terme à sa vie.

Le nez pointu de l'homme, semblant être plus fait pour creuser que pour respirer ou sentir, s'agita. Ses minuscules oreilles, presque sans pavillon, en firent autant. Comme la taupe à qui il devait sa ressemblance, ses yeux de myope fouillèrent la nuit. Sa main droite se referma maladroitement sur un sac de toile qu'il serra contre sa poitrine. Ses doigts munis de griffes pointues et réunis par une membrane formaient une sorte de pelle. Un restant de terre sous ses ongles tomba en fine poussière dans les plis de son pantalon. Pour mieux se fondre dans la nuit, Hawthorne Lambton avait troqué le frac de drap noir et le haut-de-forme du petit-bourgeois pour la veste grise, la culotte lâche et la casquette de l'ouvrier.

– Rustre ! lâcha-t-il en brandissant bien inutilement le poing vers le coche.

Il reprit sa marche après le passage du fiacre, suivant la même direction. Quelques minutes plus tard, il découvrit une voiture arrêtée devant chez lui. Perplexe, il ralentit le pas, mais aussitôt il accéléra avec un soupir, reconnaissant celle qui s'en extirpait dans le froufrou de ses jupons.

Se faufilant entre la grosse roue arrière et la façade d'un immeuble, il s'apprêtait à dégringoler les six marches menant à sa boutique-atelier lorsqu'une voix féminine autoritaire l'immobilisa.

– Monsieur Lambton, vous rentrez bien tard ! J'espère que rien de grave ne vous a jeté sur le pavé à cette heure indue.

L'homme ôta sa casquette d'un geste brusque, libérant un crâne dégarni et luisant au sommet, entouré de rouflaquettes grisonnantes. Il camoufla sa grimace sous un sourire contraint, puis pivota pour s'adresser à celle qui descendait du cabriolet, soutenue par la main secourable du cocher.

– Bien belle soirée, Lady Clare ! Je vous souhaite une bonne nuit !

Il dévala les marches de pierre sans se retourner, les yeux verts de son interlocutrice fixés entre ses omoplates.

– De quoi se mêle cette pète-sec ? Tiens, j'aurais dû lui demander d'où elle revient elle-même, à cette heure indue, murmura-t-il en insistant d'un ton dédaigneux sur l'expression même qu'avait utilisée sa voisine. Sûrement de quelque taudis où elle et ses semblables font profession de bonnes œuvres.

Le museau effilé de Lady Clare s'allongea encore un peu plus, tandis que ses pensées s'emballaient. À coup sûr, son étonnant voisin revenait d'un de ces bouges où des gourgandines, parfois à peine pubères, s'adonnaient à leur coupable commerce. Elle réprima un frisson de dégoût et resserra son col de fourrure d'une main gantée de cuir et de dentelle. Cet homme lui faisait toujours froid dans le dos, sans qu'elle puisse en déterminer la raison. Peut-être à cause simplement de son allure sinistre de croquemort dégingandé.

Depuis une quinzaine d'années, la veuve du colonel Fitzmartin s'était donné la mission de veiller sur les mœurs de ses contemporains. À l'âge de vingt-cinq ans, elle avait fondé Le Bouclier, un organisme de bienfaisance destiné tout autant à venir en aide aux miséreux qu'à sauver leur âme en ces années où, inspirée par un vieux fond puritain, l'époque victorienne misait sur les valeurs morales du travail et de la famille. Les hommes comme ce Lambton lui répugnaient.

Rassemblant ses jupes de soierie ocre, Lady Clare s'écarta du coche qui reprit sa route. Elle poussa la grille de fer forgé qui protégeait la minuscule cour bordant sa maison de pierres grises, sise de l'autre côté de la rue. Elle n'eut pas à se servir du heurtoir doré à tête de lion qui ornait la porte noire de sa demeure ; celle-ci lui céda le passage dès qu'elle eut franchi les trois marches qui y menaient. Une servante tout de noir vêtue, sous son tablier et sa coiffe empesée d'un blanc immaculé, l'accueillit. Le battant se referma sur les deux femmes.

Demeuré dans le renfoncement qui menait à son atelier en sous-sol, Hawthorne Lambton fit ferrailler quelques secondes son trousseau de clés avant que sa double serrure ne s'ouvre enfin. Un bruit sec d'os retentit dès qu'il eut jeté sans cérémonie son sac sur l'établi.

Dans la salle sombre et enfumée, tables et chaises tremblaient au rythme des galoches à semelles de bois qui battaient le plancher. Le célèbre violoniste Yoshka Sinti faisait vibrer les buveurs au son de son instrument. Partout où le Tsigane se produisait, le phénomène se répétait. La petite pègre des bas quartiers, toujours prête à jouer du surin pour un regard appuyé ou un mot trop haut, rengainait poings et armes le temps d'une soirée. La voix pure de la fille d'Yoshka, Toszkána, charmait tout autant, à moins que ce ne soit son visage d'ange encadré d'une épaisse chevelure de jais aux mèches folles sous son petit chapeau de guingois, son corps svelte et délié dont les vêtements aériens laissaient deviner la finesse sans trop en révéler, ses manières gracieuses et sa gentillesse avec tous, débardeurs des docks ou pickpockets descendus des quartiers mal famés de Whitechapel, St Giles ou Bethnal Green.

N'ayant pas bonne presse auprès des aristocrates, des bourgeois et de la gentry, les pubs comme le Old Court servaient de repaires à la populace des bas-fonds, et il n'était pas rare que les soirées s'y achèvent dans un pugilat général. Toutefois, cela ne se produisait jamais les soirs où Yoshka Sinti faisait chanter les cordes de son merveilleux violon. Tous se tenaient tranquilles, aussi bien les belles-de-nuit, qui le temps d'une veillée renonçaient à se mettre en chasse, que les escrocs, voleurs et *garotters*. Ces jours-là, non seulement Abigaïl, la tenancière des lieux, faisait de bonnes affaires, mais elle pouvait en outre être assurée de ne pas se faire détrousser ou de voir son établissement dévasté par quelque bagarre. Par son talent, le violoniste avait ce pouvoir si précieux de faire régner l'ordre mieux que tous les *bobbies* de la police londonienne.

Attablé dans un coin plongé dans la pénombre, devant une pinte de la plus mauvaise bière qui soit, dans laquelle il avait à peine trempé les lèvres, Mirko Saster ne quittait pas des yeux l'archet qui virevoltait sur les cordes. La musique de son compatriote l'emplissait d'une joie sans pareille, lui faisant oublier le temps de quelques heures les peines et les tracas de sa vie quotidienne.

Attiré à Londres par les sifflets des machines à vapeur, le jeune homme s'était vite rendu compte que les sirènes des usines étaient des leurres pour les gens comme lui, les nomades sans le sou, sans foyer. Chassé par les bourgeois, rejeté par les classes populaires, pourchassé par les escouades de moralité, méprisé par les aristocrates, traqué par la police, Saster avait dû se résoudre à rejoindre un groupe de miséreux qui, à marée basse, fouillaient la vase dans le lit de la Tamise. Chaque jour, ces *mudlarks* s'échinaient à ramasser morceaux de charbon, de bois, de fer, de cuivre tombés des navires remontant le fleuve et qu'ils revendaient pour quelques pennies bien vite dépensés. Mais, deux fois par semaine sans y manquer, le jeune Gipsy venait s'installer à cette table pour ne rien perdre de la magie de la musique tsigane.

Bercé par un sentiment de bien-être, il ne vit pas la porte de la gargote s'ouvrir sous la poussée de deux hommes ivres. Le violon d'Yoshka Sinti déversait une sarabande endiablée que Toszkána ponctuait de quelques coups de tambourin, en dansant. Lorsqu'un des soûlards tomba lourdement contre la table à sa droite, entraînant dans sa chute la lampe à huile qui s'y trouvait, tiré de sa rêverie Mirko sursauta. Pour sa part, le buveur assis à la table renversée n'eut pas le temps de réaliser ce qui se passait que déjà ses vêtements s'embrasaient. Lorsque les clients remarquèrent les premières flammes, des cris de désespoir jaillirent. On se bouscula vers la sortie, mais celle-ci était désormais inaccessible, le corps du second ivrogne, ayant chu en travers, empêchant l'ouverture de la porte. Plusieurs clients s'affalèrent, alors que les langues de feu se propageaient de l'un à l'autre. Les hurlements de douleur et de peur couvraient à présent la musique. Toutefois, comme si de rien n'était, le violoniste poursuivit son concert, tandis qu'Abigaïl tentait, en vain, d'éteindre le sinistre à grands coups de couverture miteuse. Mirko, tétanisé, ne bougeait pas, ne disait rien. Les cris, les invectives, les pleurs fusaient autour de lui, entrecoupés par les craquements des meubles de bois écartés et broyés par ceux qui cherchaient à trouver refuge au fond du pub. Soudain, l'incendie cessa d'une façon si nette que tous en restèrent bouche bée. Les individus qui s'étaient écroulés au sol se relevèrent un à un, hébétés. À leur plus grande surprise, hormis leurs vêtements calcinés, ils ne distinguèrent aucune trace de brûlures sur leur corps. Tous avaient été épargnés. On se scruta, on se tâta, on s'étonna. Aucun mort, aucun blessé n'était à déplorer. Des rires nerveux éclatèrent. On se félicita à grands coups de claques entre les omoplates.

– Quelle histoire, mes amis ! lança Abigaïl. Heureusement plus de peur que de mal !

– Toute une frousse ! reconnut un marchand de légumes en lissant de la main une manche de sa veste ruinée par le feu.

Durant toute cette scène, Saster était demeuré figé, les yeux fixés sur les saltimbanques qui n'avaient cessé de jouer. Il n'était pas en état de choc, mais son esprit avait basculé vers l'époque, pas si lointaine il est vrai, de son enfance. Une rumeur courait depuis des années dans la communauté des Fils du vent. On disait que le violon d'Yoshka Sinti n'était pas un instrument de musique comme les autres. C'était un violon merveilleux ; lorsque ses notes s'élevaient, des événements heureux se produisaient. Le jeune homme n'était pas loin de croire à cette légende maintenant qu'il avait vu de ses propres yeux ce qui s'était passé au Old Court Pub. Assurément, un miracle avait éteint l'incendie, sauvant les clients, épargnant la taverne et les taudis des étages supérieurs.

– Allez, mes amis ! Pour nous remettre de nos émotions, tournée générale ! s'écria la tenancière en remplissant quelques pintes au robinet du tonneau installé sur le comptoir.

– Hip, hip, hip ! hourra ! hurlèrent de bon cœur les buveurs en brandissant leur chope.

Quant aux deux ivrognes à l'origine de l'incident, on les trouva étalés sous une table, en train de cuver et ronflant à qui mieux mieux. Apparemment, ils ne s'étaient aperçus de rien. Ils s'en tiraient avec quelques cheveux roussis.

Le violon d'Yoshka Sinti s'emballa de plus belle, bientôt accompagné par les voix des clients chantant à tue-tête, sans doute pour chasser un restant de frayeur. Mirko joignit sa voix à celles des autres, emporté par la musique et la frénésie ambiante.

La lampe à huile qui trônait sur un guéridon dans un coin de la pièce jetait une lumière discrète sur la boutique-atelier de Hawthorne Lambton ; elle était cependant suffisante pour que l'artisan puisse se mouvoir sans encombre. L'homme ôta sa veste qu'il lança d'un geste négligent sur une chaise. Il serait plus à l'aise en chemise et en gilet pour trier son trésor.

Une fois par semaine, il écumait les nouveaux cimetières londoniens pour y prélever, à l'insu de tous, un lot d'ossements humains. Ses endroits de prédilection se nommaient Tower Hamlets Cemetery Park, Abney Cemetery Park, Brompton Park, Kensal Green, Highgate, mais il avait un faible pour les petites nécropoles de quartier, à l'ombre de l'église locale. Plus discrètes. Il était assuré d'y trouver des tombes anciennes ou des fosses communes où étaient jetés pêle-mêle les corps des miséreux. Personne ne s'étant occupé d'eux de leur vivant, il ne courait guère le risque qu'une fois morts, on s'inquiète de la violation de leur sépulture.

Ce jour-là, il ne s'était pas rendu plus loin que le cimetière jouxtant la cathédrale St Paul, à moins de trente minutes de marche de son domicile. Il n'avait pas besoin de grand-chose.

Il chaussa une paire de bésicles à monture métallique et aux verres ronds comme des hublots, cerclés de métal riveté, teintés de bleu. Si quelqu'un avait tenté de capter son regard, il en aurait été quitte pour apercevoir son propre reflet dans les lunettes.

Lambton déballa ses trouvailles, des os blanchis par le temps, mais d'autres aussi, auxquels collaient encore des chairs nécrosées. Avec méthode, il les plaça devant lui sur l'établi, en ordre de grandeur. D'une trousse au cuir patiné par l'usage, il retira de petits outils d'horloger dont il testa la pointe du bout de l'ongle. Il alluma un réchaud à gaz sous une marmite remplie d'eau, puis y plongea les os récents pour les débarrasser de leurs peaux, muscles et tendons. Pendant que l'eau venait à ébullition, avec un respect maniaque, il se mit à polir les osselets d'un pied. Il travailla ainsi durant des heures dans le silence et le recueillement.

Au cœur de la nuit, un coup de heurtoir à la porte de l'atelier tira finalement Lambton de son labeur. Un seul choc annonçait un visiteur de basse condition. Il y avait tout un art du marteau à Londres. Un coup et cela signalait un domestique ; deux, c'était le facteur ; une volée de coups laissait entrevoir un personnage de qualité.

L'artisan prit le temps de replacer ses instruments dans la pochette de cuir, puis jeta un morceau de tissu sur les os étalés sur l'établi. S'essuyant les mains sur son pantalon, il se dirigea ensuite vers la porte dont il tira les deux verrous. Un gamin d'une douzaine d'années se dandinait sur son seuil.

– Entre ! lui ordonna Lambton.

Le garnement toisa l'horloger avec un rien de suffisance. Dans sa main gauche, il tenait une canne à bec de canard argenté, et son accoutrement de soieries et de dentelles sales orné de serpentins et de mécanismes d'horlogerie aurait pu paraître risible n'eût été qu'il témoignait de son standing au sein de la Confrérie des Freux. Comme tous les voleurs des rues, Cody Walder portait avec orgueil le fruit de ses larcins. Il était fier de sa position dans l'élite des chapardeurs. Sous sa toque carrée, sans doute dérobée à un ouvrier des docks, le garçon arborait une figure maladive piquetée de taches noires. La pluie automnale de Londres charriait des tonnes de suie crachée par les usines ; celle-ci collait aussi bien aux vêtements qu'aux visages de ceux qui déambulaient dans les rues, malgré les couvre-chefs dont ils prenaient soin de se munir.

L'artisan n'ayant pas retiré ses étranges lunettes, le gamin se sentit mal à l'aise de ne pouvoir capter son regard. Lambton le précéda à l'intérieur et, d'un signe de tête, lui désigna la table où la lampe à huile brûlait ses derniers feux. Cody se jeta sur un morceau de pain sec et le dévora à belles dents.

– Qu'est-ce que ce s'ra pour vot' service, m'sieur ! postillonna-t-il, la bouche pleine.

– J'ai besoin que tu suives quelqu'un. Sans te faire remarquer, insista Lambton.

– Vous m'pr'nez pour qui, m'sieur ? Cody est l'meilleur Freux d'tout St Giles, m'sieur ! fit l'enfant en frappant son torse bombé d'impertinence.

– Surtout tu ne le détrousses pas ! poursuivit l'artisan. Il ne doit se douter de rien. Donc, tu gardes tes mains dans tes poches.

Le garnement fit une grimace.

– Pas même son mouchoir ! souligna Lambton en sortant une pièce de sa poche. Je te donne un shilling...

La main du gamin vola jusqu'à la pièce d'argent, mais le maître horloger, tel un prestidigitateur, l'escamota aussitôt.

– Un shilling par jour pour le suivre pendant trois jours. Tu auras les autres quand tu m'auras raconté par le menu ses gestes du lever du soleil à la nuit profonde. Je veux savoir où il va, qui il voit, tout ce qu'il fait. Tu m'entends bien, tout !

Cody hocha la tête.

– Bon ! Celui que tu dois suivre s'appelle Yoshka Sinti. C'est un violoniste gipsy. Actuellement, il est au Old Court Pub.

De son gilet, Lambton sortit sa montre à gousset qu'il amena à son nez de myope. À la vue du bel objet ciselé, les yeux de Cody Walder brillèrent de convoitise. Il sentit même ses doigts s'agiter avec frénésie le long de sa jambe. Il serra les

poings pour contrôler sa furieuse envie de faire main basse sur cette merveille d'horlogerie.

– Il devrait sortir du boui-boui dans une vingtaine de minutes. Va maintenant !

L'homme glissa la pièce argentée dans la paume tendue de l'enfant. Celui-ci s'empressa de la croquer. On ne la lui faisait pas, à lui !

2

Même à trois heures du matin, le Strand était encore fréquenté par une multitude de coches, de charrettes, de piétons qui s'invectivaient à qui mieux mieux. Les conversations, les claquements des fouets, le roulement des roues cerclées de fer concurrençaient les feulements des chats défendant leurs territoires. Le ciel grondait au passage des dirigeables des patrouilles de la police et des vaisseaux appareillant pour des terres lointaines.

Cody Walder se glissait comme une ombre dans les ruelles encombrées de déchets. Dans le quartier, les éboueurs ne passaient qu'une fois par mois. Les immondices s'entassaient en monticules d'où surgissaient des nuées de rats. Le gamin préférait cependant emprunter ces voies étroites et insalubres plutôt que de suivre l'artère la plus directe. Comme tous les gens de sa condition, il avait de bonnes raisons d'éviter les rondes de nuit des *bobbies*. Ce soir-là, Cody était trop heureux de gagner trois ou quatre shillings pour quelques heures de travail facile. Il n'avait nulle envie de partager ou de se faire dépouiller par un concurrent envieux. Quant à ses amis du monde interlope qui, comme lui, avaient pris possession de la ville, il les retrouverait plus tard, dans le taudis qu'ils occupaient à quinze dans le quartier St Giles. Un instant, il fut tenté de s'arrêter dans un tripot où il avait ses entrées pour miser son premier shilling sur un combat de coqs, mais le souvenir du regard sombre et perçant que lui avait décoché le maître horloger en le renvoyant dans la rue, le dissuada de défier les ordres reçus.

Cody se méfiait de Lambton. Il le soupçonnait d'être un de ces résurrectionnistes qui déterraient les corps dans les cimetières pour les revendre aux étudiants en médecine. L'enfant savait que le chef de la Confrérie des Freux avait plusieurs cordes à son arc. Il entretenait une armée d'Assommeurs et de Braillards qui patrouillaient dans les rues de Londres jour et nuit, pour détrousser les bourgeois et les aristocrates, mais aussi les enfants trop confiants ; pour espionner, faire le guet, voler, mendier, se prostituer, vendre des allumettes ou des légumes dérobés à d'honnêtes petits vendeurs des rues, bref terroriser les bonnes gens et entretenir la méfiance et la peur au cœur de la ville.

Le jour, Lambton était un habile artisan, maître horloger, créateur de splendides boîtes à musique, reconnu pour son art par ses voisins et la gentry, mais qui était-il donc le soir ? Cody aurait aimé fouiner à son aise dans la boutique-atelier pour le savoir. Plusieurs fois, il s'était promis de s'introduire en douce dans le sous-sol, mais toujours, au moment de franchir le pas, il s'était abstenu. Tout comme il avait maintes fois abandonné sa filature à la grille d'un cimetière. Ces endroits-là lui filaient trop la chair de poule. Et pourtant Cody n'était ni facilement impressionnable ni peureux. Mais les nécropoles, ça, il ne pouvait les supporter. Hawthorne Lambton n'était pas commode. Le gamin avait entendu des histoires qui donnaient froid dans le dos. Des Freux avaient été dépecés et désossés après avoir tenté d'en apprendre plus sur le marchand. Rien n'incriminait son maître évidemment, mais Cody Walder ne tenait pas à vérifier si la légende disait vrai.

– Tu viens, mon biquet ! entendit-il dans son dos.

Il pivota en souriant.

– Merci, mais pas maint'nant, j'suis pressé !

– Ah, c'est toi ! s'exclama la racoleuse. Où' c'que tu cours, comme ça ?

– J't'racont'rai tout c'soir ! Travaille bien, mignonne !

Cody leva sa canne à la hauteur de sa tête pour saluer son amie, comme il l'avait vu faire lorsque ces messieurs de Mayfair se rencontraient dans les beaux quartiers. Il poursuivit sa route en sifflotant.

Tout à coup, devant lui se dressa un homme au physique imposant, qui agitait un boudin de toile rempli de sable. Comme tous les détrousseurs de la Confrérie des Freux, pour dissimuler ses traits, il portait un masque noir, rembourré, à long bec de corbeau, chaussé d'une paire de lorgnons ronds aux verres sombres. Il avait la tête couverte d'une capuche informe, et sur le dos une longue redingote élimée qui descendait sur un pantalon rayé gris et noir, ceint à mi-mollet par des bottes de cuir aux boucles chromées.

– Hé, douc'ment, Mister Riley ! l'apostropha Cody, qui avait reconnu l'individu, malgré son accoutrement.

Le détrousseur sévissait avec régularité dans le quartier et était un familier du jeune Braillard. Le bras de l'Assommeur retomba avec mollesse contre son flanc.

– T'es pas prudent, p'tit, à crapahuter tout seul dans c'coin-là ! grinça-t-il. J't'accompagne !

Cody ne dit rien et poursuivit son chemin jusqu'à un coin de ruelle, où il s'installa pour guetter la porte du Old Court Pub et l'éventuelle sortie du violoniste.

– Qu'est-ce qu'tu fais ? l'interrogea le larron qui l'avait suivi, en passant son long bec à l'angle du mur pour inspecter les lieux à son tour.

– Chut ! lui enjoignit Cody.

– Tu veux p't-êt' qu'j't'estourbisse quelqu'un ? reprit Foster Riley en faisant tournoyer son boudin de sable devant eux.

– Non, surtout pas ! l'arrêta Cody. L'patron n'veut pas qu'on y touche. Laissez-moi, vous allez nous faire r'pérer.

Le truand haussa les épaules.

– Si t'as besoin, tu fais la chouette ! lança l'Assommeur en se retirant dans la noirceur de la ruelle.

Moins de cinq minutes plus tard, Cody vit deux hommes ivres entrer dans le cabaret. Presque aussitôt, d'étranges lueurs dansèrent aux fenêtres et des hurlements de terreur retentirent jusque dans la rue. Intrigué, le gamin s'approcha.

Se haussant sur la pointe des pieds pour mieux voir à travers les carreaux crasseux, il remarqua le feu se propageant d'un client à l'autre, et plusieurs corps se tordant sur le sol. Hésitant, le Braillard se demanda s'il devait appeler à l'aide. Les pompiers auraient-ils même le temps d'intervenir ? Ils ne se presseraient guère pour sauver quelques miséreux.

« Oui, mais si je ne fais rien, tout le quartier peut y passer ! Et Londres au complet, comme c'est déjà arrivé une fois ! »

Le nez collé à la vitre, Cody constata avec soulagement que les flammes s'éteignaient d'elles-mêmes, tandis que résonnait encore le violon du Tsigane. Soulagé de ne pas avoir à s'en mêler, il retourna faire le guet à l'angle de la ruelle.

Yoshka Sinti, sa fille et quelques clients quittèrent enfin le pub vers les trois heures trente. L'enfant remarqua immédiatement qu'un autre individu suivait la même direction, un garçon maigre, aux longs cheveux sombres, à peine plus grand que lui et sans doute guère plus âgé. Lambton aurait-il lancé un deuxième Braillard sur la piste du violoniste ?

Cody laissa au trio quelques yards d'avance, puis s'appliqua à le suivre malgré la nuit noire. Il connaissait ces ruelles comme sa poche et, à force de s'y promener au cœur de la nuit, il avait acquis une sorte de faculté de voir dans la plus profonde obscurité. Les Tsiganes allaient certainement à Bethnal Green, un quartier tout aussi misérable que la *rookery* de St Giles et où nichaient d'autres nécessiteux.

Un cri de terreur déchira soudain l'air. Cody pressa le pas. Malgré ses mises en garde, Foster Riley avait attaqué par-derrière le violoniste dont il enserrait le cou avec une cordelette. À côté du musicien, une fille hurlait, tandis que le jeune qui les suivait venait d'entrer dans la mêlée. Cody se demanda un instant si c'était pour secourir le Tsigane ou si le Braillard et l'Assommeur étaient de connivence. Ce mode d'agression devenait de plus en plus courant dans les rues et ne faisait qu'attiser la peur dans la cité, surtout en raison des comptes rendus détaillés qu'en faisait la presse à sensation.

S'approchant, Cody vit le jeune, à première vue un nomade également, en train d'essayer de faire lâcher prise au *garotter*. Il avança de quelques pas de plus, puis recula aussitôt, se demandant que faire. Lambton l'avait-il payé pour qu'il assiste à cette agression et la lui raconte par la suite, afin de s'assurer que son étrangleur avait bien fait son travail et que le violoniste avait passé l'arme à gauche ? Oui. Ce devait être cela. Il choisit donc d'observer ce qui se passait, sans intervenir, comme le chef le lui avait ordonné.

Maintenant, l'égorgeur et le violoniste roulaient au sol, l'un par-dessus l'autre. Sur le dos du truand, l'autre Gipsy s'agitait, bourrant l'agresseur de coups de pied. Cody saisit que ce troisième personnage tentait de venir en aide au Tsigane. Il ne pouvait discerner clairement les belligérants, mais il lui sembla que le jeune venait de glisser ses doigts entre le cou du musicien et la cordelette. Tout à coup, des notes de musique s'élevèrent, pures et impressionnantes. Cody écarquilla les yeux ; la scène lui parut surréaliste. La fille s'était emparée du violon de son père et en jouait avec passion. Cet air paraissant avoir décuplé ses forces, le Tsigane se débarrassa du *garotter* d'une solide ruade.

«Comme si c'était un poids plume, alors qu'c'te bandit de Riley est plutôt imposant et lourd!» constata Cody, pantois.

À ce moment, un son de crécelle retentit quelque part derrière lui. Le Braillard s'accroupit instantanément dans un recoin pour se fondre dans le décor. Il ne pouvait se méprendre; ce bruit annonçait l'arrivée en force des *bobbies*. Les policiers avaient sans doute été alertés par la musique qui résonnait au cœur de la nuit et qui avait été entendue jusqu'au Strand. À moins qu'un patrouilleur en dirigeable n'ait repéré la bataille depuis les airs; cependant, Cody doutait que ce soit l'explication, car il n'avait pas perçu le bruit d'engrenages typique de ce type d'engin.

Non loin de la cachette du gamin, l'Assommeur tenta de se relever pour fuir, mais le musicien le renvoya au tapis d'une solide droite à la mâchoire. La musique cessa. À cet instant, trois *coppers*[1] se jetèrent sur l'égorgeur, tandis qu'un quatrième s'intéressait au musicien, à sa fille et au *mudlark* venu à leur secours. De l'endroit où il se tenait, Cody ne parvenait pas à entendre leurs propos, mais il devina que ce policier connaissait les musiciens. L'agent ne semblait pas vouloir les emmener au dépôt, comme c'était en général le cas lorsque des nomades étaient impliqués dans une bagarre. Il salua même la jeune Gipsy en portant son bâton de buis à la hauteur de son casque bombé à pointe, comme s'il s'agissait d'une lady.

Le Tsigane reprit son instrument, et sa fille s'accrocha à son bras pour poursuivre leur route. Le jeune homme se porta à leur hauteur, non sans vérifier par-dessus son épaule si d'autres assaillants potentiels ne rôdaient pas aux alentours. Le trio se

---

1. Flics en cockney, l'argot londonien.

dirigea vers le Strand, qui se prolongeait vers l'est sous l'appellation de Fleet Street, à partir de l'endroit même où s'ouvrait un immense terrain vague là où venaient d'être démolies près de quatre cent cinquante maisons qui laisseraient place bientôt à la Royal Courts of Justice.

Cody frissonna à l'évocation de la cour de justice. Il savait quel sort attendait le *garotter* qui venait d'être arrêté et il ne l'enviait pas. Les prisons de Millbank ou de Pentonville étaient des endroits où il ne faisait pas bon séjourner. Son propre père, un Irlandais, le lui avait appris. «Que Dieu ait son âme!» songea Cody. Le pauvre homme reposait désormais quelque part dans une fosse commune, après une vie de labeur à disputer sa pitance d'épluchures aux chiens des rues. Durant sa courte vie, Finnian Walder avait toujours exercé un métier honnête pour un salaire de misère; le portefaix était mort d'épuisement. De nombreuses fois, il avait tenu à mettre en garde son fils unique contre le vice, lui racontant comment, dans les prisons de Londres, les plus terribles châtiments conduisaient d'année en année des milliers de détenus à la folie et à la mort. Cody tremblait chaque fois au récit que son père lui faisait de la vie que devaient mener les prisonniers, dans le plus complet silence et l'isolement. Mais le pire, c'était lorsque Finnian lui disait que celui qui était pris à lier conversation avec un autre détenu ou à se parler à lui-même, se retrouvait avec un bâillon constitué d'une langue de fer recourbée qu'on lui enfonçait dans la bouche.

Le gamin pensait que les dires de son paternel étaient exagérés et surtout destinés à le détourner de la pègre. Néanmoins, lorsqu'il avait commencé à côtoyer les Assommeurs et les Braillards trois ans plus tôt, il avait vite compris que son père ne lui avait pas décrit un cinquième de l'horreur que subissaient les détenus de Millbank et de Pentonville. Les misérables qui avaient pu sortir de prison narraient souvent leurs tortures dans les taudis où ils se regroupaient ou les pubs des quartiers de misère, partageant leurs expériences avec d'autres gueux, comme s'ils cherchaient à déterminer lequel d'entre eux avait réussi à supporter le pire. Cody savait à quoi s'en tenir. Toutefois, il n'était pas trop inquiet pour Foster Riley. Les Freux bénéficiaient d'un traitement de faveur, grâce à leur chef qui avait des accointances dans tous les milieux, même celui de la police. L'enfant se concentra de nouveau sur sa filature.

À la grande surprise du Braillard, le trio qu'il suivait ne se dirigea pas vers les quartiers mal famés de l'est comme il s'y attendait, mais emprunta plutôt le Strand vers l'ouest.

« Où 'c'qu'ils vont comme ça ? Toujours pas au marché aux fleurs ou au Royal Opera House, à c't'heure-ci ! »

Puisque tous les becs de gaz du Strand étaient allumés maintenant, il laissa une distance respectable s'installer entre lui et les individus qu'il filait. Après une dizaine de minutes de marche, son cœur manqua un battement. Le trio venait de s'arrêter en pleine rue, devant la boutique-atelier-résidence de Hawthorne Lambton. Le gamin retira sa toque pour se gratter la tête, pas juste de perplexité, mais surtout à cause des poux qu'il transportait partout avec lui.

Le nomade serra la main du violoniste, s'inclina devant la jeune fille et reprit à pas lents la direction de son garni qui abritait une soixantaine de personnes à Bethnal Green. Depuis sa sortie du Old Court Pub, son cœur battait à tout rompre. À cause de l'incendie dont ils étaient tous sortis par miracle ? de l'embuscade dont avaient été victimes les Tsiganes et dans laquelle il était intervenu ? de la proximité de la belle Toszkána dont il avait senti la douce chaleur lorsque, par inadvertance, sa main avait frôlé sa hanche ? ou de l'amitié dont venait de l'assurer Yoshka Sinti, ce maître qu'il vénérait en silence depuis des semaines ?... Probablement un peu de tout cela à la fois.

Cody se jeta dans la pénombre d'un escalier pour le laisser passer sans être vu, mais d'où lui-même pouvait surveiller la rue tout à son aise.

Les musiciens venaient de pénétrer dans une cour et de descendre quelques marches pour frapper un coup à la porte de service utilisée par la domesticité de la grande maison située en face de celle du chef de la Confrérie des Freux. Le battant s'ouvrit ; ils entrèrent aussitôt.

Cody s'installa du mieux possible dans le renfoncement, ne sachant dans combien de temps les saltimbanques allaient ressortir de cette demeure.

« J'm'demande bien c'qu'ils viennent foutr' là ! Une maison comme ça, c'est pas pour des gens d'leur sorte ! Si l'patron apprend qu'ils sont juste en face d'chez lui, il m'donnera p't-êt' pas les aut' shillings. Ouain. J'f'rai mieux de pas lui dire !

Le Braillard passa le reste de la nuit tapi dans l'obscurité. Personne ne sortit de la grande maison de pierres grises ni n'y entra.

Sur le coup des huit heures, son estomac gargouillant affreusement, le garçon se décida à quitter sa cachette. Les vendeurs de pommes de terre chaudes commençaient à installer leur étal afin d'offrir un petit-déjeuner aux ouvriers qui embaucheraient bientôt dans les usines. Ne voulant pas s'éloigner de son poste d'observation, Cody attendit qu'un marchand passe avec sa carriole tractée à bras d'homme. D'habitude, il chapardait sa nourriture, mais aujourd'hui, ne voulant pas attirer l'attention sur lui, il s'en abstint. Pour cette fois. Son shilling lui permit même d'acheter un hareng séché et un cornet de bigorneaux.

C'était un repas de roi pour le Braillard qui ne mangeait pas tous les jours à sa faim.

– *Rags and Bones* ! *Rags and Bones* !

La rengaine lui fit tourner la tête tandis qu'il extirpait un mollusque de sa coquille à l'aide de l'épingle qu'il portait au revers de sa veste. Un chiffonnier s'était arrêté à quelques tours de roues de la maison de l'artisan horloger. Cody vit Hawthorne Lambton surgir sur la dernière marche de l'escalier isolant son atelier de la rue. L'homme au visage de taupe jeta un gros sac dans la carriole du trimardeur. En tombant sur le fond de bois, le bruit émis par la poche fit sursauter l'enfant. Lambton tourna prestement les talons sans accorder un regard au pauvre travailleur. De la maison d'en face sortit à son tour la jeune Tsigane transportant elle aussi un sac de toile qu'elle vida dans le tombereau ; des vêtements usés s'en échappèrent. Les deux voisins ne s'étaient pas croisés.

Les vêtements présentables seraient vendus à la bourse aux habits de Houndsditch, où l'on trouvait tant chaussures, peausseries, parapluies que paletots nauséabonds ou toilettes pour dames. Ce marché aux puces permettait en outre d'écouler rapidement les objets volés, sans laisser de traces. Avec les vieux tissus, le Braillard savait qu'on produisait du papier.

Les os, eux, étaient utilisés pour fabriquer du noir animal dont on faisait usage comme pigment en peinture, mais aussi pour confectionner du cirage. Le procédé lui paraissait digne d'un traité de sorcellerie. Un cireur des rues lui avait dit que ce charbon d'os était mêlé à de la mélasse, à des excroissances de chêne, à de l'eau et à quelques produits chimiques. Un vendeur de miel, pour sa part, certifiait qu'on employait ce noir animal également pour décolorer les sirops de sucre. Mais Cody ne l'avait pas cru. On se servait d'os pour faire des engrais, de la gélatine et de la colle. Ça, c'était son père qui le lui avait enseigné. Et il lui faisait confiance.

« J'suis sûr qu'l'chef s'est débarrassé d'os ! Il doit en manger beaucoup, d'*T-bones* et d'côtelettes, pour en avoir autant à j'ter ! »

Pourtant, en son for intérieur, un certain malaise se frayait un chemin. Il ne pouvait imaginer que des déchets de table fassent autant de bruit.

Une armée de balayeurs, enrôlés par l'assistance publique, fit son apparition sur les trottoirs et dans les rues, et commença à nettoyer les excréments que les chevaux avaient semés durant la nuit. Le secteur devenait un peu trop peuplé au goût du garçon. Et puis le bruit qu'avait fait le sac de son patron en tombant dans le chariot du chiffonnier l'intriguait au plus haut point. Une sérieuse envie d'aller y voir de plus près le démangeait. Il devait se décider vite. Déjà le fripier incitait son cheval à se remettre en route.

« J'aurais just' à dire qu'ils sont pas sortis d'chez eux ! » se convainquit-il en s'élançant vers la carriole.

Le ramasseur ne perçut pas que Cody, léger comme il l'était, venait de se faufiler dans la caisse de sa voiture, pour se dissimuler sous un tas de vieux linge.

Profitant d'un arrêt au coin de la rue suivante, le gamin extirpa le sac de Lambton de sous la pile de vêtements, le jeta sur la chaussée, enjamba le bord de la charrette et sauta en ramassant le paquet pour disparaître à toute vitesse dans une ruelle. Sa rapidité et son agilité de gosse des rues lui permirent de se soustraire à la vue du chiffonnier avec aisance.

Profitant de la pénombre toute relative que lui offraient encore les maisons de trois étages qui bordaient l'impasse, Cody ouvrit la poche. Il s'attendait à des os, mais ce qu'il découvrit lui arracha un cri. Un long frisson de terreur courut le long de son dos maigre. Ce n'était ni un crâne de porc ni celui d'un chat, mais bien l'ossature d'une tête humaine que ses doigts avaient rencontrée dans la carnassière de toile.

Le garçon en avait vu d'autres ; pourtant, cette fois, la frayeur le paralysa de longues secondes. S'il était pris avec ce sac, et surtout son contenu, ce n'était pas la maison de correction de Tothill Fields Bridewell qui l'attendait, mais bien la cour d'assises d'Old Bailey, puis la potence.

3

Un grincement incongru attira l'attention de Cody Walder. Le gamin ne cessait de jeter des regards inquiets en direction du sac de maître Lambton qu'il avait camouflé dans un saut-de-loup en attendant de se débarrasser de ce paquet encombrant sans risquer de se faire prendre. Au fond de la ruelle, les battants d'une porte cochère mus par un système complexe de roues crantées pivotèrent. Le Braillard se recroquevilla dans un renfoncement. Il n'eut cure des remugles de pisse montant à ses narines ; ce que ses yeux écarquillés de fatigue, tout autant que de stupeur, découvraient était beaucoup plus important. Ils suivirent sur quelques yards un cheval mécanique d'un noir rutilant, crachant un flot de vapeur par les naseaux, tirant, dans un bruit grinçant d'engrenages, une calèche découverte dans laquelle il reconnut Hawthorne Lambton toujours affublé de ses étranges lunettes rondes et métalliques. Le coche le frôlant, le garçon retint son souffle pour ne pas trahir sa présence.

Pour ses équipées en bordure des quais de la Tamise, l'artisan aimait se servir de cette machine de son invention plutôt que d'aller à pied. Son apparition sur les docks provoquait toujours l'étonnement des bourgeois et l'effroi des miséreux qui trouvaient refuge sur les rives du fleuve. Une rumeur courait dans la vile populace : si le cheval de l'enfer apparaissait, nos jours étaient comptés. En effet, les nuits de pleine lune, Lambton s'amusait. Il profitait de ses sorties pour kidnapper quelques indigents, hommes, femmes ou enfants, afin de satisfaire ses besoins particuliers d'os et de tendons frais.

Ce matin-là, le fabuleux équipage se dirigea vers le pont de Waterloo qui projetait ses arches de granite de Cornouailles au-dessus de la Tamise. À chaque extrémité, un escalier permettait aux promeneurs de descendre jusqu'au fleuve. Hawthorne Lambton arrêta son attelage devant une loge où il s'acquitta d'un droit de péage d'un demi-penny. L'été, il l'empruntait à pied, passant par le tourniquet de fer qui n'admettait qu'une personne à la fois. Le nombre de passages était compté par une aiguille se mouvant sur un immense cadran. À chacune de ses traversées, Lambton appréciait le travail du maître horloger qui avait conçu ce système simple et efficace. Il aurait aimé en être l'artisan. À la fin des chaudes journées d'août, il venait souvent flâner sur le pont pour y jouir de la fraîcheur des soirées, la chaussée s'élevant seulement à une cinquantaine de pieds au-dessus de l'eau. Mais, aujourd'hui, le but de sa sortie ne relevait pas de la promenade d'agrément. On l'attendait dans l'édifice délabré de la gare de Waterloo où il entreposait ses plus belles et imposantes réalisations, ses chers automates. Un de ses mouchards était arrivé quelque trente minutes plus tôt dans son atelier pour l'alerter d'un fait troublant. Le local avait été visité par effraction. Lambton fulminait. Il se le promit, les Assommeurs chargés de la sécurité de l'entrepôt paieraient de leur vie cette intrusion qu'ils n'avaient pu prévenir.

Son équipage l'emporta, toute vapeur crachée, pendant une dizaine de minutes. La gare se dressa enfin au bout de la route pavée et cahoteuse. Emporté par sa fureur, Lambton sauta du coche avec la vivacité d'un jeune homme. La porte de l'entrepôt était entrebâillée. Il se rua dans l'ouverture.

Là, auréolés de poussière dansante, une demi-douzaine de *policemen* allaient et venaient à la recherche d'indices susceptibles de les conduire à l'auteur de l'intrusion. L'horloger ne leur accorda aucune attention, se dirigeant plutôt vers un homme de haute stature, enveloppé de la tête aux pieds d'une tenue d'aviateur dont le cuir souple semblait lui faire une seconde peau couleur terre de Sienne. Le détective Clive Landport était en train de tapoter du doigt les cadrans de son propulseur individuel de cuivre retenu dans son dos par des courroies de cuir passées autour de ses épaules. Apparemment, le chef de l'escouade policière s'apprêtait à quitter les lieux. L'artisan l'interpella.

– Qui vous a permis de fouiller mon entrepôt? Où sont mes gardiens?

Landport fit glisser ses lunettes d'aviateur aux verres de teinte violine sur son front. De ses yeux noirs, il fixa l'horloger et, sans répondre aux questions, il dressa un bref portrait de la situation.

– La porte de votre entrepôt a été forcée de l'intérieur pour faciliter la fuite d'un ou de plusieurs intrus. Nous avons fait un rapide état des lieux. Apparemment, il n'y a pas eu vandalisme. Rien non plus ne laisse supposer qu'il y a eu vol, cependant je vous conseille de vérifier qu'aucun objet n'a été dérobé. L'intrusion a eu lieu par une fenêtre. Le policier pointa un doigt vers le fond du local où un vasistas de verre béait. Sûrement des gamins curieux qui ont voulu voir ce qui se cachait dans ce hangar.

Lambton grinça des dents. Il ne croyait pas à la thèse des enfants. Si ç'avait été le cas, ses automates auraient été mis en marche. Pourquoi des gosses se seraient-ils contentés de regarder les machines sans les faire fonctionner?

– Les gardiens? demanda-t-il de nouveau.

– Mes hommes sont en train de les interroger dans leur véhicule, répondit le policier.

Les narines du chef de la Confrérie des Freux frémirent imperceptiblement, mais Landport savait aussi bien lire les physionomies que les indices matériels. Il ne s'y trompa pas. Les deux surveillants auraient sûrement passé un mauvais quart d'heure si l'artisan avait pu leur mettre la main dessus à cet instant. Le détective se réjouit donc de les avoir soustraits aux yeux de leur maître, d'autant que sa seule présence aurait pu influencer leurs réponses aux questions des enquêteurs.

Malgré sa contrariété, Lambton ne craignait pas que ses hommes de main dévoilent sa réelle identité. La peur de sa personne qu'il leur avait instillée au fil des ans saurait clore leurs lèvres, et puis, dans la pègre, on ne parlait pas à la police. C'était la loi du milieu.

L'horloger tourna les talons pour se diriger vers le fond de l'entrepôt. Comme l'avait affirmé Landport, rien ne semblait avoir été endommagé ni volé. Les automates de formes et de tailles variées restaient figés dans leur pose habituelle : une danseuse toute menue se dressait sur la pointe d'une jambe articulée ; un cheval de métal noir se cabrait avec fougue ; un bateau volant, suspendu au plafond par un filin d'acier, déployait ses grandes voiles ; des araignées géantes aux rouages apparents semblaient grimper sur les murs du hangar ; un hanneton à la carapace transparente en forme de cockpit se tenait en équilibre sur ses pattes roulantes ; une locomotive grandeur nature paraissait attendre qu'on actionne ses pistons et tubes à coulisses ; des véhicules hybrides d'allure animale étalaient leurs ressorts, serpentins et chaînes d'entraînement ; des machines à musique dressaient leurs multiples pavillons et tuyaux d'acier lustré ; des objets plus petits, mais à l'anatomie admirablement travaillée, comme des mouches, des libellules aux ailes diaphanes, des papillons, des scarabées, des scorpions au dard acéré, des montres à gousset, reposaient sur les étagères et leur ordonnance n'avait pas été dérangée. Soudain, l'artisan se figea. Il pivota sur lui-même à quelques reprises. Landport qui l'observait à la dérobée remarqua son agitation.

– Manque-t-il quelque chose ?

Lambton, s'étant repris, affichait un air serein lorsque le policier l'eut rejoint au fond du hangar.

– Non, rien ! dit-il d'une voix maîtrisée.

– Les gardiens ont sans doute surpris les intrus qui se sont volatilisés sans emporter quoi que ce soit, suggéra le détective.

– C'est aussi ma conclusion ! s'empressa de confirmer l'horloger, en revenant à grandes enjambées vers l'avant de l'entrepôt.

Il n'avait qu'une hâte : que les limiers cessent de fouiner partout et qu'ils s'en aillent.

Landport rabaissa ses lunettes sur ses yeux, ce qui sembla donner l'ordre de repli aux *bobbies*, car tous refermèrent leurs mallettes d'enquêteur avec un synchronisme parfait.

Lambton raccompagna les agents hors du hangar. Mais, contre toute attente, ses deux gardiens ne sortirent pas de la nacelle du dirigeable dans laquelle les policiers rejoignirent leurs confrères. Quant à Clive Landport, ce fut dans un nuage de vapeur de son propulseur individuel qu'il se souleva de terre, prenant la direction du quartier général des forces de l'ordre.

D'un pas vif, l'artisan réintégra le dépôt. Bien à l'abri des regards, son visage se décomposa. Son automate le plus abouti, celui qui avait nécessité des milliers d'heures de travail et des centaines d'os humains, avait disparu. Ce vol n'avait pu être commis sans la participation, ou à tout le moins la complicité passive, des Assommeurs chargés de la sécurité du hangar.

« Et Riley, où est-il donc passé ? Argh ! Quand tout va de travers, on dirait que les choses se déglinguent à la chaîne. »

Lambton ramassa deux longues tiges de métal qu'il glissa dans les poignées de la porte pour condamner l'accès au hangar en attendant d'envoyer un de ses ouvriers réparer la serrure fracturée.

De retour dans sa calèche, il dirigea son cheval vapeur vers son antre secret où il officiait en tant que chef de la Confrérie des Freux.

Dès qu'il fut assuré que Lambton s'était éloigné suffisamment, Cody Walder se glissa hors de sa cachette. Son plan était simple : se débarrasser des ossements dans la Tamise sans tarder. Quant aux deux Tsiganes qu'il était chargé de surveiller, tant pis, il essaierait de les retrouver plus tard, s'ils n'étaient plus au nid à son retour des quais.

Au moment où il émergeait de la ruelle, l'enfant aperçut Lady Clare sortant de chez elle. La dame arborait un bustier noir de cuir et de dentelles à fines bretelles, dont le décolleté était décoré de serpentins métalliques, sur une chemise en-trouverte d'une blancheur pure à haut col à froufrous, qui dis-paraissait sur ses hanches dans une jupe à plis aux reflets bordeaux s'arrêtant à mi-mollet et laissant visibles des bottes lacées. Par-dessus sa tenue, elle avait jeté d'un geste d'une né-gligence étudiée une cape de moire noire retenue au ras du cou par une chaînette fermée d'une cigale d'argent. La quadragé-naire appuya, l'un après l'autre, sur des boutons dissimulés de chaque côté de ses talons, et des roulettes se déployèrent sous ses semelles. Depuis que quelques rues de Londres avaient été asphaltées, certains bourgeois avaient opté pour ce moyen de locomotion rapide et peu onéreux. Cody Walder hésita. Il avait bien envie de savoir où la dame se rendait de si bon matin, mais le sac qui pesait lourd au bout de son bras lui rappela qu'il lui fallait avant tout se délester de ce tas d'os. Avec un soupir de résignation, il se résolut à la laisser partir vers les quartiers pauvres, tandis qu'il prenait le chemin opposé en direction du fleuve.

D'une vive poussée, Lady Clare se propulsa dans la rue, veillant à rester sur le Strand, puis roula dans Fleet Street jusqu'à la cathédrale St Paul. Par la suite, ses roulettes l'empêchant d'avancer sur les pavés des rues transversales, elle leur fit réintégrer ses semelles. Elle continua à pied vers l'East End où elle avait établi le siège social de son œuvre de charité connue sous l'appellation Le Bouclier, au rez-de-chaussée d'un immeuble de trois étages sis à Algate, la porte d'entrée de la City et de la vieille ville médiévale pour qui arrivait des quartiers miséreux de Whitechapel ou de Bethnal Green.

Avant d'entrer dans l'édifice, Lady Clare prit soin de détacher les boucles qui retenaient sa robe pour en faire glisser le bas jusqu'à ses chevilles afin d'adopter une apparence plus conforme à ses responsabilités de dame patronnesse. Elle poussa la porte qui ouvrait directement sur une vaste pièce, élégamment aménagée, où pour le moment s'activait une servante sous les ordres d'une jeune femme dans la mi-vingtaine. Toutes deux se retournèrent en entendant ses talons claquer sur le parquet ciré. La jeune femme se précipita pour l'aider à retirer sa cape.

– Tout est bien tranquille ce matin, Meredith ! s'exclama Lady Clare en rattachant les premiers boutons de son chemisier jusqu'au menton.

– Selon vos vœux, je permets aux nouvelles arrivées de recouvrer la santé par le repos et une nourriture revigorante, répondit Meredith. Donnons-leur encore quelques semaines pour s'acclimater à leur nouvelle vie. Dans trois mois, elles seront toutes aussi assidues que notre charmante Ally, ajouta-t-elle en désignant d'un mouvement de tête la servante d'environ treize ans qui, plumeau à la main, s'affairait comme une petite abeille.

Le Bouclier était un havre de paix où l'on accueillait de jeunes orphelines pour leur éviter la rue. Âgées de six à seize ans, elles trouvaient dans ce lieu le réconfort, et parfois même un peu d'instruction pour les plus douées. Après une année, elles étaient placées comme servantes, cuisinières, cousettes, dames de compagnie ou bonnes d'enfants, selon leurs compétences, dans les familles de la haute société, à Londres ou à la campagne.

– Combien de ces pauvres âmes hébergeons-nous en ce moment ? s'enquit Lady Clare, qui prit place à une petite table sur laquelle Ally venait de déposer une théière fumante et une tasse ornées de petites fleurs roses.

– Quatorze, si l'on compte notre petite Ally ! répondit Meredith en souriant à la soubrette. Huit sont déjà parties au travail, les cinq nouvelles arrivées dorment encore, conformément à...

– Y a-t-il... ?

– Oui, s'empressa de répondre Meredith. Une magnifique fillette de neuf ans, intelligente et vive. D'une rousseur étonnante et d'un teint de pêche. Elle a de grands yeux émeraude très expressifs. Je comptais lui apprendre à lire et à écrire d'ici quelques jours. Elle est orpheline de mère, une cousette, et de père inconnu. Elle s'appelle Lottie.

– Hum... ce n'est guère...

– N'ayez crainte, Lady Clare, je lui ai trouvé un prénom beaucoup plus adapté. Dorénavant, elle répond au nom de Charlotte. D'ailleurs, quand on parle du loup...

Pendant que Meredith vantait les mérites de l'enfant, une porte s'était ouverte sur un joli minois frissonnant dans sa longue chemise de nuit blanche.

Un «oh!» muet laissa les lèvres de Lady Clare entrouvertes. Elle n'avait jamais vu une petite fille aussi magnifique, pas même parmi la progéniture des dames de la gentry, pas plus que celle des pairs du royaume. Depuis qu'elle avait créé Le Bouclier, c'était la première fois que celui-ci abritait une telle merveille. Lady Clare maîtrisa avec peine le léger tremblement d'excitation qui agita sa main lorsqu'elle enjoignit à l'enfant de s'approcher. Du regard, Charlotte guetta un encouragement de Meredith en qui elle avait une confiance aveugle. Quinze jours plus tôt, celle-ci l'avait extirpée de l'orphelinat où elle croupissait depuis trois mois dans l'indigence la plus abjecte, parmi les rats, les poux, la saleté et la promiscuité. Elle lui en vouerait une reconnaissance éternelle.

Le regard appuyé de Meredith l'incita donc à traverser la pièce pour venir se poster près de la belle dame qui lui souriait avec affection. Relevant les côtés de sa chemise de nuit, elle fit une rapide révérence avant de se tenir, droite comme un I, près de la visiteuse.

– Lady Clare est notre bienfaitrice, énonça Meredith. Tu dois faire preuve de gentillesse et de reconnaissance envers elle. Promets de ne jamais la décevoir.

Charlotte tourna la tête vers la directrice du foyer avant de reporter son regard franc et brillant sur cette étrangère qui la dévisageait. Un frisson la parcourut. Sans savoir pourquoi, la gamine n'aimait pas cette femme, mais si l'orphelinat lui avait bien appris une chose, c'était à dissimuler ses sentiments, alors elle se força à lui offrir son plus charmant visage.

– Merci, prononça-t-elle d'une voix pure.

Lady Clare leva la main vers la chevelure encore emmêlée par les doigts de la nuit, mais l'enfant eut un mouvement involontaire de recul.

– Ne crains rien! lui dit-elle en rabaissant sa main pour saisir l'anse de sa tasse, afin de se donner une certaine contenance. Allez, cours réveiller tes compagnes! Ally va vous servir un bon petit-déjeuner.

Charlotte ne se fit pas répéter l'ordre deux fois. Le parquet craqua sous ses petits pieds nus tandis qu'elle se précipitait vers la porte qu'elle avait laissée entrouverte.

– Tout à fait adorable! confirma Lady Clare. J'ai de très hautes ambitions pour cette fillette. J'espère qu'elle sera à la hauteur de l'investissement que je vais consacrer à son éducation pendant les prochaines années. Avez-vous d'autres trésors à me présenter, Meredith?

– Malheureusement non, Lady Clare. Les autres filles sont d'un banal quelconque. Deux, peut-être trois, pourront à la rigueur devenir servantes; les deux autres me semblent bêtes à manger du foin et sont peu agréables à regarder... Je les enverrai travailler en usine.

Meredith soupira en prenant place à la table, en face de la dame patronnesse. Visiblement, elle avait quelque chose à lui demander, mais ne savait comment formuler sa requête. Lady Clare lui servit elle-même une tasse de thé pour la mettre en confiance.

– Que se passe-t-il, Meredith? Vous semblez soucieuse?

– Comment se porte ma chère Violet? Depuis que vous l'avez envoyée à la campagne, il y a six mois, elle n'a pas donné signe de vie. Vous savez combien je suis attachée à nos pensionnaires, il faudrait leur dire de m'écrire plus souvent.

Meredith ne vit pas Lady Clare se mordre les lèvres, mal à l'aise à son tour.

– Je lui transmettrai votre inquiétude, Meredith, répondit-elle après quelques secondes de silence. Je sais votre attachement. Vous étiez plus âgée, responsable et intelligente que votre cousine à votre arrivée ici et c'est pourquoi je vous ai choisie pour diriger ce foyer. Violet est heureuse dans l'East Anglia, je vous le garantis. Elle est la gouvernante d'une ribambelle d'enfants dans une grande maison en bord de mer. Elle doit être fort occupée, mais ne vous inquiétez pas, je lui rappellerai ses devoirs envers vous qui êtes son aînée et sa seule parente.

– Ne pourriez-vous me donner son adresse ? insista Meredith.

– Vous savez bien que non, chère amie ! répliqua d'un ton ferme Lady Clare. Les nobles ne veulent pas voir débarquer dans leur domaine des familles ou des gens se réclamant d'une soi-disant parenté. À ma prochaine visite, j'exhorterai Violet à vous écrire. Je vous rapporterai de ses nouvelles en mains propres.

Lady Clare se leva en terminant sa phrase et Meredith comprit qu'il était inutile d'insister. Elle quitta la table à son tour pour accompagner la bienfaitrice à l'office d'où leur parvenaient des voix juvéniles. Cinq demoiselles babillaient en mangeant, mais se turent et se mirent debout dès l'entrée des deux dames dans la cuisine.

– Bon appétit, mesdemoiselles ! les salua Lady Clare.

– Hanna ! Mildred ! Hope ! Georgia ! se présentèrent les compagnes de Charlotte, en esquissant une demi-révérence.

Lady Clare leur adressa un simple signe de tête collectif et elles se rassirent en silence.

– Je compte sur vous, mesdemoiselles. Obéissez à Meredith en tous points. Soyez assidues à vos études, que vous appreniez à lire ou à faire du petit point, ces connaissances vous seront indispensables pour vous élever au-dessus de votre condition.

Ici, vous serez logées et nourries, protégées et éduquées... Sachez apprécier votre chance ! Une fois par mois, je viendrai me rendre compte de vos progrès.

En prononçant ces derniers mots, son regard s'attarda sur Charlotte qui la dévisageait sans retenue. L'insolence de la gamine faillit lui arracher un sourire. Elle aimait les jeunes effrontées qui ne s'en laissaient pas imposer. Elle en éprouvait un plaisir d'autant plus grand quand elle parvenait à plier ces esprits rebelles à sa volonté.

Lady Clare pivota sur ses talons, suivie comme son ombre par Meredith qui l'escorta jusqu'à la sortie. Une fois dans la rue, la dame patronnesse tourna son regard vers la fenêtre de la cuisine. Comme elle s'y attendait, elle vit le visage poupin de la petite rouquine qui se pressait contre le carreau. Cette fois, la fillette lui sourit.

4

Dans un grincement métallique, la monumentale porte cochère noire du dépôt de police de St Giles s'entrebâilla. Une grappe d'hommes la franchit. La plupart d'entre eux avaient passé de nombreux jours dans une cellule sombre et insalubre. La lumière de cette fin d'après-midi obligea les détenus à plisser les yeux. Comme ses compagnons, Foster Riley leva son visage vers le ciel. Pour sa part, il n'avait été emprisonné que vingt-quatre heures, mais la liberté avait toujours meilleur goût. Il constata que, pour une fois, le smog n'étendait pas sa chape jaunâtre et nauséabonde sur la ville. «Voilà un signe favorable!» se dit-il, sans trop savoir en quoi cela l'était vraiment. Par contre, ce dont il était sûr, c'était que les membres de la Confrérie des Freux ne restaient jamais bien longtemps à l'ombre. L'intervention de leur chef, conjuguée à celle de *policemen* corrompus, leur évitait de connaître longuement l'humidité des cachots des bords de la Tamise. Sur un signe à peine perceptible, il quitta ses codétenus de circonstance.

Empruntant les berges, l'Assommeur se dirigea à allure forcée vers l'île aux Chiens, sise sur l'un des méandres les plus importants du fleuve. Il n'accorda aucune attention à la forêt de mâts, battant pavillons de toutes les nations en bordure des quais. Chaque jour, des centaines de navires, de toute taille et de toute forme, de bois et de métal, remontaient et descendaient la voie fluviale aussi encombrée, si ce n'était plus, que les rues de la ville.

Après une bonne heure de marche, Riley longea un chapelet d'entrepôts construits au cours des quarante années précédentes, et destinés à garantir la sécurité des biens qui transitaient par le port, l'un des plus fréquentés d'Europe. Il se faufila au milieu d'une faune bigarrée de marins en escale et de dockers au travail sans que personne s'étonne de le voir là. Il y avait ses habitudes. Arrivant enfin tout près d'un pâté de bâtisses chambranlantes, qui avaient sans doute connu de meilleurs jours, il scruta les alentours d'un œil incisif. Sa présence semblait passer tout à fait inaperçue; il se coula entre les hauts murs de pierre écroulés où la mauvaise herbe s'accrochait depuis des lustres. Il traversa une courette pour entrer dans un entrepôt de trois étages. Le repaire des Freux ne payait pas de mine à l'extérieur. Ses ouvertures aveuglées de planches de bois lui conféraient un air d'abandon, tout à fait volontaire. Pourtant, à l'intérieur, on pouvait trouver quelques pièces d'un confort certain, notamment un grand salon. C'était là que Foster Riley venait prendre ses ordres auprès du maître horloger, habile dirigeant de cette confrérie peu orthodoxe.

L'Assommeur s'élança dans un escalier vétuste qui craquait à chacun de ses pas. «Un jour, quelqu'un va finir par passer à travers», songea-t-il en cherchant à éviter les marches les plus délabrées. Il s'arrêta sur un large palier et prit soin de racler sur le grattoir à chaussures ses godillots maculés de boue et d'excréments ramassés au fur et à mesure de sa marche dans les rues d'une saleté repoussante, que la pluie des derniers jours avait recouvertes de gadoue immonde. Hawthorne Lambton ne supportait pas que l'on souille les beaux tapis importés d'Orient dont il avait habillé le sol de son *living-room*.

En passant tout près, l'Assommeur jeta un coup d'œil envieux sur la cabine d'ascenseur de verre, de chrome rutilant et d'engrenages bien huilés dont le maître se réservait le privilège. Il soupira en entrant dans le salon.

Comme c'était son habitude, Riley examina le fabuleux décor que Lambton avait réalisé avec patience, et beaucoup de moyens, puisque la plupart des tapisseries, coussins de soie, bibelots et tableaux qui ornaient son antre avaient cheminé des régions les plus lointaines de l'Empire britannique. L'artisan ne se refusait rien. L'électricité avait été installée depuis peu, et un immense lustre mêlant cristal, cuivre et zinc jetait ses mille feux du centre du plafond.

Cette fois, Riley ne releva aucun ajout notable. Pour le moment, le salon était vide. Deux fauteuils tapissés de bomba-sin émeraude encadraient un sofa de même tissu de soie et au bâti de bois précieux. Tous trois étaient disposés le long du mur du fond, près d'une imposante cheminée de marbre où un feu achevait de se consumer. L'Assommeur hésitait à s'asseoir.

Caricature grotesque de son chef, il se mit à faire les cent pas, les mains dans le dos, comme s'il était le maître des lieux. Il s'approcha d'une toile en plissant le nez. Il n'y connaissait rien, mais savait néanmoins reconnaître le travail d'un artiste de grand talent. Le portrait paraissait vivant. La tête du person-nage tourna lentement pour suivre le mouvement de celui qui le regardait. À vue de nez, Riley jugea que ce tableau valait son pesant d'or.

– Sir Thomas Lawrence, 1829 ! tonna une voix dans son dos.

Riley se retourna d'un bloc. Le chef de la Confrérie des Freux refermait lentement la lourde porte de bois bardée de fer derrière lui.

– Le peintre a donné vie à l'un de mes ancêtres, John Lambton.

– Votre père ?

– Idiot ! Mon père ne méritait pas de poser pour ce grand artiste. Ce sont mes traits que sir Lawrence a utilisés, ne le voyez-vous pas ?

L'Assommeur se tut. Ce qui était préférable quand le maître horloger usait de ce ton tranchant. Et puis le *garotter* se moquait totalement de savoir qui était représenté sur ce tableau. Ce qui lui importait, c'était de toucher les deux livres promises par Lambton pour son coup de main contre le violoniste. D'autant qu'il avait perdu une dent dans la bataille, malgré la protection de son masque. Il devait bien se l'avouer, il ne s'était pas attendu à une telle riposte du musicien. Apparemment, manier l'archet renforçait les jointures ; ses gencives en avaient fait l'expérience. La prochaine fois, car prochaine fois il y aurait, il serait sur ses gardes.

À voir la mine renfrognée de Lambton, Riley songea qu'il devait également se méfier du bonhomme. Ses colères aussi subites que terribles étaient renommées et son air du jour n'augurait rien de bon. Son front se creusait des plis caracté-ristiques annonçant un violent orage.

– Un intrus m'a volé. Chez moi. Dans mon entrepôt de Waterloo, grinça le chef de la Confrérie. Mais je ne vous apprends rien, n'est-ce pas ?

Riley se racla la gorge. Il avait l'impression que le rouge de la culpabilité marquait toute sa personne. Il attendait, téta-nisé, la balle qui l'atteindrait sous peu entre les deux yeux. Il baissa la tête, ses genoux ployèrent pour supplier son maître de l'épargner, même s'il n'avait aucune chance de l'être. Le chef ne tolérait aucun manquement à la sécurité. En tant que responsable des Assommeurs, c'était sur lui que la faute allait retomber.

– Retrouvez mon automate. Quant au voleur, débarrassez-vous-en ! cracha Lambton.

Sur le point de flancher, Foster Riley dut faire un effort incommensurable pour se redresser. Il lui sembla que ses rotules craquèrent lorsqu'il bloqua les genoux pour ne pas s'affaler.

L'étonnante mansuétude de Lambton le déconcerta. L'homme n'était pas habitué à passer l'éponge aussi vite sur une faute aussi grave.

Le soulagement que l'Assommeur ressentit fit glisser un courant d'air frais le long de sa colonne vertébrale, comme si le souffle de la vie reprenait possession de tout son corps qu'un instant plus tôt il envisageait mort sur le tapis d'Orient.

– Les deux hommes chargés de surveiller mes biens ont failli à la tâche, Riley. Occupez-vous d'eux, également.

– Oui, m'sieur! articula de peine et de misère le *garotter*, tant sa gorge était râpée par la peur ressentie quelques secondes auparavant.

Lui tournant le dos, Lambton s'approcha d'un guéridon sur lequel trônait une magnifique boîte aux reflets chatoyants de brun, de violet et de jaune. Riley avait repéré cet objet en bois précieux depuis de nombreux mois déjà, se demandant s'il s'agissait d'une autre de ces babioles à musique que l'horloger se plaisait à fabriquer. Chaque fois, lors de ses convocations dans ce lieu, ses longs doigts agiles le démangeaient. Il y avait quelques menues bricoles au mécanisme apparent dont il savait pouvoir tirer quelques livres auprès de brocanteurs peu regardants sur la provenance de la marchandise. Mais ce criminel pourtant endurci n'osait pas. Malgré son allure efflanquée et ses airs de souris, son chef l'impressionnait.

Lambton caressa la boîte du bout des doigts, comme pour en apprécier la douceur satinée, puis l'ouvrit. Il en extirpa un cigare qu'il huma longuement. Sans bouger, l'Assommeur suivait des yeux chacun de ses gestes. L'artisan enflamma une Lucifer au phosphore en la grattant sur la semelle de sa chaussure. Une odeur désagréable envahit la pièce. Riley grimaça. Lambton prit tout son temps pour allumer un de ces cigares qu'il faisait venir à grands frais d'une échoppe cubaine. Le parfum s'échappant des bouffées sucrées finit par couvrir la puanteur de l'allumette.

Avec une délectation évidente, l'artisan tira sur son havane. Ses petits yeux se fermèrent, comme pour mieux en savourer l'arôme. Riley eut même l'impression que son nez pointu remuait. Le silence s'éternisant, l'Assommeur se mit à se dandiner sur place. Bientôt, un raclement de gorge finit par trahir son impatience.

– Deux choses encore ! reprit Lambton.

Le son de la voix de son chef fit sursauter Riley.

– Un, il me faut du *catgut* ! Débrouillez-vous pour m'en trouver en grande quantité.

Le *garotter* grimaça. Voilà une commande qui ne lui faisait guère plaisir.

– Deux, puisque vous n'êtes pas foutu de voler un misérable violon à un non moins misérable Tsigane, arrangez-vous pour m'amener le bonhomme ici. Je m'occuperai de lui, puisque je dois tout faire moi-même !

Lambton rouvrit les yeux et fixa l'Assommeur avec une intensité qui mit de nouveau ce dernier mal à l'aise. Riley recula d'un pas. Le maître horloger fit tomber la cendre de son cigare dans la coupelle en cristal d'un cendrier sur pied de laiton, dressé près de la cheminée.

– Oui, m'sieur !

– Vous pouvez disposer !

– C'que... bien, pour notre p'tit compte... j'm'disais que, peut-êtr' bien que...

Le visage de l'artisan se renfrogna. D'un geste menaçant, il pointa son cigare en direction de Riley.

– Vous ne pensez tout de même pas que je vais vous payer pour ce travail bâclé ! gronda-t-il. Combien croyez-vous qu'il m'en a coûté pour vous éviter la prison ?

L'Assommeur déglutit. Un instant, il avait craint que son chef écrase son havane sur son front. L'artisan n'en était pas à une cruauté près, tous les Assommeurs le savaient. Personne ne se serait risqué à le défier... du moins pas ouvertement !

Sans plus s'occuper de son homme de main, Lambton se dirigea vers une table sur laquelle reposaient une théière et une tasse de porcelaine. Il se servit du thé sans en offrir. Riley comprit que la rencontre était terminée.

– M'sieur ! le salua-t-il en se courbant légèrement, moins par respect que par crainte.

L'artisan ne s'y trompa pas en entendant grincer les dents de l'Assommeur. Cela lui procura un petit sentiment de satisfaction qu'il dissimula sous un sourire inquiétant.

Foster Riley sortit à reculons et prit soin de refermer la porte derrière lui. La tête lui tournait. Il quitta l'île aux Chiens à demi soulagé. Le mot *catgut* lui donnait la nausée. Décidément, voilà une course dont il se serait bien passé. Il décida d'attendre la nuit pour se mettre en chasse. Entre-temps, le mieux à faire était d'aller traîner dans l'entrelacs de rues et de venelles de Haymarket où il savait trouver quelque belle aux faveurs tarifées qui commençait son service du soir.

Son esprit vagabonda aussi vers l'automate disparu et un sourire étira ses lèvres fines.

L'allumeur de réverbères venait de terminer sa tournée du Strand. Mais, pour Foster Riley, la clarté était l'ennemie, ce soir.

Seule l'obscurité pouvait lui garantir la réussite de sa répugnante tâche. À pas de loup, il s'enfonça dans le lacis des ruelles de St Giles, là où il était à peu près assuré de trouver ce qu'il lui fallait pour satisfaire son chef. Immobile, il scrutait la nuit lorsqu'il entendit un miaulement, bientôt suivi d'un autre. Deux matous s'étripaient à quelques pas de là, sans doute pour la possession de quelque rat rachitique. Furtivement, l'homme se dirigea vers l'impasse d'où lui parvenaient les cris. Son boudin de sac de sable bien en main, il attendit en retenant son souffle. Le moindre bruit pouvait le trahir et sa proie s'envolerait.

Ce furent les yeux qu'il vit en premier. Ils avaient la particularité de capter la plus infime source lumineuse, l'obscurité n'étant jamais complète. Une membrane réflectrice, située derrière la rétine, faisait briller les pupilles jaunes. Riley ne bougea pas.

Un cliquetis de ferraille, bientôt suivi d'un autre miaulement, lui confirma ce qu'il supposait depuis son arrivée dans ce cul-de-sac. Ici, les félins s'en donnaient à cœur joie. Il inspira à fond, en ajustant sa prise sur son assommoir. Un frôlement contre sa jambe le paralysa l'espace d'un instant. Puis, d'un mouvement sec et vif, il laissa tomber sa matraque de toile sur la tête du chat. Les os craquèrent. Abandonnant le corps sans vie, il se précipita dans la ruelle, frappant à tour de bras. Quatre autres félins occupés à déguster des rongeurs se firent surprendre. Une dizaine détalèrent, laissant la place à cet ennemi trop bien armé. L'homme sortit un couteau de sa veste et se pencha sur le corps d'un matou noir. Il le saisit par la queue pour le retourner. Mais le chat, revenant à lui, bondit vers son visage, toutes griffes dehors, et lui entailla le nez. Un quart de pouce plus haut et l'Assommeur laissait un œil dans l'attaque. Il n'avait pas jugé bon de porter son masque à bec de corbeau pour s'en prendre à une bande de chats. Erreur !

– Sal'té ! gronda Riley avant de planter son coutelas dans la panse du greffier.

D'un geste vif, il éviscéra la bête, mettant de côté les intestins. Il fit de même pour ses quatre autres victimes. Les boyaux furent glissés dans un sac de toile que l'homme avait tiré de la poche de son manteau et qu'il jeta sur son épaule.

– Qu'est-ce qu'il peut bien faire avec ça, l'chef ! bougonna-t-il en se dirigeant vers les berges de la Tamise.

Une fois sur les quais, il lesta le sac de quelques grosses pierres, puis l'immergea en prenant bien soin de l'attacher avec une corde à un anneau servant à l'amarrage des barques. La température glaciale qui régnait la nuit depuis les dernières quarante-huit heures allait assurer la bonne conservation des entrailles jusqu'au moment de la livraison.

Enfin d'un geste rageur, l'Assommeur arracha un morceau de sa chemise qu'il trempa dans l'eau froide du fleuve et s'en débarbouilla le visage. L'ignoble bête l'avait griffé au sang. Quelques gouttelettes avaient coulé jusqu'à ses lèvres, lui laissant un goût de fer entre les dents.

Minuit sonna à St Paul. Foster Riley reprit son errance nocturne en direction de la colline de Ludgate d'où la cathédrale dominait la City. La première partie de sa mission avait été couronnée de succès. En serait-il de même pour la seconde ?

Au fur et à mesure qu'il avançait, sa route croisait toute une faune de truands que la nuit avait fait sortir des taudis où ils se terraient le jour. Prostituées, voleurs, assassins, les rues de Londres grouillaient du rebut de la société se mettant en chasse d'honnêtes citoyens au mieux à détrousser, au pire à trucider.

À intervalles réguliers, pour se faire reconnaître, le *garotter* parlait à l'un, en saluait un autre ou agitait son boudin de sable pour écarter les importuns. Les Assommeurs et les Braillards étaient rarement inquiétés. Ce n'était pas tant d'eux que la pègre se méfiait que de leur chef redouté. Le mot d'ordre dans les bas quartiers était de ne pas se mêler des affaires de la Confrérie des Freux.

Foster Riley s'approcha du Old Court Pub et jeta un coup d'œil par l'un des carreaux noircis de suie de la taverne. Yoshka Sinti et sa fille étaient en congé comme tous les lundis soir ; il le savait, mais tenait à s'en assurer.

Dans les quartiers pauvres, la population faisait la Saint-Lundi afin de se remettre des abus d'alcool de la veille. D'ailleurs, le lundi, le taux d'absentéisme dans les usines montait en flèche, malgré tous les sermons des pasteurs et les remontrances des puissantes sociétés prônant la stricte observance du sabbat qui faisait, normalement, du dimanche une journée consacrée au Seigneur et au repos, et non un jour de fête et de divertissement. Mais les classes populaires se souciaient fort peu de ces anathèmes. Ce jour-là, si elles désertaient les lieux de culte, elles se pressaient dans les tavernes jusqu'au cœur de la nuit. Et personne ne pouvait les en déloger, surtout dans les quartiers les plus misérables où il ne faisait pas bon s'aventurer dans l'obscurité, même pour la police.

Riley tourna encore un peu dans les environs, histoire de s'assurer que tout était calme et qu'aucun *garotter* ne requérait un coup de main. D'un signe de tête, il salua un groupe de Braillards, au sein duquel il reconnut Cody Walder. Ces gamins étaient les yeux et les oreilles des Freux, autant dans les bas-fonds que dans les secteurs ouvriers, et souvent même dans les beaux quartiers.

Finalement, l'Assommeur regagna son garni de Bethnal Green.

En prenant garde de ne pas faire craquer les marches, il s'engouffra dans l'escalier de bois menant à l'étage du taudis qu'il louait à Abigaïl, la tenancière du Old Court Pub. À cette heure de la nuit, les risques de croiser d'autres locataires étaient minces. Prostituées, rabatteurs de combats de boxe, entremetteuses, actrices, artistes, mendiants et voleurs professionnels étaient tous au travail, la plupart dans le quartier St James, à une bonne heure de marche de là. Personne ne viendrait l'importuner. Tant mieux.

Il tira sa clé de la poche de sa veste, mais, avant d'ouvrir sa porte, il jeta un dernier coup d'œil derrière lui.

Dès l'entrée, il craqua une allumette et enflamma la mèche de la lampe à huile posée sur la table. Un halo de lumière jaunâtre illumina un intérieur douillet, détonnant dans l'immeuble et le quartier. Depuis des années, Foster Riley avait appris à dérober ce qui l'intéressait afin de satisfaire ses goûts non de luxe, mais pour l'utile et le confortable.

La table recouverte d'une nappe blanche, les deux chaises, les peaux de lion, de guépard, de léopard qui lui servaient de tapis et masquaient un parquet abîmé par les ans et les godillots, l'horloge aux engrenages grinçants, les bibelots divers, même le lit et la literie, tout était issu de la rapine. Depuis l'enfance, il avait accumulé non seulement un joli pécule avec la revente du fruit de ses larcins, mais aussi quelques beaux meubles et objets pour agrémenter sa vie de tous les jours.

Enfant, Riley était déjà doté d'un sang-froid qui faisait la joie de ses maîtres ès filouterie. Mince et souple, il avait appris, dès ses quatre ans, à se couler entre les barreaux des fenêtres, à se faufiler par un soupirail non protégé, parfois même à emprunter le conduit d'une cheminée pour s'introduire dans les maisons que ces messieurs dames les bons bourgeois pensaient impénétrables. Il n'y avait aucun intérieur à son épreuve. En son temps, il avait été l'un des plus habiles *snakemen* de sa confrérie. Ses facultés lui avaient permis de travailler dès son plus jeune âge avec son père et ses deux frères aînés. Comme une souris, il savait profiter de la plus étroite ouverture pour s'introduire dans une demeure. Il ne lui restait ensuite qu'à déverrouiller la porte à sa famille qui pouvait ainsi effectuer son travail en toute quiétude. La vie était belle, en ce temps-là, soupirait-il souvent en regardant les petits ramoneurs sur les toits, sachant que beaucoup d'entre eux appartenaient au monde des monte-en-l'air, et servaient d'informateurs à la pègre.

Cependant, le dernier cambriolage des Riley avait mal tourné. Le richard que son père croyait absent les avait surpris en pleine action. Le paternel et l'un de ses frères étaient tombés sous les balles du rentier amateur de chasses africaines. Son deuxième frère s'était fait serrer par la police en tentant de fuir, et avait terminé sa vie au bout d'une corde. C'était grâce aux capacités athlétiques de son jeune âge que Foster Riley avait pu s'échapper, se jetant la tête la première par la lucarne qu'il avait forcée pour pénétrer dans la maison.

Après l'arrestation de son frère, la police avait investi le taudis familial de St Giles. Sa mère et sa jeune sœur avaient été arrêtées, condamnées à sept ans d'exil, et expédiées en Nouvelle-Galles-du-Sud, sans grand espoir de retour. Dès lors, l'adolescent de treize ans savait qu'il lui était impossible de retourner chez lui sans risquer de se faire prendre à son tour. Il s'était tout naturellement tourné vers des connaissances de son père, d'autres cambrioleurs. Il avait ainsi pu poursuivre sa carrière dans le milieu, avec un certain succès comme le démontrait son coquet chez-soi. Bien sûr, il devait déménager souvent pour éviter les visites surprises autant de la police que de collègues jaloux ou de chefs de clans curieux, mais cela ne l'importunait guère. Par ailleurs, depuis qu'il avait intégré la Confrérie des

Freux, dix ans plus tôt, il jouissait d'un nouveau standing. La réputation de violence des Assommeurs lui assurait la tranquillité et le respect de ses condisciples.

Riley jeta son masque de corbeau sur la table et demeura un instant immobile, examinant l'inquiétante créature assise sur son canapé. Le visage de cuir gras, marbré d'auréoles foncées, demeurait fixe. Les yeux également. L'ossature du visage et de la main droite appartenait sans conteste à un corps humain, le squelette en témoignait. Toutefois, pour la main gauche, des bandelettes de cuir tenaient lieu de ligaments afin de soutenir des tubes d'os véritable et de bois. Le tout était maintenu en place par de nombreux rivets, boulons et articulations mécaniques qui permettaient d'animer cet être étrange. L'homme était engoncé dans une longue veste de cuir noir, fermée par des brandebourgs à clip de laiton, piquetée d'œillets, de mousquetons, bardée de languettes de cuir retenues par des boucles métalliques, qui lui descendait jusqu'aux genoux. De hautes bottes souples à boucles emprisonnaient ses jambes. Son crâne était coiffé d'un touret de cuivre martelé et ouvragé, relié à ses épaules par une multitude de boyaux spiralés qui se perdaient dans des cadrans au mécanisme apparent de différentes tailles. La corpulence de l'homme traduisait bien son poids, Riley l'avait constaté en lui faisant traverser toute la ville sur son dos, de peine et de misère, jusqu'à chez lui.

L'Assommeur se laissa tomber sur une chaise, se pencha vers l'avant, les coudes appuyés sur ses cuisses, son menton glissé dans ses mains jointes, pour mieux observer son nouveau pensionnaire. Jamais il n'avait vu une telle merveille. Lambton était décidément un maître dans la fabrication des automates. Riley se demanda soudain ce qui lui avait pris d'emporter la pièce maîtresse de l'artisan. Il ne pouvait en résulter que malheurs pour lui, mais la tentation avait été trop forte. Sa nature de voleur prenait parfois le dessus sur sa raison. Il lui fallait posséder la plus belle des inventions qui ait jamais été créée.

Le chef de la Confrérie des Freux ne laisserait pas passer une telle offense. Mais aussitôt la petite voix intérieure de Riley lui signifia qu'il n'avait rien à craindre. Personne ne l'avait vu s'introduire dans le hangar. Il n'avait rien perdu de sa souplesse, et il lui avait été facile de faire basculer le vasistas, puis de se faufiler dans l'ouverture. Il n'avait eu ensuite qu'à crocheter le loquet pour sortir par la grande porte avec son fardeau. Les deux préposés à la surveillance avaient été facilement corrompus. Riley leur avait remis à chacun une bourse bien garnie qui devrait leur assurer le nécessaire et le superflu pour tout un trimestre. Il s'était par ailleurs assuré qu'aucun des deux ne le trahirait. Il suffisait de menacer leur famille au cas où son nom viendrait à être prononcé lors de leurs interrogatoires par la police ou par Lambton. Pourtant, il se posait des questions. Qu'est-ce qui l'avait poussé à faire main basse sur cette machine qui, un jour ou l'autre, l'encombrerait ? Son geste irréfléchi le laissa dubitatif quelques secondes.

Puis il secoua la tête comme pour replacer ses idées. S'il voulait être honnête avec lui-même, il savait bien pourquoi cet être était là, avec lui. Celui qui possédait une si belle mécanique acquerrait un certain prestige auprès de ses pairs. Le risque que Lambton l'apprenne en valait la chandelle. Riley n'acceptait plus d'être un Assommeur parmi les autres. Il voulait être le plus dominant, le plus respecté, à défaut d'occuper tout de suite la place de son chef à la tête de la Confrérie. C'est cela qui parfois le forçait à défier l'autorité.

Finalement, après avoir bien observé la machine durant plusieurs minutes, il se rapprocha d'elle pour en percer les secrets. Tenant le bras gauche, celui qui barrait la poitrine de l'automate, Riley le tira, le poussa, le monta, le descendit, usant de précaution pour ne pas endommager les mécanismes.

Tout à coup, sans avertissement, l'être plongea sa main décharnée dans sa veste, en extirpa un long poignard qu'il se mit à brandir. Dans un mouvement de haut en bas, il en asséna plusieurs coups devant lui. Riley hurla alors que la lame acérée lui balafrait le visage. Il eut juste le temps de se projeter vers l'arrière, sinon son œil droit aurait été transpercé. L'Assommeur s'estima heureux de n'être plus grièvement atteint. Décidément, songea-t-il, son visage faisait une cible bien trop facile lorsqu'il était découvert. Le chat et maintenant l'automate avaient bien failli avoir raison de sa vue et tout cela dans la même nuit.

Devant la dangerosité de la créature, Riley chercha durant de nombreuses secondes le mécanisme d'arrêt. Après quelques tentatives infructueuses, pendant lesquelles la lame le frôla plus souvent qu'il ne l'aurait souhaité, il parvint à rendre inerte l'homme métallique.

Redoutant d'autres mouvements incontrôlés, et soupçonnant des pièges, l'Assommeur garda ensuite ses distances. Il essuya le sang qui maculait son menton, en décochant des regards exaspérés à son agresseur dépourvu de conscience. Il s'en voulait de son imprudence, mais le parti qu'il pourrait en tirer lui apparut brusquement. Et cette fois, il sourit avec malice.

5

De retour à sa boutique-atelier, Hawthorne Lambton attendit jusqu'à midi en fulminant. Où était donc passé le Braillard qu'il avait chargé d'espionner les Tsiganes quelque soixante-douze heures plus tôt ?

– Il faut tout faire soi-même ! grogna-t-il.

Il se rendit une fois de plus à la fenêtre censée lui procurer un peu d'éclairage le jour, mais qui, en vérité, était crasseuse et ne laissait passer qu'une très faible lumière. Il tenta de voir au loin, dans la rue, à travers les petits carreaux obscurcis de suie, s'étirant d'un côté et de l'autre. En vain.

Impatient, l'horloger retourna à son établi, mais il n'avait pas le cœur à l'ouvrage. Le vol de son plus beau spécimen faisait gronder une sourde colère en lui. Le scélérat qui avait osé s'introduire dans son entrepôt ne savait assurément pas à qui il s'était attaqué. La Confrérie des Freux aurait tôt fait de lui mettre la main au collet et de lui faire payer cher son audace.

– Riley va s'occuper de toi, maudite canaille ! cria Lambton en frappant la table de bois du plat de la main. Et quand mon Assommeur en aura fini avec toi, on pourra compter tes os ! Tiens, je m'en servirai même pour construire une autre machine !

Il revint se poster à la fenêtre. Toutefois, ne voyant toujours pas trace de Cody, il tira sa montre à gousset et ses yeux de myope déchiffrèrent l'heure.

– Ah ! Et en plus, je dois partir !

Rassemblant ses outils et les os polis, il rangea le tout par genre et par ordre de grandeur dans des écrins de bois qu'il prit soin de verrouiller. Il enferma ensuite le tout dans un petit coffre-fort mural à roue crantée dont il brouilla la combinaison. Finalement, il rabattit un pan de mur tapissé sur le coffre qui ainsi disparut.

Après avoir donné deux tours de clés aux serrures de sa boutique, Lambton grimpa l'escalier qui menait à la rue, puis, à sa gauche, il enfila une deuxième volée de marches vers son domicile, situé juste au-dessus de son atelier. Moins de trente minutes plus tard, il était prêt à ressortir.

Cette fois, le chef de la Confrérie des Freux avait revêtu son plus bel habit : une jaquette noire aux revers brodés taillée dans la plus belle flanelle, un pantalon à rayures à taille haute, un gilet sombre et une chemise blanche, fermée au col par un foulard de soie de même couleur et lâchement noué. Une montre à chaînette d'or était glissée dans son gousset. Il enfila des gants de chevreau et ramassa sa canne ouvragée à pommeau d'ivoire. Avant de quitter sa demeure, il se coiffa d'un gibus noir. D'un pas pressé mais assuré, Hawthorne Lambton se dirigea vers la gare qui desservait les comtés du nord de l'Angleterre. Chaque mois, il entreprenait ce voyage d'une douzaine d'heures à l'aller et autant au retour.

Durant ces longs trajets, il ne cessait de penser à son dernier fils, Seabert, l'unique rescapé de sa lignée. L'enfant avait déjà vécu une douzaine d'années. Douze longues années de douleur, plus que ses deux sœurs et son frère morts en bas âge dans d'atroces souffrances. Tout cela à cause d'une malédiction. D'une terrible damnation qui marquait les Lambton depuis des générations. Sans cesse, l'artisan rabâchait la même question : pourquoi, lui, avait-il échappé à ce mauvais sort ? La seule réponse envisageable était sans doute la suivante : on avait voulu qu'il voie dépérir sous ses yeux sa descendance, sans pouvoir agir. Comme une ultime punition pour le dernier du nom.

Tous les Lambton n'étaient pas morts en bas âge, loin de là. Certains avaient même bénéficié d'une longévité respectable, mais, toujours, leur vie avait été ponctuée de drames et de malheurs, de souffrances et de tourments. Aucun n'avait connu la sérénité sur son lit de mort. Hawthorne Lambton ne doutait pas qu'il en serait de même pour lui. D'ailleurs ne connaissait-il pas déjà le plus lancinant supplice en voyant s'éteindre sa progéniture à petit feu, ravagée par un mal incurable ?

Mais tout cela allait bientôt changer ! Il se l'était juré. Il ne laisserait pas Seabert trépasser sans avoir tout tenté pour le sauver. Quitte à descendre au plus profond de l'abjection. Il n'était plus loin d'ailleurs de l'indignité et de la déchéance ; tous ses actes des dernières années pouvaient en témoigner. Cependant, il ne regrettait rien. Tout ce qu'il avait fait, c'était pour sauver Seabert.

Douze heures plus tard, le crissement des freins du train Londres-Durham retentit dans la petite gare, et la locomotive cracha son dernier nuage de fumée. Lambton se réveilla en sursaut et consulta sa montre. Il était près de deux heures du matin. Il ramassa son sac, rajusta ses vêtements, coiffa son gibus et s'aida de sa canne pour descendre le marchepied qui venait de s'abaisser mécaniquement dès l'ouverture de la porte de son compartiment. Il resta quelques secondes sur le quai, cherchant des yeux le valet qui venait le chercher chaque mois. Il le repéra, courant dans sa direction, tentant d'éviter, malgré sa précipitation, les voyageurs qui allaient à contresens.

– Vous êtes en retard, Grady !

L'homme, tenant poliment sa casquette à la main, s'empara du sac que son maître avait posé à ses pieds.

– Pardonnez-moi de vous avoir fait attendre, Mister ! s'excusa-t-il.

Il passa devant Lambton et tous deux se dirigèrent vers la sortie de la gare. Arrêté devant l'entrée, un coche mené par deux chevaux impatients les attendait. Grady déroula le marchepied pour permettre à Lambton de grimper dans la voiture couverte. Ensuite, il prit place sur le siège du conducteur, situé au-dessus et légèrement décalé sur l'arrière de la voiture, le sac du voyageur à ses côtés. Il rabattit un jeté de laine sur ses vieilles jambes qui ne supportaient plus ni le froid ni l'humidité. Mais Grady ne se plaignait jamais. Quinze ans encore auparavant, malgré ses cinquante ans, il était l'un des meilleurs Assommeurs de la City. Le chef de la Confrérie des Freux lui avait fait l'honneur de l'envoyer, dix ans plus tôt, dans le comté de Durham pour veiller sur sa progéniture. Un geste qui le mettait également à l'abri de la police londonienne qui avait fini par le connaître un peu trop. Depuis, le vieux valet coulait une retraite paisible dans le domaine de Lambton.

– Hop ! hop ! dit-il, tout en faisant claquer sa langue pour stimuler les chevaux qui prirent aussitôt le trot au cœur de la sombre nuit.

Le domaine familial des Lambton se situait à une heure de fiacre. Comme chaque fois, le cœur de l'horloger battit la chamade durant tout le trajet, tenaillé par la hâte de serrer son unique rejeton dans ses bras, mais aussi par la crainte de le découvrir plus mal en point que la fois précédente.

La voiture roula quelques minutes sur le pont enjambant la Wear, rivière sinueuse arrosant les terres de la famille Lambton.

Tout de suite après l'arche s'ouvrait un bois touffu qui longeait le cours d'eau. Cette forêt était parcourue d'un chemin de promenade où, l'été, père et fils aimaient flâner quand la température le permettait et si l'enfant n'était pas trop épuisé.

Le fiacre emprunta le sentier, se glissant entre les arbres dégarnis par l'arrivée de l'hiver. Tout au bout, sur une éminence était construit le château. Depuis une bonne vingtaine de minutes, penché à la fenêtre de sa portière, l'horloger inspirait à pleins poumons l'air frais et pur de la campagne. Au loin, des lumières dansaient dans la nuit. Comme chaque fois, les serviteurs avaient allumé les lampions pour accueillir le maître qui revenait chez lui. La voiture traversa l'immense parc qui, autrefois, accueillait des chasses renommées et des courses hippiques. Mais, depuis que son dernier fils était tombé malade, Hawthorne avait renoncé à ces divertissements qui, dix ans plus tôt, attiraient toute la noblesse et la bourgeoisie du comté.

Le cocher arrêta son équipage dans la cour, devant la résidence massive et cossue, imitant le style féodal normand, entre deux rangées de lanternes allumées. Grady sauta à terre pour aider le maître à descendre du fiacre. Lambton le suivit en silence jusque dans le grand hall où un serviteur encore tout embrumé de sommeil attrapa son sac de voyage d'une main, en brandissant une lampe à huile de l'autre. Sans un mot, le domestique lui ouvrit le chemin jusqu'à l'étage auquel on accédait par un monumental escalier de fer forgé. Hawthorne Lambton s'arrêta quelques secondes devant la porte de la chambre où son fils reposait, puis, avec un soupir, repartit vers ses propres appartements. Lorsque le factotum le laissa, il consulta sa montre. Trois heures quarante-cinq du matin. Il pouvait encore bénéficier de quelques heures de sommeil avant de se rendre au chevet de Seabert.

À huit heures, Lambton alla lui-même réveiller son fils. Il tira les lourdes draperies pour faire entrer la lumière blafarde de novembre. La pluie cognait contre les petits carreaux. L'enfant remua sous son épaisse couverture, puis ouvrit lentement les paupières, comme si la lueur lui brûlait les yeux. L'horloger remarqua les cernes bleus, les pupilles bordées de rouge, le visage exsangue et émacié du jeune garçon, sa respiration sifflante. L'état général de Seabert semblait s'être encore détérioré depuis sa dernière visite. Voilà des mois qu'il n'osait plus toucher à la chair de sa chair, car le moindre frôlement était intolérable à l'enfant. Il remarqua que l'oreiller était taché de sang. Chaque jour, chaque nuit, Seabert saignait du nez et des gencives. Père et fils échangèrent un regard. Celui du père se remplit de compassion et de douleur; celui du fils, ne semblant pas reconnaître Lambton, hurla un appel au secours.

6

LAMBTON HOUSE, PÂQUES, 1188

Les cloches sonnaient à la volée, appelant les habitants du village de Washington à l'église. Des centaines de personnes en provenance des hameaux et des châtellenies de la paroisse, à cheval, à pied, en carriole, grands et petits, riches et pauvres, maîtres et serviteurs, en groupes ou seuls, tous affluaient vers le lieu de culte pour célébrer la plus importante fête chrétienne, celle de la résurrection de Jésus-Christ.

Après un carême de quarante jours où un seul repas par jour était permis, la messe de ce dimanche annonçait la fin du jeûne de trois jours observé depuis le Vendredi saint. Bientôt viendrait le moment des réjouissances. Dès le matin, les demeures nobles, bourgeoises et paysannes s'étaient parfumées du doux fumet du repas de fête qui attendait les paroissiens au retour de l'église.

Toutefois, dans le domaine de Lambton, un jeune homme rigolait dans sa fine moustache. Méprisant l'observation de ces préceptes religieux, John, débauché notoire d'une vingtaine d'années, avait choisi de braver une fois de plus les interdits et de n'en faire qu'à sa tête.

Canne à pêche à la main, assis sur le tablier du pont de pierre, les jambes ballantes, il sifflotait en faisant fi des regards méprisants et désapprobateurs de sa domesticité, de sa parentèle et des villageois qui se pressaient vers l'église. Il n'était pas question qu'il fréquente ce lieu ; il avait bien mieux à faire en ce superbe dimanche d'avril.

Lorsque les paroissiens sortirent de la messe sur le coup de midi, John n'avait toujours rien au bout de son hameçon, ni dans sa nasse. Il entendit des ricanements quand les villageois passèrent près de lui sur le chemin du retour. Sa bonne humeur du début de la matinée était en train de tourner à l'aigre. Il sentait la fureur et l'impatience le tourmenter.

– Maudite malchance ! bougonna-t-il dans ses bacchantes sombres. Qui donc a jeté un mauvais sort à cette satanée rivière ? On n'y trouve pas plus de poissons que dans d'la pisse de chat !

Provoquée par cette explosion de colère sacrilège et injustifiée, une vaguelette agita l'eau juste sous les pieds du jeune homme. Quelques instants plus tard, celui-ci sentit quelque chose au bout de sa ligne.

– Ah, enfin ! explosa-t-il.

John tira de toutes ses forces. Jamais il n'avait eu affaire à si forte partie. La prise devait être énorme.

Relevant sa canne, il regarda, dégoûté, la sangsue ou plutôt l'anguille noire et visqueuse qui s'agitait au bout de sa ligne. Il approcha la bête pour mieux voir. À peine fut-il à quelques pouces de lui que l'immonde animal releva la tête et le fixa avec une intensité dangereuse. John eut un frisson d'horreur. Le ver avait le visage du démon.

La raison du garçon l'exhortait à jeter canne à pêche, ligne, hameçon et monstre dans la rivière, mais Lambton était incapable de détacher son regard des yeux incandescents qui le dévisageaient. Avec effroi, il vit les mâchoires s'ouvrir sur des centaines de dents effilées et tranchantes comme des lames. Un liquide nauséabond suintait des branchies situées de part et d'autre du cou de la bête.

Tout à coup, le jeune homme eut l'impression que sa tête était envahie d'images d'une noirceur funeste. Tels des spectres, tous les péchés commis durant sa jeunesse dissolue s'emparaient de son esprit.

– Personne ne me croira! murmura-t-il pour lui-même. Je dois rapporter ça au château pour leur montrer.

Ne voulant pas détacher sa prise avec ses mains, il la secoua avec force au-dessus de sa nasse. Le ver y chuta dans un bruit flasque.

John repartit vers Lambton. Cependant, sans pouvoir s'en expliquer la raison, après avoir quitté le bois, il dévia de sa route pour se rendre à un puits abandonné qui se trouvait à une lieue de sa résidence. Il y vida sa nasse, bien décidé à oublier cette horrible pêche.

À partir de ce moment, toutefois, John Lambton ne fut plus jamais le même. Lui qui buvait plus que de raison devint aussi sobre qu'un chameau dans le désert; lui, qui aimait tant donner des fêtes somptueuses devint un reclus dans sa propre demeure; lui qui recherchait la compagnie féminine, et si possible jamais la même demoiselle deux soirs de suite, se fit aussi chaste qu'un moine; lui qui aimait tant le jeu ne toucha plus une carte, ne paria plus une guinée.

Devenu plus pieux que le curé de la paroisse, douze mois après sa drôle de pêche, John se joignit au roi Richard Cœur de Lion qui enrôlait des chevaliers anglais pour combattre à ses côtés lors de la troisième croisade en Terre sainte. John Lambton laissa derrière lui parents et amis stupéfiés, amours en pleurs, château et privilèges.

Par contre, la bête qu'il croyait morte au fond du puits où il s'en était débarrassé s'était développée, devenant plus grosse et plus puissante de jour en jour.

Un matin d'été, deux paysans aperçurent dans leur champ une trace dont montaient des émanations de gaz acide. Elle semblait provenir d'un puits abandonné. Ils la suivirent jusqu'à une colline non loin du château de John Lambton. Arrivés tout près, ils se figèrent d'horreur. Un immense ver déroulait ses anneaux tout autour de la butte ; il était si long qu'ils en comptèrent neuf tours. La créature semblait prendre mollement le soleil. De son corps coulait une écume caustique qui brûlait l'herbe sous elle. De sa gueule jaillissait une haleine si fétide et puissante qu'elle désagrégeait les arbres environnants. Très vite, la bête se mit à détruire les récoltes, à brûler les forêts, à dévorer le bétail. Lorsque de jeunes enfants disparurent, la terreur fut à son comble dans la région.

Les habitants de Washington cherchèrent, en vain, comment se débarrasser de ce monstre terrifiant et mortel. Chaque matin, les villageois se réunissaient à l'église pour essayer de trouver un moyen de tuer l'horrible ver. Même les prières du curé, ses aspersions d'eau bénite, ses incantations d'exorcisme furent sans effet.

– À moins de rester cloîtré chez soi, chacun court le risque d'être la prochaine victime ! déclara le prêtre en se signant plusieurs fois.

– Je ne vais plus aux champs depuis des semaines, bientôt nous n'aurons plus rien à manger, car il détruit tout ! se lamenta un paysan.

– Je possède un vieux grimoire de magie qui était autrefois utilisé pour la chasse aux dragons ! déclara une vieille en brandissant un ouvrage ancien.

Voyant l'air du curé, elle s'empressa d'ajouter :

– Ça ne coûte rien d'essayer, puisque, de toute façon, nous n'avons trouvé aucune solution.

Le pasteur soupira, puis hocha la tête pour encourager la vieille à expliquer son idée.

– Il est écrit ici que, pour apaiser les monstres malfaisants, on doit leur offrir du lait.

Quelques rires montèrent des gorges nouées des villageois, mais tous écoutaient avec espoir. On ne badinait pas avec les monstres et les dragons.

Après que le curé eut donné son accord et béni ses fidèles, les paysans se rendirent au château. Dans une remise, ils trouvèrent la plus imposante auge qu'ils déposèrent au milieu de la cour et la remplirent de lait frais. Ils eurent juste le temps de décamper que déjà le ver se glissait jusque-là pour boire tout son soûl.

Deux heures plus tard, il dormait tranquillement enroulé autour de sa butte. Ce jour-là et la nuit suivante, il ne s'attaqua pas au rare bétail qui subsistait dans la région. Cependant, le lendemain, à son réveil, en constatant que l'auge était vide, la bête s'agita de colère et attaqua tout ce qui se trouvait à sa portée. Terrifiés, les villageois se réfugièrent de nouveau dans l'église.

– Il faut satisfaire la bête chaque jour ! se plaignit un vacher. Tout notre lait va y passer !

Effectivement, chaque matin et chaque soir, ils durent mettre toutes les vaches, ânesses et brebis à contribution pour satisfaire la créature. Quelques hommes tentèrent d'aller tuer le monstre, à coups de pique, parfois de fourche, d'épée. Quand, par miracle, l'un d'eux réussissait à trancher le ver en deux, aussitôt les parties se ressoudaient pour reformer un ver intact, qui s'en prenait sur-le-champ à celui qui avait osé ainsi s'attaquer à lui.

Une autre année passa. Le village dépérissait. Beaucoup d'habitants fuirent Washington, abandonnant terres et maisons pour recommencer leur vie ailleurs, loin du monstre. Et puis un jour, quatre ans après son départ, John Lambton revint de croisade. Il fut horrifié par ce qui l'attendait. Le hameau était désert. N'y restaient, dans le plus grand dénuement, que les personnes les plus âgées qui n'avaient pu quitter les lieux. Le ver avait considérablement agrandi son terrain de chasse et menaçait désormais la ville même de Washington.

John décida d'aller consulter une sorcière qui officiait hors du comté.

– Vous ne pourrez vous délivrer de ce monstre que si vous l'affrontez au milieu de la rivière où vous l'avez pêché autrefois ! lui confia-t-elle. Vous devrez porter une armure de lames effilées. Cette créature ne peut être vaincue que par celui qui l'a tirée des eaux, c'est-à-dire vous.

– Vous êtes sûre que je réussirai à en débarrasser le pays ? s'enquit John.

– Oui, mais à une condition ! répondit la magicienne. Après avoir vaincu la bête, vous devrez occire le premier être vivant que vous croiserez en retournant à votre demeure. Sans cela, votre lignée sera maudite, chacun de vos descendants connaîtra une fin atroce.

Peu convaincu par la justesse de la prédiction, John retourna chez lui, plongé dans une profonde réflexion. Tout avait été tenté pour éliminer l'immonde créature ; rien n'avait fonctionné. S'il devait perdre la vie dans le combat, ce ne serait que juste retour des choses. N'était-ce pas lui qui avait tiré la bête des profondeurs d'où elle n'aurait jamais dû émerger ?

John se fit fabriquer l'armure par le forgeron du village, selon la description qu'en avait faite la sorcière. Puis, armé de son épée, il se rendit d'un pas ferme à la colline où le ver sommeillait en cuvant son lait. Il le frappa à de nombreuses reprises pour attirer son attention. Finalement, ouvrant un de ses yeux vitreux, la *créature le fixa. Ses pupilles redevinrent aussitôt incandescentes, comme la première fois où leurs regards s'étaient croisés. Assurément, elle le reconnut !*

Mollement, elle s'étira de tout son long pour tenter d'enserrer John dans ses anneaux. Celui-ci, habile, évita toutes les attaques et en manœuvrant lentement réussit à attirer le ver jusqu'à la Weir. Le jeune homme sauta dans la rivière. La bête en fit autant. Une fois dans l'eau, elle tenta de l'étouffer. Ses puissants anneaux serraient le corps mince de Lambton. Mais plus elle s'entortillait autour de lui, plus les lames de l'armure tailladaient sa chair. Blessée par l'épée et les lames, la créature fut coupée en plusieurs morceaux. Le courant de la Weir les emporta avant que le ver ne puisse se reformer. La victoire était acquise. John avait triomphé.

Il sortit péniblement de la rivière, épuisé, en sang, sans force, au bord de l'évanouissement, et se traîna jusqu'au château. Fou de joie de le revoir vivant, son vieux père se jeta à son cou. Ce fut seulement à cet instant que John se souvint des terribles paroles de la magicienne : il devait occire le premier être vivant qu'il rencontrerait au sortir de la bataille contre le ver. Tuer son père pour sauver sa lignée ! Cela lui était impossible. Alors, se penchant, il transperça le cœur de son fidèle chien. Hélas, le sacrifice de son compagnon de jeunesse ne fut pas suffisant pour vaincre la malédiction. Tous les héritiers de Lambton, John le premier, connurent une fin tragique.

Quelques années après cette terrible aventure, alors qu'il se promenait en bordure de la Wear, le maître de Lambton, devenu père depuis peu, glissa dans la rivière et s'y noya. Maladies foudroyantes et incurables, accidents de cheval, noyades, chutes diverses et même assassinats, tel fut le lot de tous les descendants de John Lambton. Aucun d'entre eux ne mourut paisiblement dans son lit.

Assis sur le bord de la couche de son unique fils, Hawthorne Lambton se remémorait ces horribles événements. Il se demanda quelle mort atroce l'attendait lui-même. Quant à celle de Seabert, il pouvait la prédire. Comme ses trois autres enfants, son petit garçon souffrait d'une maladie qui s'en prenait à ses os. Mais l'horloger ne désespérait pas de le sauver. Il n'était pas question que le dernier des Lambton disparaisse sans que tout soit mis en œuvre pour combattre la malédiction. Depuis plus d'une décennie, l'artisan s'y était employé. S'il s'était fait pilleur de tombes, cela n'avait eu qu'un seul but : trouver la formule parfaite pour sauver ses descendants. Il n'avait pas réussi pour trois d'entre eux, mais cette fois, il en était sûr, la solution était à portée de main. Il suffisait de faire preuve d'un peu de patience, même s'il n'en avait plus à gaspiller. Riley allait l'y aider. Comme toujours !

Seabert gémit. La panique dans ses yeux bordés de rouge trahissait sa souffrance. Un hurlement franchit ses lèvres bleutées tandis qu'il tentait d'échapper à la main de son père. La douleur subie par son fils ravageait Hawthorne Lambton ; il fulminait de ne pouvoir la soulager sur-le-champ.

Le grincement d'une porte s'ouvrant avec lenteur lui fit tourner la tête. Miss Deans, la femme qu'il avait chargée de veiller sur son enfant entra dans la chambre, une bassine d'eau fumante à la main, des serviettes propres sur l'avant-bras. Une odeur d'angélique se répandit dans la pièce. La gouvernante salua Lambton d'une rapide génuflexion, puis entreprit de retirer sa chemise au garçon. Malgré ses gestes empreints d'une grande délicatesse, ces mouvements lui arrachèrent quelques cris. Elle éponge son front couvert de sueur, puis se mit à le laver à petites touches douces, par effleurements.

– Qui... qui est là ? balbutia Seabert, le regard dans le vague.

– Votre père, jeune maître ! répondit Miss Deans.

L'enfant tourna la tête vers l'ombre se profilant à contre-jour ; il ne parut pas reconnaître celui qui se tenait à son chevet.

La femme soupira. Lambton comprit que l'état de son fils s'était encore aggravé. Il quitta le bord du lit, se dirigea vers la fenêtre et laissa son regard dériver sur le paysage morne de ce début d'hiver, dissimulant ainsi les larmes qui humectaient ses paupières. Faire acte de faiblesse était tout à fait exclu.

La toilette du garçon se poursuivit dans les larmes et la souffrance, puis la femme quitta la pièce en annonçant, d'une voix qu'elle voulait enthousiaste, qu'elle allait bientôt revenir avec le petit-déjeuner. Mais Lambton ne s'y trompa pas : son fils avait peu d'appétit et maigrissait à vue d'œil.

Il passa toute la matinée auprès de l'enfant, un livre de Daniel Defoe à la main, tentant de lui faire vivre les fabuleuses aventures de Robinson Crusoé. Toutefois, contrairement à ce qu'il avait fait durant les séances de lecture des mois précédents, Seabert ne semblait guère prêter attention à l'histoire ; parfois il somnolait, pour se réveiller en sursaut, traversé par une vague de douleur insoutenable.

Après un repas rapide pris seul dans la salle à manger, Hawthorne Lambton retourna auprès de son garçon. Sa décision était prise. Jusque-là, il s'était refusé à lui parler de ses projets, pour ne pas entretenir de faux espoirs, mais il était résolu à le maintenir en vie, coûte que coûte.

– Seabert, écoute-moi, mon fils ! Je sais que tu m'entends et que tu peux comprendre. Concentre-toi sur mes paroles.

L'enfant ouvrit lentement les yeux, ses paupières battirent faiblement, un râle franchit ses lèvres.

– Oui, père !

– J'ai trouvé un moyen de te sauver ! déclara Lambton d'une voix assurée. Il faut que tu me fasses confiance et que tu agrippes avec fermeté les fils qui te retiennent encore à la vie. Ne laisse pas le désespoir t'emporter. Il existe un instrument, un violon qui a le pouvoir de guérir les maux, bientôt il sera mien. Le violoniste jouera pour toi. Je te le promets. Ta douleur s'envolera avec les notes qu'il produira.

Les paupières de Seabert papillotèrent. Il leva le menton, mais sa tête retomba sur l'oreiller, tandis qu'un cri jaillissait de ses entrailles. Lambton glissa à genoux près du lit, et ses larmes baignèrent la main inerte du garçon.

7

Bras dessus, bras dessous, Yoshka Sinti et sa fille Toszkána marchaient sans se presser en direction de l'ouest, sur le Mall. Après deux journées glaciales et humides, de timides rayons de soleil avaient tenté de réchauffer Londres au cours des dernières heures. Le ciel s'était dégagé, les nuages de suie et de brouillard avaient été chassés par un vent soutenu en début de soirée. Le père et la fille venaient de quitter la douce hospitalité de Lady Clare, pour se rendre dans un pub où la gentry aimait à s'encanailler. La veuve Fitzmartin leur y avait déniché un engagement, une fois la semaine.

Pour rejoindre le cabaret, ils devaient traverser Haymarket, quartier célèbre pour sa prostitution où sévissaient aussi filous, truqueurs et malfrats de tout acabit dès la nuit tombée. Ils s'engagèrent dans les rues étroites et sombres de ce quartier mal famé, Toszkána, tremblante, se cramponnant au bras de son père. Sans pouvoir s'en expliquer la raison, le violoniste tsigane accéléra le pas. Des chuchotements, des bruits sourds semblaient sortir des pierres comme des spectres menaçants. Le malaise était palpable.

À quelques pieds derrière eux, Cody se glissait d'ombre en ombre comme le lui avait ordonné le maître de la Confrérie des Freux. Le matin même, après s'être débarrassé du sac d'ossements dans les eaux sombres de la Tamise, il avait repris son guet. Hormis le retour de Lady Clare en fin de matinée, il n'avait remarqué aucun mouvement autour de la cossue résidence à porte noire et lion doré. La journée s'était révélée longue et monotone. Le gamin s'était assoupi à quelques reprises, se faisant réveiller en sursaut par les interpellations des ramasseurs de crottes de chiens, le bruit des roues cerclées de fer sur les pavés, les coups de fouet des cochers, le grondement des moteurs des omnibus. Par deux fois dans l'après-midi, il avait dû abandonner temporairement sa cachette à l'approche d'un sergot au regard trop appuyé. Son attente avait été enfin récompensée sur le coup des sept heures du soir, quand les musiciens tsiganes étaient sortis de la maison. Depuis ce temps, il leur filait le train. Sa discrétion était favorisée par la nuit qui tombait tôt en novembre.

Au bout d'un moment, un cliquetis lui fit dresser l'oreille. Il se pressa un peu plus contre la maçonnerie d'un immeuble décrépit, les yeux écarquillés de stupeur. La lune faiblarde traçait sur le sol la silhouette d'un homme massif à l'allure mécanique et au bras brandi. Un rayon de lumière lui dévoila un couteau au bout d'une main squelettique. Retenant son souffle, le garnement se laissa couler par terre, accroupi dans une encoignure de porte. La machine grinçante le frôla. La suivait, à larges enjambées, un *garotter* au masque de corbeau, dissimulé dans un long manteau sombre qui lui descendait jusqu'aux pieds.

– Foster Riley ! murmura le Braillard.

Il n'était guère étonné de le revoir si vite. Les Freux ne restaient jamais en prison bien longtemps. Par contre, le compagnon de l'Assommeur, en qui le jeune garçon venait de déceler un automate, le plongea dans la perplexité. À ce qu'il pouvait en voir au clair de lune, c'était un modèle d'une conception parfaite. De quel atelier sortait-il ? Un détrousseur n'avait certainement pas les moyens financiers de posséder un tel appareil. Et encore moins les facultés intellectuelles d'en concevoir un. Cody réfléchissait bien et juste, ce qui, maintes fois, lui avait sauvé la vie dans ce milieu interlope qui n'était pas tendre envers les gamins des rues. Il ne lui fallut que peu de temps pour entrevoir la réponse à sa question. Le seul individu doué d'assez d'ingéniosité pour fabriquer un être de cette facture était maître Lambton, le redoutable chef des Freux.

Le Braillard s'apprêtait à bondir de sa cachette pour interpeller l'Assommeur lorsque l'automate s'agita avec frénésie. Aussitôt, Riley se démena pour le maîtriser, mais l'autre était secoué de mouvements désordonnés mettant en danger la vie même du *garotter*. Voulant éviter un coup de couteau malencontreux, Cody resta sagement accroupi dans sa cachette. Bien entendu, le vacarme mené par l'automate avait alerté les Tsiganes. Plaquant sa fille contre un mur, dans le renfoncement d'une cour, Yoshka Sinti se plaça en paravent devant elle. Le Freux et la machine n'étaient plus qu'à deux pieds. Saisie de peur, la jeune fille se mit à sangloter. Son père, le bras tendu devant lui, s'évertua à écarter la main d'os et de boulons qui les menaçait. Mais la belle mécanique semblait s'être enrayée. Ses mouvements désordonnés se révélaient difficiles à parer. Bientôt, une tache de sang apparut sur la manche du mince manteau du musicien. Plus le violoniste essayait de repousser ses assauts, plus l'automate frappait. De nombreuses estafilades marquèrent rapidement les mains, les bras et même le visage du Tsigane. Tétanisé, Cody se demandait pourquoi Riley n'intervenait pas.

L'Assommeur était tout simplement dépassé par les événements. Il avait imaginé de se servir de l'automate pour effrayer les Tsiganes et voler facilement le violon, mais n'avait certes pas prévu cette sauvage agression. La machine semblait dotée d'une vie propre, et il redoutait d'y laisser sa peau en s'interposant. Brusquement, un cri de mort extirpa Cody de sa transe et le *garotter* de son effroi. Percé au cœur, Yoshka Sinti venait de s'écrouler au sol. Hurlante, Toszkána se jeta sur le corps de son père. À cet instant, l'automate fou poignarda le mur où la jeune fille se tenait quelques secondes plus tôt. Son bras vola en éclats, propulsant os et vis comme autant de projectiles dangereux. Pivotant sur lui-même, l'appareil tourna à plusieurs reprises en cercles erratiques. Ne craignant plus la lame, Foster Riley se jeta sur lui et, après quelques tâtonnements, réussit à l'arrêter.

Toute la scène s'était déroulée si vite que Cody n'en saisit pas tout de suite la finalité. Ce furent les pleurs de la jeune fille qui lui firent comprendre l'horreur de la situation.

Il vit Foster Riley se pencher au-dessus d'elle, pour la détacher du corps sans vie du musicien. Mais, de terreur, elle tomba évanouie entre ses bras. L'Assommeur hésita. Puis, soulevant la danseuse tsigane, il l'emporta loin de la ruelle cauchemardesque. Cody sortit de son abri. Il allait s'éloigner à son tour lorsqu'il remarqua le violon abandonné aux pieds de l'automate immobile. Quelques crins de l'archet s'étaient effilochés. D'un geste de rage, le gamin projeta la machine au sol, puis avisant un pavé disjoint de la chaussée, il s'en empara pour frapper de toutes ses forces la tête, les bras, le torse de la créature meurtrière. Des boulons, des vis, des serpentins et des rouages mêlés à des os véritables furent dispersés dans la venelle. Pressant le violon contre lui, Cody s'en fut à son tour.

S'assurant qu'il n'était pas observé, Riley adossa Toszkána, toujours sans connaissance, à l'une des colonnes du Theatre Royal Haymarket. Dans une trentaine de minutes, des spectateurs allaient se presser aux alentours pour assister au spectacle. La jeune fille serait assurément secourue par une âme charitable.

Il fila sans se retourner en direction de la rue étroite, derrière le théâtre, où s'était déroulée l'agression. Il devait sans tarder récupérer le violon et la machine infernale maintenant hors d'usage. Quelle ne fut pas sa surprise de découvrir l'automate en pièces détachées ! Troublé, il remua du pied un monceau de serpentins, de ressorts, de boulons et d'autres pièces métalliques diverses. Puis, s'agenouillant, il fouilla les décombres et les ordures environnantes à pleines mains. Enfin, il se releva pour pivoter sur lui-même encore et encore. L'instrument de musique n'avait pas pu glisser au loin. Pourtant, il avait mystérieusement disparu. L'Assommeur resta de longues minutes à inspecter les environs, écartant du pied ou de la main des amas de détritus. Finalement, il dut se rendre à l'évidence : le violon n'était plus là.

Foster Riley remarqua que la tache de sang, sous le corps du musicien, avait cessé de s'agrandir. Penché au-dessus du violoniste, il marmonna une vague prière. Cela faisait bien longtemps que le mécréant avait oublié les paroles de la religion, mais il se disait que c'était le moins qu'il puisse faire pour cet homme dont la vie se terminait dans cette misérable rue. Ensuite, il retira son long manteau dans lequel il fit glisser les restes de l'automate éparpillés tout autour. Il ne devait laisser aucune trace de son passage et de la machine dans ce lieu. Le tronc auquel étaient attachées les jambes était intact. Les bras, la tête étaient en miettes. Jetant son lourd fardeau sur son épaule, l'Assommeur se faufila à travers le lacis des ruelles, le plus loin possible de la scène de crime.

La quarante-cinquième minute de la vingtième heure sonna à la cathédrale St Paul. Depuis un petit moment, un défilé incessant de coches sillonnait les abords du Theatre Royal Haymarket. Sortant de la salle de spectacles, des dames élégantes et des messieurs à gibus s'engouffraient dans le péristyle parmi une forêt de parapluies déployés. Les jupons et les guêtres frôlaient Toszkána, sans que personne lui prête attention. La jeune Tsigane était sortie de son évanouissement depuis une bonne demi-heure, mais elle demeurait là, adossée à la colonne, en état de choc et engourdie par le froid. Les Londoniens, indifférents à sa détresse, se pressaient pour échapper à la pluie glaciale qui tombait à présent en trombes, et se précipitaient vers les attelages qui encombraient le Mall. Voilà bien longtemps que l'on ne s'occupait plus des miséreux qui pullulaient dans le quartier, surtout à l'heure de la sortie des théâtres. La danseuse était aussi invisible que les cancrelats qui fuyaient dans les rues sales pour échapper au déluge.

Ses sanglots finirent cependant par attirer l'attention d'une bande de gandins en goguette. Le moins éméché se détacha du groupe et s'approcha de la jeune femme. Toszkána leva son regard rempli de larmes vers lui. Ses lèvres exsangues bredouillèrent des paroles incompréhensibles, un mélange d'anglais et de sabir étranger. Les pleurs et la pluie avaient tracé des sillons dans la poussière et la suie qui collaient à son visage. Le garçon la trouva néanmoins jolie. Ses vêtements étaient simples, mais propres ; elle ne ressemblait pas aux prostituées qui hantaient les rues à la nuit tombée. Un grand malheur assurément l'avait poussée à trouver refuge sous le portique à colonnades.

– Dépêchez-vous, Edmund ! lança l'un des mirliflores. C'est une *dolly mop*… elle trouvera un autre client. Nous n'avons pas le temps de…

Toutefois, le dénommé Edmund, ému de la détresse qu'il lisait dans le regard de la fille, ne pouvait se résoudre à l'abandonner à son sort. Il s'accroupit près d'elle, prit sa main glaciale qu'il serra entre ses doigts garnis de chevreau. Il écarta ensuite la mèche noire et détrempée qui collait aux joues de la Tsigane.

– Qui êtes-vous, mademoiselle ? s'enquit-il avec douceur. Vous a-t-on agressée ?

La voix calme et empreinte de bonté du dandy perça la brume qui avait envahi la conscience de Toszkána.

– Mon père... mon père... le couteau... la machine..., parvint-elle à bredouiller, avant que son esprit reparte battre la campagne.

Perplexe, Edmund s'employa à réchauffer la jeune fille qui tremblait maintenant de tous ses membres. Il lui frictionna les bras et les épaules, puis tira sur elle son manteau qui avait glissé à ses pieds.

– Edmund ! le pressèrent encore ses compagnons. Votre mère...

– Allez dire à ma mère que je serai légèrement en retard ! gronda le jeune homme en indiquant de la main à ses camarades un coche qui s'était approché. Cette demoiselle a besoin d'aide.

– Eh bien, appelons un policier ! soupira l'un des muguets.

Joignant le geste à la parole, il se précipita sous la pluie pour repérer un *bobby*. Il n'eut pas à chercher bien longtemps. La police en effet avait pour habitude de patrouiller dans le quartier à l'heure des spectacles.

Lorsqu'à son appel, le sergot eut rejoint le groupe d'élégants sous le péristyle, ses amis exhortèrent Edmund à les rejoindre. Le groupe s'engouffra dans le coche, laissant Toszkána se débrouiller avec le policier. Ce dernier agita immédiatement sa crécelle pour appeler du renfort.

Deux agents la soulevèrent comme une feuille morte. Ils s'apprêtaient à la déposer dans l'une de leurs voitures à vapeur pour la conduire au foyer d'indigents le plus proche lorsque le détective Clive Landport, passant par là, s'arrêta dans un halo de vapeur produit par son propulseur individuel.

– Que se passe-t-il, ici ? interrogea-t-il les sergots.

– Une pauvre folle qui parle d'un assassin de métal..., répondit l'un d'eux.

Aussitôt, le policier dressa l'oreille. Voilà un détail digne d'intérêt. N'était-il pas responsable d'une brigade spécialement constituée pour enquêter sur tout ce qui touchait de près ou de loin aux nouvelles machines qui prenaient de plus en plus d'importance dans la vie quotidienne des Londoniens ? À ce titre, il s'intéressait aux vols d'appareils, d'automates, de mécanismes divers, qui étaient en forte hausse, mais aussi aux utilisations douteuses qui pouvaient lui être rapportées.

Écartant les sergots, il se glissa sur le banc de bois aux côtés de la jeune fille à présent installée dans la voiture de police. Usant de patience et de délicatesse, il entreprit de lui faire répéter les paroles qui l'avaient alerté.

– Pouvez-vous me dire ce qui s'est passé ? Vous parliez d'une machine... Êtes-vous en mesure de me la décrire ?

Toszkána fixa ses yeux noirs apeurés sur les lunettes violines du détective. Celui-ci l'encouragea d'un sourire, tout en relevant ses bésicles sur son couvre-chef. Leurs regards se croisèrent. Comprenant que son accoutrement se révélait plutôt intimidant dans les circonstances, Landport retira d'un geste vif son casque de cuir, libérant du coup une chevelure châtain clair hirsute. Ses moustaches en guidon bien cirées lui conféraient un visage avenant et plein de grâce qui rassura la saltimbanque. D'un sourire, il l'invita à prendre la parole.

– C'était un homme mécanique... son bras... son bras était en os et en métal. Il brandissait un couteau... Mon père...

Elle réprima un sanglot.

– Mon père a voulu me protéger. La machine l'a poignardé en plein cœur. Mon père... mon père ne... vit plus !

Cette fois, elle ne put retenir ses larmes qui dévalèrent de ses yeux à la même vitesse que la pluie qui tombait des cieux.

– Où cette agression a-t-elle eu lieu ? demanda Landport. Loin d'ici ?

– Je... je ne sais pas ! bredouilla Toszkána. Je ne sais même pas où nous sommes...

– Devant le Theatre Royal Haymarket !

– Haymarket ! répéta la Tsigane. Oui... c'est là... c'est dans ce quartier que c'est arrivé.

– Bien. Et à quelle heure ? Il y a longtemps ?... s'enquit le policier.

– Vers... vers sept heures, je crois ! répondit la jeune fille en reniflant.

Le détective tira un mouchoir de soie de sa poche et le lui tendit. Elle y enfouit son visage. Sa douleur la submergea. Les digues se rompirent et elle pleura longuement à chaudes larmes.

– Il faut me montrer où cela s'est déroulé, l'encouragea posément Landport. Votre père est peut-être simplement blessé... On peut... encore le sauver.

Toszkána releva ses yeux rougis. Le sauver ? Était-ce possible ? Elle s'agita et voulut se jeter hors du fourgon. Le policier lui prêta son bras pour descendre. Courant, elle fila le long du théâtre, cherchant à repérer le chemin qu'elle et son père avaient suivi. Il faisait maintenant un noir d'encre dans les petites rues perpendiculaires devenues de véritables coupe-gorges. Après avoir fait signe à des sergots porteurs de lanternes de les escorter, Landport emboîta le pas à la jeune Tsigane. Tournant à droite, puis à gauche, ils exploraient les venelles qui surgissaient devant eux. En vain. Toszkána, le cœur battant à tout rompre, n'avait plus qu'une idée en tête : secourir son père. Elle n'avait que trop tardé à le retrouver et s'en voulait terriblement. Après vingt minutes de recherches infructueuses, leurs pas crissèrent sur des pièces métalliques éparpillées. Landport demanda à un sergot d'éclairer la chaussée. Il remarqua aussitôt quelques ressorts et vis, un tube métallique, un fragment d'os... Toszkána lâcha brusquement un cri. Tous se précipitèrent vers celle qui venait de tomber à genoux et se tordait les mains de douleur. Affalé sur le ventre, ruisselant de pluie, gisait Yoshka Sinti.

Un constable releva la jeune femme et l'entraîna à l'écart. Landport se pencha sur le corps. Le violoniste était bel et bien mort. Les policiers se déployèrent sur la scène de crime afin d'y chercher quelques indices, même si la pluie des dernières heures avait bien lavé la ruelle. Il ne subsistait rien de la terrible machine que la danseuse avait accusée du meurtre. Le monstre métallique n'avait pu fuir seul ; quelqu'un l'avait assurément emporté. Mais qui ? La question laissa Landport perplexe. Il retourna auprès de Toszkána pour l'interroger de nouveau. Elle devait faire appel à ses souvenirs, même s'ils étaient douloureux, pour décrire de façon exacte l'agression.

Le fourgon de police les ayant suivis, ils y prirent place afin d'échapper à la pluie qui redoublait d'ardeur. Le policier indiqua au cocher de les ramener sur le Mall, loin de la scène, afin de ne pas troubler plus qu'elle ne l'était déjà son unique témoin. La Tsigane et le policier parlèrent pendant près d'une heure. Toszkána se souvint d'avoir entraperçu un homme à masque de corbeau. Était-ce lui qui commandait l'automate ?

Elle était incapable de s'en souvenir. Elle le voyait se pencher sur elle, et puis plus rien jusqu'au moment où elle avait croisé le regard bienveillant d'un dandy qui lui murmurait des paroles réconfortantes. Landport espérait que le *bobby* qui avait été prévenu le premier avait pensé à prendre le nom des gandins. Il en doutait. Les agents des rues n'étaient pas formés pour mener des enquêtes. Le groupe de mirliflores serait bien difficile à retrouver. Toutefois, la mention du masque de corbeau l'avait alerté. Ainsi, un Assommeur de la Confrérie des Freux était sur les lieux. Depuis deux décennies, cette compagnie de malfrats faisait la pluie et le beau temps dans les rues de Londres. Ils étaient tout autant craints qu'admirés. Depuis la création de sa brigade, cinq ans plus tôt, Landport n'avait jamais pu en identifier un seul. Il y avait certes des rumeurs, parfois des dénonciations, mais celles-ci se terminaient toujours de la même façon : l'informateur était retrouvé la gorge tranchée. Un solide avertissement à tous ceux qui auraient été tentés de trop parler.

– Où vivez-vous ? s'enquit le policier lorsqu'il comprit qu'il ne pourrait plus rien tirer de son témoin, du moins pas ce jour-là.

– Chez Lady Clare..., balbutia la Tsigane.

– Lady Clare Fitzmartin ?

Toszkána opina de la tête.

– Très bien. Je vais vous conduire au Bouclier...

La jeune Tsigane protesta mollement.

– Non. Pas au Bouclier. Mon père et moi vivons... nous vivions chez elle, dans sa résidence privée.

Clive Landport fronça les sourcils. Mais, convaincu que la jeune femme ne mentait pas, il se pencha pour donner l'adresse du Strand au conducteur de la voiture à vapeur. Ce dernier n'avait pas quitté la cabine protégée des éléments à l'avant du fourgon, conformément à ses fonctions.

Une quinzaine de minutes plus tard, le policier asséna une volée de coups à la porte de service de la cossue demeure Fitzmartin. De l'autre bras, il maintenait Toszkána contre lui. La terreur et la détresse s'étaient conjuguées pour anéantir ses forces. Une domestique leur ouvrit. Ils entrèrent dans une arrière-cuisine. Lady Clare fut alertée. Après avoir forcé Toszkána à avaler une tasse de thé bouillante, la servante la conduisit à sa chambre et lui administra une dose de laudanum qui la plongea rapidement dans un profond sommeil. Pendant une trentaine de minutes, Landport et la maîtresse de maison s'entretinrent. La disparition d'Yoshka Sinti était une véritable tragédie pour la Tsigane qui n'avait pas d'autre famille en Angleterre. Lady Clare promit au policier de continuer à veiller sur la jeune femme.

Rassuré, Clive Landport récupéra son propulseur personnel dans le fourgon, puis décolla dans un nuage de vapeur. Le pan d'un rideau de voile retomba à la fenêtre du salon de la demeure Fitzmartin. Les yeux de Lady Clare brillaient d'une étrange lueur.

8

Après avoir récupéré les restes de l'automate, Riley se hâta de gagner les rives de la Tamise. Des lueurs dansaient sur le fleuve ; des malfrats cherchaient à s'infiltrer dans les bateaux à quai pour y commettre quelque larcin. Un plouf venu du milieu du cours d'eau et l'extinction soudaine d'une lanterne lui indiquèrent qu'un corps venait d'être jeté par-dessus bord d'une gabare. Chaque nuit, plusieurs individus louches finissaient dans les estomacs des poissons de la Tamise ; la dure loi de la pègre s'appliquait souvent avec vigueur, et toujours avec rigueur.

Pour ce que Riley avait à faire, le plus profond silence était requis. La discrétion était sa meilleure protection. Se faire prendre avec les pièces de l'automate volé à maître Lambton, ç'aurait été signer son arrêt de mort. Il se dirigea vers le bout du quai où il avait immergé les boyaux de chats. Il défit son ceinturon et lia son manteau contenant les débris de métal au sac de restes félins, puis plongea le tout dans les eaux sombres. Riley rentra ensuite chez lui, l'esprit plus léger.

Le jeune Braillard, pour sa part, s'était empressé de filer avec le violon. Toutefois, il savait que sa prise attiserait les convoitises. Il devait donc éviter de l'apporter dans le taudis où il partageait sa paillasse avec plusieurs autres gamins des rues. Depuis longtemps, Cody ne se fiait plus à personne, et s'était déniché une planque où il pouvait se réfugier en cas d'urgence. Il se rendit donc dans Old Nichol Street, où quelques misérables masures résistaient encore au pic des démolisseurs. D'une minuscule cave insalubre, il avait fait un petit entrepôt où il gardait ses biens les plus précieux dans un coffre de métal, seul héritage que lui avait transmis son père. Il décida d'y passer la nuit, même si l'endroit hébergeait aussi une famille de rats. Mais le sommeil ne venait pas. Devant ses yeux grands ouverts ne cessaient de défiler les images du meurtre dont il avait été le témoin. Ce n'était pourtant pas la première fois qu'il assistait à une agression. Jamais cela ne l'avait perturbé. Mais celle-ci le mettait mal à l'aise. La main sur le violon qu'il avait posé sur son torse, il songea qu'il devait s'en débarrasser au plus vite. Le réduire en miettes était une option, mais elle ne le séduisait guère. Il y avait sûrement quelques livres à tirer d'un si bel instrument.

«Est-ce que maît' Lambton l'achèt'rait? Sûr'ment. Hum! mais y va m'interroger. Qu'est-ce qu'j'vais y dire? Qu'j'l'ai trouvé! M'croira pas! Pis, faudra qu'j'y parle de l'automate. Et d'Riley. Pas une bonn' idée! Riley va m'couper l'kiki! Un autre receleur? Grrr! Tout l'mond' sait qu'j'suis un Braillard d'la Confrérie des Freux. Y s'méfient tous de Lambton, même ceux qui l'connaissent pas!»

Il retira sa toque et caressa ses poux.

Toute la nuit, Cody tenta d'imaginer comment tirer le meilleur profit possible du violon. Il en vint à se demander s'il n'avait pas commis une terrible bêtise en s'en emparant. Le soleil se levait lorsqu'il s'assoupit. Sa main glissa sur les cordes du violon et en tira une plainte ressemblant au cri d'un cochon qu'on égorge. Le Braillard en sursauta de terreur, le poil des bras et des jambes hérissé. Aussitôt, il lui sembla que sa cave était agitée de soubresauts, que les murs tombaient sur lui. Il bondit sur ses pieds, saisit le violon par le manche d'une main, traîna son coffre derrière lui de l'autre. Il eut juste le temps d'évacuer son réduit que tout s'écroulait en une pluie de gravats dans un vacarme épouvantable.

Lorsqu'il sortit au grand jour, couvert de poussière, Cody se rendit compte de sa chance. Une masure s'était abattue sur sa cave. Il ne remarqua aucun engin de démolition aux alentours. L'écroulement devait être dû à la structure instable de la bâtisse. Le garçon maudit sa témérité. Voilà bien longtemps qu'il aurait dû évacuer le coin, lui aussi. S'il avait conservé cette planque à cet endroit, c'était par pure sentimentalité. C'était là qu'il avait grandi auprès de son père, Finnian Walder, et où était morte Aoife, sa mère qu'il avait si peu connue. Maintenant, il ne lui restait vraiment rien de sa petite enfance. D'un revers de manche, le gamin essuya son visage souillé, glissa le violon dans la malle, puis, traînant ses maigres possessions, il prit la direction de son taudis.

Tirant avec peine le coffre à sa suite, Cody Walder escalada la volée d'une vingtaine de marches de bois fissurées et fragiles menant à la soupente où il vivait avec d'autres Braillards. La malle, même si elle ne contenait que quelques babioles de peu de valeur, lui avait donné du fil à retordre tout le long du chemin. Et plus encore pour la hisser dans les escaliers. Mais, enfin, il était arrivé. Il soupira de soulagement en constatant que ses compagnons étaient déjà tous sortis pour la journée. Il poussa la malle à la tête de sa paillasse, puis en sortit le violon. Encore une fois, il se demanda qu'en faire.

Entendant des pas, le garçon voulut glisser l'instrument sous sa mince couverture, mais les cordes vibrèrent. Un hurlement, puis un vacarme dans les marches le précipitèrent dans la cage d'escalier. Sur le palier en contrebas, il découvrit un très jeune enfant disloqué et inanimé. Le gamin était mort. Les accidents étaient courants ; néanmoins, le même sentiment de malaise que celui ressenti après l'éboulement s'empara de lui. Comme si une présence maléfique était à l'œuvre.

Cody souleva le petit et l'emporta au rez-de-chaussée, là où se trouvait son logeur, une fripouille qui entraînait les plus jeunes à devenir d'habiles pickpockets. Il lui indiqua que l'enfant avait fait une malencontreuse chute.

– Hum ! L'coup du lapin ! fit l'homme en examinant la nuque du marmot. J'vais m'débarrasser du cadavre. Faut pas attirer les *coppers* ici. File !

C'était malheureusement la dure loi qui prévalait dans les quartiers misérables ; la tristesse et la compassion avaient depuis longtemps déserté les cœurs. Beaucoup de ces petits, des bâtards en majorité, étaient cédés par leurs mères sans le sou à des mendiants ou à des voleurs professionnels, car ils étaient pour elles un embarras plus qu'une joie.

Cody retourna dans la mansarde pour y récupérer le violon. Sa décision était prise. Il devait le vendre, au meilleur prix possible. Le mieux était de le proposer aux musiciens qui animaient les rues du côté de Regent Street. Il en connaissait quelques-uns qui seraient sûrement heureux d'acquérir un si bel instrument pour une bouchée de pain.

Il glissa le violon sous son bras, dégringola les marches à toute vitesse en espérant échapper à son faquin de propriétaire. Malheureusement, celui-ci s'encadrait dans l'ouverture de la porte d'entrée.

– Où c'qu'tu cours, comme ça ? Donne-moi ça !

Le bonhomme agrippa le manche du violon. Cody tenta de lui résister. Mais l'autre lui décocha une droite qui l'envoya visiter la poussière du plancher.

Le temps pour le Braillard de se remettre sur ses pieds, le logeur testait déjà de ses ongles sales les cordes de l'instrument. À peine les eut-il grattés qu'il fut pris de convulsions. Il s'écroula au sol, les mains tordues, de l'écume jaillissant entre ses chicots. Il se tortillait comme si une armée de fourmis courait dans son sang. Cody frissonna. Le malaise revint. Un froid glacial glissa sur son échine, tous ses poils se hérissèrent. Il en était sûr, quelqu'un ou quelque chose d'invisible était à l'œuvre dès que les cordes tintaient. Il y avait urgence à se défaire de cet instrument. Laissant son loueur à sa crise de haut mal, il ramassa le violon et sortit de l'immeuble en courant.

Bien décidé à vendre le crincrin au meilleur prix, Cody se dirigea vers Regent Street. Il savait y trouver des musiciens des rues donnant concert à toute heure du jour. Au croisement de Piccadilly, il avisa un quatuor qui jouait avec passion. Le gamin se faufila entre une demi-douzaine d'hommes-sandwiches faisant de la publicité pour un nouveau savon à l'effigie de la reine Victoria. Un omnibus le frôla dangereusement, mais enfin il parvint de l'autre côté de la place.

Il s'adressa au joueur de trombone, qu'il connaissait de vue. Après avoir examiné le violon avec attention, le musicien hocha mollement la tête.

– Je t'en offre une livre…, laissa-t-il tomber.

– Quoi ?! C'est tout ! se rebiffa Cody. Mais y vaut cinq fois plus.

– Si ce n'était pas un instrument volé, il en vaudrait certainement plus ! répliqua le tromboniste. C'est mon dernier prix.

L'enfant grimaça. Une livre, c'était plus que ce qu'il avait jamais eu au fond de ses poches. Avec un soupir de résignation, il accepta l'offre. Le joueur de trombone glissa sa main dans son manteau pour en sortir un billet de banque. Mais, cette fois, Cody refusa avec énergie, se cramponnant à l'instrument.

– Ah non, alors ! Y a trop d'faux billets. J'veux une pièce d'or, rien d'moins.

L'artiste des rues le toisa quelques secondes, rempocha son billet et lui tendit une pièce brillante que Cody fit disparaître d'un geste rapide d'escamoteur.

– Et l'archet ? demanda le musicot.

Cody tira sur la baguette qu'il avait glissée à sa ceinture et qui pendouillait le long de sa jambe.

– Hum ! La mèche de crins est fichue ! grommela le musicien.

Cependant, il prit délicatement le violon par le manche et l'ajusta sur son épaule.

– Bel objet ! fit-il, satisfait.

Son index frotta les cordes pour en tester la résonance. Dès le premier frôlement, les cordes de *mi* et de *sol* s'échappèrent de leurs chevilles en se tortillant. En une fraction de seconde, elles s'enroulèrent autour du cou de l'instrumentiste et se resserrèrent sur son collet. L'homme, au bord de l'apoplexie, y porta aussitôt sa main droite pour se libérer, mais il lui était impossible de glisser ses doigts sous les filins. La corde de *sol* filée d'argent était trop résistante pour se déchirer ; quant à la chanterelle de boyau de mouton, elle se rompit, mais trop tard. L'homme chancela et s'abattit aux pieds de ses amis et de Cody. Tout se déroula si vite que personne ne saisit ce qui se passait. Le temps que les autres musiciens déposent leurs instruments dans les étuis, il n'y avait plus rien à faire, le musicot expirait. Les cordes de *mi* et de *sol* se détendirent pour retomber avec mollesse sur la table de bois de l'instrument. Les trois amis du mort se mirent à hurler à l'unisson. De peur d'être accusé d'un acte meurtrier, Cody profita de la cacophonie et de l'attroupement provoqué par les cris pour ramasser le violon et l'archet et se fondre dans la foule.

Le Braillard ne pouvait pas retourner chez lui. Si son logeur était revenu à lui, à coup sûr, il lui ferait un mauvais parti. Cody ne savait que faire du violon. Un instant, il songea à le jeter dans la Tamise. Pourtant, un scrupule l'en empêcha.

Sa fuite l'ayant emmené jusqu'à Trafalgar Square, il se hissa sur le piédestal de marbre où, depuis huit ans, s'élevait la colonne Nelson. Il leva les yeux vers le héros qui avait perdu la vie dans la bataille de Trafalgar contre la flotte franco-espagnole, cherchant une solution à son problème sur le visage sibyllin de la statue.

Pendant que Cody tentait de vendre le violon, Riley remontait des eaux froides de la Tamise le sac de boyaux qu'il y avait immergé quelques jours plus tôt. Il récupéra aussi son manteau et mit l'automate en pièces dans une poche de marin qu'il avait apportée. En sifflotant, il prit la direction de l'île aux Chiens. Il en avait pour une heure en marchant d'un bon pas.

Il arriva sur les docks à l'heure de l'embauche. Des centaines d'hommes étaient réunis. Des bras se tendaient pour attirer l'attention des contremaîtres. Encore une fois, il y aurait peu d'élus parmi tous ceux qui espéraient être recrutés. Ce matin-là, seules quelques gabares à peine chargées apportaient des marchandises à terre. Des cris montèrent, des poings s'abattirent. Un gaillard s'employait à distribuer quelques horions afin de se rapprocher des embaucheurs. La pluie glaciale de novembre se remit à tomber avec vigueur, chassant les derniers laissés-pour-compte. La saison morte n'était pas propice au travail. Riley courut vers l'immeuble où se trouvait le repaire des Freux.

Comme la fois précédente, l'Assommeur patienta dans le salon luxueux de son patron. Mais, aujourd'hui, les yeux mobiles du portrait le mettaient mal à l'aise. Comme s'ils savaient ce qu'il avait fait la nuit précédente et lui en tenaient rigueur. Il évita de regarder en direction de la peinture. À voir le confort élégant dont il jouissait, Riley songea que le chef des Freux était sûrement un homme heureux. Un grincement de plancher le fit pivoter au moment où il se faisait cette réflexion. Le maître horloger apparut à la porte, fatigué et d'humeur sombre. Ses traits étaient teintés de lassitude. Ses yeux lui semblèrent éteints, comme si son âme souffrait le martyre. D'ailleurs, toute la physionomie de Lambton trahissait une douleur rentrée. Alors, Riley se dit que non seulement il n'était pas heureux, mais qu'un grand secret lui interdisait toute aspiration au bonheur. Ce constat l'emplit d'une joie malsaine ; son chef n'était qu'un simple mortel comme lui et, malgré sa dureté, il connaissait également le tourment. Pour le *garotter*, cela ramenait Lambton à son niveau, celui des gueux. Si le maître horloger avait pu se hisser au-dessus de sa condition, c'était par son intelligence, sa rudesse de caractère, sa rigidité, sa brutalité, qualités dont lui-même, Foster Riley, était aussi abondamment pourvu. À cet instant, il prit conscience qu'il n'avait plus à trembler devant son maître et que s'il était habile, il pouvait même lui succéder à la tête de la Confrérie. Cette découverte le laissa sans voix, et Lambton dut répéter sa question pour qu'il revienne à la réalité et lui réponde.

– Où est le violon ?

– Sûr'ment ent' les mains du violoniste ! marmonna Riley.

– Le Tsigane a été retrouvé sans vie cette nuit. Son violon a disparu ! soupira Lambton en se laissant choir dans un des fauteuils de bombasin émeraude.

Il songea qu'il aurait dû lui-même aller à la rencontre des Tsiganes tout de suite après les avoir repérés et ne pas confier une si importante mission à des seconds couteaux. Vouloir à tout prix préserver son anonymat se retournait aujourd'hui contre lui.

Lambton avait appris la nouvelle du décès du musicien tsigane dès sa descente de train, par la gazette matinale. Quant à la disparition de l'instrument, elle lui avait été confirmée peu après son arrivée dans son repaire, par l'un de ses hommes de main qu'il avait envoyé se renseigner.

Il était exténué. Accablé à la fois par l'état de son cher Seabert, par l'épuisement après le long voyage de retour de Durham et par la mort du musicien. Tous ses espoirs s'envolaient. Comment pourrait-il sauver son fils, maintenant ? La colère aurait dû le fouetter, mais il n'en ressentait pas, seulement un profond sentiment d'impuissance.

– Et sa fille ? s'enquit l'Assommeur.

Il avait déposé la jeune femme évanouie sur les marches du Theatre Royal Haymarket. Quelqu'un avait bien dû l'y trouver. Elle ne pouvait plus y être à cette heure, évidemment.

– Sa fille ? ! s'étonna Lambton.

Son corps se raidit d'un coup, comme si sa fatigue le quittait brusquement. Il se leva pour arpenter le salon, les mains dans le dos.

– Mais oui, bien sûr... sa fille ! Riley, c'est sûrement elle qui a le violon. Il me faut cette Gipsy et l'instrument.

Le *garotter* se demanda où les policiers l'avaient conduite. Dans un foyer, peut-être, mais lequel ? L'armée de Braillards de la Confrérie saurait la retrouver. Il allait les rameuter.

L'Assommeur s'apprêtait à ouvrir le sac de viscères de chats commandés par son maître lorsqu'une nouvelle question de ce dernier le cloua sur place.

– Et le vol de l'automate à l'entrepôt ?

Riley avala rapidement sa salive. Qu'est-ce que Lambton savait ? Qu'est-ce qu'il ignorait ? La gazette parlait-elle d'une machine meurtrière ? L'un de ses hommes de main lui en avait-il touché un mot ? Le maître horloger le soupçonnait-il ? Apparemment, non ! Car il ne se serait pas entretenu ainsi avec lui et ne lui aurait pas confié la mission de retrouver la Tsigane. Ce n'était pas un test. Le chef de la Confrérie des Freux ne faisait pas passer de tests à ses tueurs. Il les recrutait et lorsqu'ils ne le satisfaisaient pas, il ordonnait leur disparition, sans tergiverser. Donc, pour le moment, Lambton ignorait tout de son rôle dans le vol. Malgré lui, Foster Riley laissa échapper un long soupir, qui passa inaperçu. Lambton était trop préoccupé par le sort de son fils pour percevoir les subtils changements de comportement de son meilleur Assommeur.

– J'suis sur une piste ! répondit le *garotter* d'une voix ferme.

– Récupérez mon bien, et exécutez le voleur ! trancha Lambton en s'approchant de la petite table pour se verser deux doigts de sherry qu'il avala cul sec.

– Ce s'ra fait ! assura Riley.

À part lui, il se félicita d'avoir conservé les pièces du monstre en miettes. Il n'aurait qu'à les rapporter et Lambton ne se douterait jamais de son rôle dans le vol et le meurtre. Ni vu ni connu !

– J'vous ai apporté le *catgut* qu'vous avez demandé ! lança-t-il en désignant le sac.

– Très bien. Et maintenant laissez-moi seul !

Une fois l'Assommeur parti, le maître horloger se versa une autre dose d'alcool, puis s'assit de nouveau dans le fauteuil, près de la cheminée. Son esprit ne cessait de ressasser la même phrase depuis son départ de Lambton House, encore et encore sans lui laisser aucun répit : « Il me faut ce violon pour sauver Seabert. Il me faut ce violon... »

Peu à peu, ses pensées l'emportèrent quelque trente années en arrière, alors qu'il était un tout jeune homme impécunieux cherchant à restaurer un tant soit peu la fortune et la splendeur

familiales d'antan. Depuis trois ans, il apprenait l'horlogerie auprès du plus réputé maître de Londres. Lorsque ce dernier lui
avait offert de représenter sa maison dans toute l'Europe, il avait
accepté sans hésiter. Il était célibataire, aventureux, avait le goût
de découvrir du pays ; c'était une occasion à saisir.

Pendant des mois, il avait parcouru de nombreuses contrées.
Toujours seul, avec son cheval pour compagnon. Et puis, un soir
d'hiver, il avait été surpris par une violente tempête de neige,
alors qu'il traversait la campagne de Transylvanie, en direction
de la Hongrie. Il n'avait eu d'autre choix que de trouver refuge
chez l'habitant.

9

TRANSYLVANIE, JANVIER 1820

Ce soir-là, dans le hameau où il s'était arrêté pour la nuit, on lui avait narré une étrange légende. Il était assis au coin du feu à fumer une pipe en compagnie de quelques vieux. Le conteur, ridé comme une vieille pomme et voûté comme un homme qui avait dû toute sa vie supporter un trop lourd fardeau, avait certifié que ce n'était pas un conte, mais bien une histoire vraie. Hawthorne Lambton avait souri à cette assertion. Les aïeux se ressemblaient tous : peu importe la langue et le pays, ils aimaient capter l'attention de leurs hôtes, surtout lorsqu'il s'agissait d'histoires invraisemblables.

Tout s'est passé ici même, en Ardeal, le pays au-delà des forêts, il y a bien deux cents ans de cela ! Dans une clairière vivait une famille de bûcherons, le père, la mère, les quatre fils et une fille, Daria. La vie était simple et dure. Chaque matin, le père et les fils partaient dans la forêt pour exercer leur métier de bûcheron. Ils choisissaient patiemment leurs arbres, s'occupaient à les abattre, les étêter et les effeuiller, avant de les lier ensemble pour les lancer dans le torrent et les guider jusqu'ici, le village le plus proche, dans la vallée. Pendant ce temps, la mère et la fille se chargeaient de piéger de petits animaux, de tanner les peaux, de coudre les vêtements, d'entretenir la cabane, de préparer la viande et la soupe. Si on leur avait demandé s'ils étaient heureux, tous auraient certainement pu répondre qu'ils l'étaient. Daria et ses frères étaient de beaux enfants, solides, hardis, vifs et qui aimaient leurs parents. Par contre, si ses frères avaient l'air de véritables hommes des bois, avec leurs cheveux hirsutes et leur barbe embroussaillée, dans leurs vêtements de peaux, Daria, malgré la pauvreté de son accoutrement, était fraîche et jolie. Elle avait de très beaux yeux, une peau cuivrée, de longs cheveux noirs luisants qui tombaient en cascade sur ses épaules. Bien des gars des villages alentour auraient vendu père et mère pour un regard de Daria la belle.

Un jour, la demoiselle s'aventura un peu plus loin que d'habitude dans la forêt, attirée par les jeux de deux petits oursons qui lui parurent orphelins. Songeant qu'elle pourrait sans doute les attraper et les apprivoiser afin de monter un numéro de montreuse d'ours qui lui ferait gagner un peu d'argent en été dans les villages, elle s'était lancée sur leurs traces. Bien vite, les deux oursons la semèrent et elle se trouva égarée. Toutefois, entre les branches, elle aperçut les ruines d'un grand château qu'elle reconnut. Dans toute la région, on disait que cette forteresse avait eu à subir de nombreux sièges au fil des ans. D'ailleurs, les langues de suie qui maculaient sa façade pouvaient témoigner de l'incendie qui l'avait ravagée vingt ans plus tôt. Daria n'était pas encore née à cette époque, mais tout le monde connaissait l'histoire du dernier seigneur qui était mort vaillamment au combat. Par contre, d'étranges rumeurs étaient rattachées à ce château. Les parents de Daria, comme tous ceux des environs, avaient défendu à leurs enfants de s'en approcher.

Or, ce jour-là, Daria remarqua une bannière de soie rouge et or au sommet de la tour sombre. Le fils du dernier seigneur serait-il revenu prendre possession de son héritage ?

Le galop d'un cheval interrompit ses pensées. Elle se précipita dans un taillis de buis et surveilla le sentier qui montait au château. Du fond de l'allée étroite, elle vit venir vers elle, sur un destrier blanc caparaçonné de vert, un cavalier vêtu d'argent. Il passa devant elle en soulevant un tourbillon de feuilles mortes et de poussière. Dans sa main droite, il tenait un épieu. Il revenait sûrement de la chasse. La dernière image que garda la jeune fille du cavalier fut la plume de faisan de son bonnet qui dansait au vent. Daria soupira, rêveuse. L'apparition avait ce petit quelque chose de magique qui la rendit mélancolique sur le chemin du retour vers sa cabane.

Après une vingtaine de minutes de marche, Daria s'assit sur un lit de mousse, au pied d'un gros châtaignier, pour écouter le bruit rassurant des cognées qui s'abattaient avec régularité sur les troncs des arbres. Elle ne voyait ni son père ni ses frères, mais elle savait qu'ils n'étaient pas loin. Elle soupira avec tristesse en repensant au jeune seigneur. Jamais ni elle ni sa famille ne posséderaient de si beaux vêtements, un cheval aussi magnifique, un château puissant. Bûcherons ils étaient nés, bûcherons ils mourraient.

– Ah, comme j'aimerais que les sylphes de la forêt viennent à mon secours, murmura-t-elle. N'existe-t-il donc aucun elfe dans ces bois qui puisse m'ouvrir le cœur de ce jeune et beau prince ?

Tout à coup, elle sentit une bogue de châtaigne lui heurter l'épaule. Puis une autre, et une troisième. Bientôt, ce fut un véritable déluge de fruits encore verts et épineux qui la força à quitter avec précipitation son lit de mousse. Elle leva la tête pour voir ce qui se passait et découvrit un homme d'une maigreur extrême, aux cheveux sombres, au teint bistre, le corps moulé dans des vêtements noirs qui lui faisaient comme une seconde peau. Il la fixait en riant.

– Qui es-tu ? Pourquoi m'agresses-tu ? l'interrogea-t-elle, furieuse.

– Ha, ha ! Je sais à quoi tu penses ou plutôt à qui ! répondit le gaillard en sautant à terre avec agilité. Je t'ai vue près de la tour sombre. Le seigneur du château t'a tourneboulé l'esprit.

– Tu dis n'importe quoi !

– Que nenni, douce amie! poursuivit-il. Je t'ai entendue. Tu as demandé un sylphe pour te servir. Eh bien, me voici. Je suis le gardien de ce château. Si tu veux, je t'aiderai volontiers à conquérir son cœur.

Daria dévisagea l'individu. Se moquait-il?

– N'as-tu donc jamais eu conscience de ta réelle beauté?

L'homme glissa sa main dans la poche de son manteau. Méfiante, la jouvencelle recula, prête à hurler au secours s'il sortait un couteau. Mais ce ne fut pas une lame qui apparut dans la main de l'elfe; il tenait plutôt un étrange objet qui reflétait le ciel lorsqu'il le tourna vers le haut, le feuillage lorsqu'il le fit pivoter vers les arbres. Daria n'avait jamais vu une telle chose. Émerveillée, elle s'avança.

– Prends, ce n'est pas dangereux. C'est un miroir! Approche ton visage, tu verras.

Envoûtée, la jeune fille se pencha sur la surface brillante et s'y vit comme si c'était la première fois : ses cheveux noirs et luisants, son visage cuivré, ses grands yeux bleus. Elle était magnifique. Jamais elle n'avait paru plus belle, pas même lorsqu'elle se mirait dans les eaux claires de la rivière.

– Il est à toi! dit le sylphe noir en repoussant sa main lorsqu'elle voulut lui rendre l'objet. Ton image est à jamais imprégnée dans ce miroir. Demain, à la tombée du soir, rends-toi près de la tour sombre et fais en sorte que le seigneur y plonge son regard. C'est la seule façon pour que son cœur s'ouvre à l'amour et qu'il te remarque.

Puis, rapide et leste comme un écureuil, il bondit dans le châtaignier et disparut dans sa frondaison. Daria l'appela, mais il ne redescendit pas.

Ce soir-là, au fond de son lit, la jeune fille passa de longues minutes à se regarder dans le petit miroir. Elle s'endormit en le pressant contre son sein.

Le lendemain, un peu avant que la nuit ne vienne, elle se posta dans le taillis de buis où elle s'était cachée la première fois. Elle ne tarda pas à entendre le galop d'un cheval. Cette fois, elle bondit devant la bête. Effrayé, le destrier pila et le cavalier faillit être désarçonné. Sans perdre une seconde, Daria s'empara des rênes d'une main, tandis que, de l'autre, elle brandissait son miroir. Elle le dirigea vers le visage du jeune homme afin qu'il s'y voie. Ce qu'il découvrit le terrifia. Il se vit allongé sur la surface glacée d'une eau dormante.

– Arrière, sorcière! cria-t-il. Ce que tu tiens a été façonné par le diable. Je m'y vois, mort et froid!

Il enfonça ses éperons dans les flancs de son cheval; la bride fut arrachée des mains de Daria, lui entaillant les paumes qui se mirent à saigner. Il entra dans le château à la vitesse de l'éclair, laissant la belle blessée et désemparée.

Les jours suivants, la jeune fille revint rôder aux alentours, en vain. Elle se mit à dépérir, pleurant nuit et jour, ne comprenant pas ce qui s'était passé.

Un soir, assise sur le tapis de mousse au pied du châtaignier, elle invoqua de nouveau le sylphe. Celui-ci se laissa tomber de l'arbre, comme une goutte de pluie.

– C'est ta faute, tout cela! cria Daria. À cause de toi, je suis encore plus malheureuse qu'avant, car je n'ai même plus la consolation de le voir passer sur son beau cheval blanc.

La créature éclata d'un rire haineux.

– Il peut essayer de fuir, je le rattraperai! Il est à moi! Et toi aussi, ma belle! Celui qui s'est vu dans mon miroir m'appartient à tout jamais, tel est le sortilège.

– Je m'en moque d'être ou de ne pas être à toi! renifla la jeune fille. Moi, ce que je veux, c'est lui! Tu avais promis... tu m'as trahie.

– Sache que je ne donne jamais rien pour rien... Tout se paie, ici-bas !

Daria frissonna. Toute son enfance avait été bercée par ces contes où le diable et les mauvais esprits venaient percevoir leur écot lorsqu'on faisait un pacte avec eux. Mais, ce soir, peu lui importait. Si le beau cavalier pouvait être à elle, elle était prête à tout accepter, à tout donner au sylphe.

– Que veux-tu ? bredouilla-t-elle.

– Oh, presque rien ! répondit-il sur un ton hypocrite. Je veux ton père !

– Mon père ?! répéta Daria. Jamais... jamais tu n'auras mon père...

– Comme tu veux ! Au revoir, sois heureuse !

L'elfe noir sauta sur le tronc du châtaignier et disparut dans le feuillage. Daria retourna vers sa cabane, le cœur lourd, les yeux en feu d'avoir tant pleuré. En chemin, elle rencontra ses frères et son père, mais elle ne leur confia rien de sa peine.

Les jours passaient. La jeune fille dépérissait de plus en plus, incapable de se concentrer sur ses tâches. Chaque soir, à la tombée de la nuit, elle courait vers le château. Vainement.

Et puis, un matin, alors qu'elle ramassait des champignons en compagnie de sa mère, le galop d'un cheval la fit bondir de joie. Elle aurait reconnu cette cavalcade entre mille, tant elle en avait rêvé. Le cavalier s'enfonça dans la forêt sans lui accorder la moindre attention. Mais le cœur de Daria battait la chamade simplement de l'avoir entraperçu. Abandonnant sa mère et son panier, elle courut à perdre haleine derrière la fugitive apparition jusqu'au tapis de mousse sous le châtaignier. Et là, abandonnant toute peur, elle appela encore le sylphe.

Il jaillit d'un terrier, aussi souple et longiligne qu'une belette.

– Tiens, te revoilà ! s'amusa-t-il, les yeux brillant d'une lueur maligne.

Daria ne répondit rien. Elle avait envie de fuir, mais tout la retenait ici.

– Oh, mais qu'entends-je, qu'ois-je ? ironisa de plus belle l'elfe noir, la main en cornet sur son oreille. N'entends-tu pas le galop de son cheval ? Si tu veux, belle Daria, il sera à toi... Tu n'as qu'un mot à dire, qu'un geste à faire !

Daria soupira. Le galop semblait se rapprocher au lieu de s'éloigner.

– Décide-toi ! Demain, ce beau seigneur sera à toi... si tu me donnes ton père !

– Eh bien, prends-le ! cria la jeune fille éperdue.

Le sylphe sautilla, tout heureux, puis la tira par la main, l'emportant au plus profond de la forêt, là où son père et ses frères avaient établi leur campement pour la nuit.

Lorsqu'ils parvinrent au camp, Daria vit son père, exténué par son dur labeur, endormi auprès du feu qui crépitait dans la nuit. De le voir ainsi, si fragile, lui serra le cœur. Elle voulut hurler, le réveiller. Sa hache reposait à ses côtés ; il saurait se défendre contre l'elfe noir. Mais aucun son ne parvint à sortir de sa gorge étranglée d'horreur. Le sylphe s'approcha, saisit son père par un pied et le fit tournoyer au-dessus de sa tête comme une poupée de chiffon. Quand il s'arrêta, le pauvre bûcheron n'avait plus forme humaine. Il était large à la tête, évasé à la taille, les jambes réunies étirées comme un manche. Avec la hache, le sylphe sculpta le corps en forme de table et de fond de violon.

Alertés par le bruit, les frères se réveillèrent et tentèrent de voler au secours de leur père. Le sylphe attrapa l'aîné par un bras, le fit tourner dans les airs. Peu à peu, la peau se déchira et les os jaillirent du corps. L'elfe se concentra sur les mains et y préleva une phalange. Puis il étira tant et si bien sa victime que le pauvre garçon désossé s'allongea comme un fil de soie. L'être malfaisant coupa alors le fil sur une longueur d'un bras.

– C'est tout ce dont j'ai besoin ! glapit-il en lançant le reste de l'aîné au feu.

Les trois autres frères avaient réussi à saisir leur hache. Mais le monstre était si vif, si rapide qu'ils ne parvenaient pas à le toucher. Dès l'instant où ils abattaient leur cognée, la créature maligne était déjà ailleurs, bondissant comme un diable. L'elfe noir se saisit du cadet, le désarma et, le tenant par les cheveux, le fit valser de toutes ses forces, puis il l'attacha par sa queue de cheval au chevalet qui servait à couper les billots de bois et tira. Encore une fois, la peau se sépara du squelette. Le tortionnaire garda un petit os de la main. Le garçon désarticulé s'allongea comme un fil dont l'elfe trancha une longueur de bras.

– C'est tout ce dont j'ai besoin ! cria-t-il en jetant le reste au feu.

Il s'en prit ensuite au troisième, qu'il attrapa par un doigt. Il l'enfila dans le creux d'un arbre comme on glisse un brin de laine dans le chas d'une aiguille, et tira...

Paralysée de douleur, Daria ne pouvait rien faire pour protéger ses frères, pour ordonner au sylphe de cesser. Lorsque le jeune homme fut désossé, bien aplati et effilé, le monstre garda un osselet de la main, puis coupa le garçon sur la longueur d'un bras et jeta le reste au feu.

Finalement, l'immonde diable s'approcha du plus jeune. Cette fois, Daria tenta de sauver le benjamin en lui faisant un rempart de son corps. Mais le monstre attrapa le jeune bûcheron par un poil de sa barbe, le jeta au sol et se mit à l'écraser comme on foulait autrefois la laine avec les pieds et les mains, le pétrissant, l'écrasant, le broyant, jusqu'à en faire sortir tous les os, et le rendre aussi fin qu'un fil de chanvre. Encore une fois, il garda un petit osselet de la main. Puis il coupa le corps sur une longueur de bras et jeta le reste au feu. Anéantie, Daria s'évanouit.

Lorsqu'elle revint à elle, elle était dans la cabane familiale. Le sylphe venait de la déposer sur son lit. Ce furent les hurlements de sa mère qui la tirèrent hors de sa couche. Mais elle arriva trop tard... Tenant fermement la mère, l'elfe noir était en train de la faire tourner dans le rouet qui servait à filer. Lorsqu'elle ne fut plus qu'un fin lacet, il la coupa sur la longueur et jeta le reste au feu, non sans avoir prélevé au préalable un petit morceau de son cœur.

Rassemblant alors les morbides morceaux, le sylphe noua chacune des cordes qu'il avait obtenues en étirant les quatre frères sur la table de violon constituée du corps découpé du père. Sur la hampe, il installa les quatre os qu'il avait prélevés et qui lui servirent à tendre les cordes. Ensuite, il déchiqueta le filin qui était autrefois la mère et l'ajusta sur un manche de bois : elle serait les crins de l'archet. Puis il glissa le morceau de cœur dans l'instrument : il en serait l'âme. Satisfait de son travail, le monstre remit le violon macabre à Daria.

– Voilà, ton présent !

La jeune fille, horrifiée, était incapable de prendre l'instrument entre ses mains, mais le sylphe le lui plaqua contre la poitrine.

– Pour que le jeune seigneur te remarque et tombe amoureux de toi, tu dois maintenant aller tourner trois fois autour de la tour sombre en jouant de ce violon. Le charme opérera. Mais attention, tu devras refaire ta danse tous les mois, sinon le sortilège s'estompera et ton chevalier te verra telle que tu es : une bûcheronne, pauvre, sale et dépourvue d'esprit. J'ai rempli ma part de notre contrat. Adieu !

Au matin, Daria se réveilla. Elle était pelotonnée sur le sol, devant l'âtre éteint. Elle était seule dans la cabane, le violon à ses côtés. Elle appela sa mère, son père et ses frères, mais personne ne lui répondit. Alors, elle se souvint des scènes horribles de la veille et pleura tout le jour et toute la nuit. Une semaine passa. Comprenant que personne ne viendrait la secourir, la jeune fille se décida à partir vers le château, pour demander l'aide du jeune seigneur.

Elle l'implora de lui ouvrir les grilles, en vain. Alors, elle se résolut à suivre le conseil du sylphe. Passant l'archet sur les cordes, elle amorça le tour de la forteresse.

Le seigneur, blessé lors de sa dernière chasse, reposait, affaibli, dans son lit. Mais la musique était si envoûtante, son appel si pressant qu'il ouvrit les yeux. Daria achevait le premier tour lorsqu'il sauta à bas de son lit, ne sentant plus sa blessure, qui semblait même s'être refermée d'elle-même. Tandis que la jeune fille terminait son deuxième tour, il revêtit ses plus beaux atours, rassembla ses plus splendides bijoux, tout en se désolant d'en posséder si peu. À la fin du troisième tour, fou d'amour, il fit lever la grille de son donjon et se précipita à genoux devant la belle pour la supplier de le prendre pour époux. Ainsi, l'elfe avait dit vrai. Daria possédait enfin le cœur de l'homme, qui s'appelait Toma.

Elle s'installa près de lui dans la forteresse. Chaque mois, elle n'oubliait pas de sortir avec son violon, pour faire trois fois le tour du donjon en jouant sa lancinante mélopée. Au fil des semaines, Toma commença à s'interroger sur cette étrange promenade. Mais, chaque fois, Daria fermait sa bouche par des baisers. Toutefois, la plainte du violon était parfois si déchirante que Toma en venait à regretter sa vie d'avant, alors qu'il était un jeune chasseur insouciant. Mais, presque aussitôt, la musique se faisait enveloppante, pleine de tendresse, si pénétrante qu'il en *oubliait tout. De son côté, Daria en vint à concevoir une jalousie féroce envers la musique de son violon. Celle-ci avait plus d'emprise sur son amant qu'elle-même, que sa beauté, que son affection et que ses tendres attentions. Souvent, la féroce tentation de détruire l'instrument la prenait. Mais la crainte d'être délaissée par Toma la retenait. Oublieuse de son père, de sa mère, de ses frères, elle se laissa entraîner par la passion.*

Les années passèrent, la jeunesse des amoureux aussi. Au crépuscule de leur vie, des coups résonnèrent un jour contre la porte de la tour. Daria et Toma ouvrirent au sylphe ricanant. Il venait chercher les amants. Il les emporta, enlacés pour l'éternité. Le violon fut délaissé dans le château.

Bien des années plus tard, un Tsigane qui venait à passer par là s'introduisit dans le donjon abandonné. Zoran Sinti trouva le violon et l'emporta dans la communauté des Fils du vent. Lorsqu'il se mit à en jouer, sa plainte douloureuse et passionnée charma les femmes, les hommes et les enfants, les faisant rire ou pleurer selon son bon vouloir, mais surtout, surtout... le violon, dès lors, acquit des pouvoirs qui allaient modifier à tout jamais la vie du clan Sinti.

Lambton ouvrit les yeux en soupirant. À cette époque, il était loin de se douter que la légende découverte ce soir-là, dans ce hameau de Transylvanie, aurait une si forte incidence sur sa vie, à lui aussi.

Le maître horloger renifla. S'il avait quitté ses songes, c'était à cause d'une odeur. Ou plutôt d'une puanteur. Du regard, il parcourut son salon pour trouver l'origine de cette exhalaison désagréable. Ses yeux tombèrent sur le sac abandonné par Foster Riley. Quittant son fauteuil, Lambton s'approcha de la besace, la poussa du bout du pied et gronda en remarquant la tache humide et rosâtre qui maculait le tapis. Même s'il n'en avait pas encore vu le contenu, il se doutait de ce qu'elle renfermait.

– L'imbécile, l'imbécile, l'imbécile ! martela-t-il en dénouant les nœuds du sac.

L'Assommeur s'était mépris sur la commande que lui avait passée son chef. Il avait rapporté des boyaux de chats, *catgut*, alors que Lambton lui avait dit de rapporter du *kitgut*[2], des cordes rigides fabriquées avec des intestins de mouton ou d'âne. La robustesse de ces cordes était appréciée autant par les fabricants d'instruments de musique que dans l'industrie du bois pour le levage de lourdes charges. Lambton les utilisait pour solidifier les squelettes de ses automates. Il se procurait les cordes chez un artisan de Bermondsey dans le Southwark, quartier réputé autant pour ses savonneries que pour sa biscuiterie, où les effluves de chocolat côtoyaient les relents âcres, des os bouillis et des égouts.

– L'imbécile ! répéta Lambton. Il faut tout faire soi-même !

D'un pas rageur, il quitta la pièce.

2. Le *catgut* désigne des cordes rigides, mais cela n'a rien à voir avec le chat (cat). C'est une prononciation déformée de kit (sorte de petit violon).

10

LONDRES, CIMETIÈRE DE HIGHGATE, NOVEMBRE 1850

Dissimulé par une pierre tombale abandonnée aux mauvaises herbes et au lierre, Hawthorne Lambton surveillait de loin la mise en terre du musicien tsigane Yoshka Sinti. Quelques membres de la communauté des Fils du vent s'étaient donné rendez-vous en ce petit matin glacial. Un quatuor de violonistes entourait la sépulture, leurs mélodies traditionnelles transperçant la lourdeur ouatée du *fog*. Le chef de la Confrérie des Freux détacha une des libellules-espionnes qui ornaient le revers de son manteau. Il appuya sur un petit bouton à la base du corps doré, puis souffla sur les ailes transparentes. La demoiselle plana quelques secondes et vint se placer en vol stationnaire au-dessus de la tombe.

Les yeux globuleux du petit insecte étaient de minuscules transmetteurs d'images. Lambton sortit de son gilet sa montre à gousset dont le couvercle dissimulait un miroir faisant office de récepteur. Ainsi, il pouvait observer en détail les visages des participants à la cérémonie. Il s'attarda sur celui, pâle et ravagé de larmes, de la jeune Toszkána, soutenue par le bras compatissant de Lady Clare. Puis, téléguidée, la libellule voleta de violon en violon. Lambton ne comprenait pas comment l'instrument d'Yoshka Sinti avait pu disparaître et surtout échapper à toutes les recherches. Ses Assommeurs et ses Braillards n'en avaient rapporté aucune nouvelle, même s'il avait promis une belle récompense à celui qui le trouverait. De plus en plus, il soupçonnait que l'individu qui avait osé dérober son plus bel automate pouvait bien être aussi le nouveau possesseur du violon, même s'il n'en devinait pas la raison. Foster Riley n'avait apparemment rien découvert concernant cette introduction par effraction. La police non plus. Qu'on ose ainsi le défier mettait le chef de la Confrérie des Freux sur la défensive. Une autre organisation interlope s'était-elle mise en tête de contrôler les rues de Londres ? Il n'y avait aucune rumeur à ce sujet, mais cela ne signifiait rien. Un groupe rival pouvait agir dans l'ombre afin de saper son autorité et de lui ravir le pouvoir au sein de la pègre.

Un instant distrait par ses pensées, Lambton ne vit pas Cody qui s'était glissé au premier rang des gens assistant à l'enterrement. Les yeux du gamin ne cessaient de virevolter de droite à gauche, fixés sur la libellule. Ayant déjà vu ces insectes au revers du frac de son maître, il ne doutait pas de sa présence dans le cimetière. L'artisan devait être en train de surveiller la scène. Le Braillard attendit donc que l'espionne tournoie sur elle-même pour déposer le violon contre la stèle de grès que des Tsiganes venaient de dresser sur la tombe fraîchement refermée. Puis, sans demander son reste, il s'éclipsa en se glissant dans la foule. Il se sentait plus léger. À plusieurs reprises, durant les quarante-huit dernières heures, il avait voulu jeter l'instrument dans la Tamise, mais, chaque fois, il s'en était senti incapable, comme si le violon le lui interdisait. Il avait guetté la danseuse gipsy devant la maison Fitzmartin pour le lui remettre, mais elle ne s'était pas montrée. Lorsque Lambton avait promis une forte récompense pour récupérer l'instrument, il avait bien failli succomber à l'attrait de l'argent. Mais, là encore, il y avait renoncé comme si le violon lui défendait d'être vendu et réclamait d'être rendu à sa légitime propriétaire. En quittant les lieux, Cody bouscula légèrement un jeune homme qu'il lui sembla reconnaître. C'était celui qu'il avait vu prendre la défense du musicien tsigane à la sortie du Old Court Pub.

Mirko Saster était presque en transe, tandis que la musique de ses ancêtres s'écoulait en lui. Même le crachin qui le mouillait de la tête aux pieds ne pouvait le tirer de sa ferveur muette. Il ne remarqua pas le gamin.

Cody quitta Highgate au moment où la musique cessait. Il ne vit donc pas Mirko s'approcher de la stèle de grès portant en épitaphe cette phrase énigmatique : « De mon violon emporte l'âme. » Par contre, Hawthorne Lambton, lui, ne pouvait détacher son regard de ce jeune homme qui se tenait là, immobile dans une attitude de profond respect. Enfin, il le vit se pencher avec lenteur pour ramasser le violon.

Sur son ordre, la libellule-espionne monta dans les airs, puis fit demi-tour et disparut dans le brouillard. Quelques secondes plus tard, le maître artisan referma sa main sur la demoiselle de métal. Se drapant dans sa longue cape noire, il rabattit son haut-de-forme ruisselant sur son front et, traînant derrière lui une odeur de terre à cimetière, il s'enfonça à son tour dans la brume qui eut tôt fait de le dissimuler.

L'enterrement avait eu lieu la veille. Depuis, réfugié dans son garni de Bethnal Green, Mirko Saster avait passé des heures à caresser la table de bois du violon. Il ne s'expliquait pas pourquoi on s'en était pris par deux fois aux musiciens. Pourquoi Yoshka Sinti avait-il été sauvagement assassiné ? Pourquoi avait-on dérobé l'instrument, pour l'abandonner ensuite sur la tombe ? Qui avait eu le violon en sa possession et pourquoi s'en débarrasser ainsi et ce jour-là ? Ces questions tournaient en boucle dans sa tête et aucune réponse satisfaisante ne lui venait à l'esprit.

Mirko n'avait pas encore osé laisser courir ses doigts sur les cordes. Il s'était contenté de tester l'archet d'un ongle. À sa plus grande surprise, quelques crins effilochés s'étaient aussitôt replacés d'eux-mêmes dans le talon d'os, Mirko n'ayant plus qu'à tourner le bouton pour s'assurer de la tension. Il avait passé une nuit blanche à ressasser ses multiples interrogations et à veiller sur la merveille de son ami. Sa décision était prise. Il devait remettre le violon entre les mains de la belle Toszkána. Elle était sûrement trop éprouvée la veille, pendant la mise en terre, pour avoir remarqué l'instrument laissé contre le monument de grès, sinon elle l'aurait emporté. Il n'avait aucun doute à ce sujet.

Ce matin-là, le *mudlark* n'était pas allé travailler dans le lit de la Tamise. Il attendait, indécis. D'une part, il jugeait qu'il était trop tôt pour se rendre chez Lady Clare et prématuré de déranger la danseuse tsigane dans son deuil. D'autre part, il ne voulait pas abandonner le violon dans cette chambrette qu'il louait à Abigaïl, la tenancière du Old Pub Court. Il se méfiait surtout de son voisin de palier, un certain Foster Riley. Des rumeurs l'associaient à cette Confrérie des Freux qui semait la terreur dans les rues londoniennes. À deux reprises, Mirko avait surpris l'homme dans l'immeuble, son horrible masque de corbeau lui dissimulant le visage. Il n'aurait su dire s'il s'agissait du *garotter* contre qui il s'était battu pour défendre Yoshka Sinti, mais si ce n'était pas lui, c'était en tout cas la même engeance. Quelques jours plus tôt, il avait entendu des bruits suspects de l'autre côté de la cloison fort mince qui les séparait. Il était sûr que son voisin se battait avec quelqu'un. Il y avait eu un hurlement suivi de sons métalliques, puis le silence.

Avant le lever du jour, un moment plus tôt, il avait entendu Riley quitter son garni. Mirko était à peu près certain d'être seul dans la bâtisse qui abritait une douzaine de chambrettes toutes aussi misérables les unes que les autres. Mû par une impulsion, il s'empara de l'archet, puis le fit glisser d'abord avec prudence, enfin avec aplomb sur les quatre cordes qui vibrèrent avec passion. Mirko Saster était un bon musicien. Son instrument de prédilection était le cymbalum, mais, faute d'argent, il n'en possédait plus depuis que, cinq ans plus tôt, le sien avait été emporté avec la roulotte familiale dans la rivière où ses père, mère et sœur s'étaient noyés. Il se laissa transporter par un air traditionnel qu'il interpréta avec un tel brio qu'il en fut lui-même bien étonné. Il était doué, mais pas au point de jouer avec autant de finesse d'un instrument qu'il ne maîtrisait pas. L'idée de remplacer Yoshka Sinti dans les cabarets lui traversa l'esprit, mais, bien vite, il la rejeta. Le violon ne lui appartenait pas.

Brusquement, un bruit de galoches dans les marches de l'immeuble le tira de ses rêveries. Sa porte s'ouvrit à la volée sur Sam, cinq ans, le plus jeune fils d'un couple de petits vendeurs des rues qui vivotait au rez-de-chaussée avec ses sept rejetons.

– Mir... Mir... ko ! bégaya le petit.

Saster se figea. Le gamin était muet de naissance. Avait-il bien prononcé ces deux syllabes ? C'était tout simplement impossible. Après avoir posé son violon sur sa couche, il se pencha vers l'enfant et l'attrapa par les épaules pour le regarder bien en face.

– Qu'as-tu dit ? demanda-t-il en le serrant très fort.

– Tu... m'fais... mal ! répondit Sam, qui gigotait pour se débarrasser de la poigne du Tsigane.

Mirko le lâcha, puis le dévisagea avec suspicion. Depuis quatre mois qu'il vivait dans ce taudis, était-il possible qu'il ne se soit rendu compte de rien ? Avait-il été victime d'un de ces stratagèmes auxquels les miséreux ont recours pour susciter la pitié ? Certains se faisant passer pour sourds, estropiés, aveugles ou muets afin de soutirer plus d'argent en mendiant.

– Sam... tu parles ! Depuis quand ? l'interrogea Mirko avec douceur.

– Main... t'nant ! cria Sam, le visage éclairé de joie.

– Tu veux dire que tu ne parlais pas avant... et que là, tout à coup, tu peux ! s'étonna Mirko.

– La mu... sique ! fit l'enfant. Quand... en... tendu... la mu... sique !

Le jeune homme fronça les sourcils ; il n'était pas certain de comprendre.

– Tu veux dire que tu t'es mis à parler en entendant la musique ? insista-t-il.

– Oui ! s'exclama Sam, tout joyeux. Encore... Mirko, encore !

Saster reprit le violon et joua un autre air traditionnel que Sam ponctua de claquements de mains, de petits rires et d'un flot de mots mal maîtrisés. C'était un miracle que le Tsigane ne pouvait s'expliquer. On lui avait souvent parlé du pouvoir émotionnel de la musique, était-ce le cas ici ?

Le gamin resta plus d'une heure avec Mirko, qui enchaîna les mélodies. Puis le musicien le renvoya chez lui. Il était bien décidé à tirer les choses au clair en interrogeant ses frères et sœurs dès que possible. Si les parents avaient monté une escroquerie en prétendant leur fils muet, ils ne l'avoueraient jamais, mais les enfants, eux, pourraient dire la vérité s'il s'y prenait avec adresse pour leur tirer les vers du nez.

Il était environ neuf heures lorsque le jeune Tsigane sortit de chez lui en emportant le violon. S'il avait abandonné l'idée de remplacer Yoshka Sinti dans les cabarets, il n'avait pas renoncé à gagner un peu d'argent comme musicien des rues durant quelques jours. Il excellerait autrement plus dans ce travail que dans celui de *mudlark*, qu'il détestait. Il se dit qu'il rendrait l'instrument à Toszkána ensuite. Bientôt.

Ce jour-là, les Londoniens furent particulièrement généreux avec Mirko Saster. Les pennies et même des shillings tombèrent avec régularité dans sa casquette posée à ses pieds. La gentry avait déserté Londres pour l'hiver, mais il y avait encore suffisamment de bourgeois, d'aristocrates et de touristes pour apprécier le talent. Le musicien avait choisi de se produire dans Regent Street en matinée, puis, le soleil perçant enfin la couche de smog, il avait été traîner du côté du Crystal Palace, tout de fonte et de verre, dans Hyde Park, lieu futur de l'Exposition universelle qui aurait lieu l'été suivant. Les ouvriers s'y affairaient encore quelques mois avant l'inauguration et il se dit que sa musique saurait sûrement alléger leur dur labeur. Ils travaillaient beaucoup, mais étaient peu payés.

Le lendemain, Mirko retourna faire de la musique dans la rue, changeant d'endroit au gré de sa fantaisie et selon l'humeur des Londoniens qui pouvaient se montrer parfois charitables, mais souvent très pingres.

Il jouait depuis une bonne demi-heure à Piccadilly Circus lorsque des cris retentirent derrière lui. Il avisa un vieil homme, chancelant sur ses jambes, et deux béquilles sur le sol. Mirko vit aussi que certaines personnes le désignaient, lui, du doigt, et l'invectivaient même en lui montrant le poing. Ne comprenant pas leur hostilité, il cessa de faire courir l'archet sur les cordes et s'intéressa aux hurlements de la foule. Croyant qu'un misérable s'était amusé à dépouiller le pauvre invalide de ses appuis de bois, il se précipita pour lui offrir son bras. Mais le sexagénaire pleurait en criant :

– Miracle ! Je marche ! Je marche ! C'est sa musique qui m'a guéri !

Le grondement agita de nouveau la foule. Des injures fusèrent en direction de Mirko.

« Suppôt du diable ! » « Voleur ! » « Mécréant qui travaille le dimanche ! » « Gipsy de malheur ! »

Cette fois, il n'y avait plus de doute ; le jeune nomade comprit qu'on allait lui faire un mauvais parti s'il ne décampait pas au plus vite. On le croyait probablement de mèche avec un faux paralytique. Serrant le violon et l'archet contre son flanc, il détala. Il fut atteint à la tête par une pomme de chou projetée avec vigueur, et remercia Sara la Noire, la mère vénérée des Tsiganes, que ce ne soit pas un pavé qu'on lui ait lancé.

Lorsqu'il eut distancé la foule, le musicien ralentit sa course, histoire de ne pas alerter un *bobby* par une précipitation suspecte, mais il marcha d'un bon pas pour regagner son taudis.

Les mésaventures de Mirko n'avaient pas échappé aux yeux ni aux oreilles aux aguets des Assommeurs et des Braillards de la Confrérie des Freux. L'un des informateurs de Hawthorne Lambton se hâta de rapporter ce qu'il avait vu, et avant tout entendu, à son chef.

– À Piccadilly Circus, un violoniste tsigane a été pris à partie pour avoir, selon les cris, guéri un paralytique.

Voilà qui étonna, mais surtout alerta le maître horloger.

Le lundi touchait à sa fin. Les événements de la veille avaient forcé Mirko à prendre une résolution. Il quitta donc son refuge et se dirigea d'une démarche décidée vers la demeure Fitzmartin.

Le Strand débordait d'activité. Les rues étaient remplies de brouhaha et d'agitation. Mirko dut jouer des coudes entre les rangées d'attelages, se faufiler entre les charrettes à bras de quelques vendeurs des rues, éviter les corbeilles suspendues au cou des allumettières et échapper aux harangues des uns et des autres.

Poussé et pressé de toutes parts, il ne prit pas garde à la silhouette à bec de corbeau qui s'était glissée derrière lui. Il ressentit seulement une vive douleur à l'arrière du crâne, avant de s'enfoncer dans un épais brouillard.

Ce furent les hoquets grinçants d'un véhicule qui mirent ses sens en alerte. Son cerveau était toujours sous l'emprise d'une brume épaisse ; néanmoins, il réalisa qu'il se trouvait dans un *cab* qui filait à une vitesse folle. La fenêtre du brise-reins était obscurcie par un drap noir, que les cahots de la route faisaient parfois tressauter. C'est ainsi qu'il put voir la faible clarté des réverbères. Combien de temps s'était-il écoulé depuis qu'on l'avait agressé ? Mirko tenta de se lever sur un coude, mais ses bras étaient entravés, tout comme ses pieds. Il était allongé sur une banquette de cuir craquelé. Où le conduisait-on ? Après de nombreux efforts et malgré sa maladresse, il réussit à s'asseoir. Un virage brusque le projeta contre la portière. Il remarqua qu'on en avait enlevé la poignée. Ramenant ses pieds devant lui, il tenta de l'enfoncer à grands coups, peine perdue. Le fiacre avait de solides portes de métal. Ne pouvant se libérer pour le moment, le jeune Tsigane se concentra sur ce que ses sens pouvaient lui apprendre. D'abord, malgré la folle cavalcade, il n'entendait aucun renâclement de cheval, ni claquement de fouet d'un quelconque cocher ; il en conclut que le fourgon était une machine à vapeur. De fortes odeurs envahissaient aussi l'habitacle. Celle du houblon dégagée par des brasseries se mêlant à la puanteur des tanneries laissait parfois la place à des arômes de tabac brûlé, et à des fragrances de thé et d'épices. Il jugea qu'il ne devait pas être bien loin de Queen's Pipe, du nom de ces vastes cheminées d'usines où jour et nuit on manufacturait le tabac venant des colonies d'outremer.

Bientôt, ce furent le clapotis de l'eau et le bruit de coques s'entrechoquant qui lui apprirent que le coche longeait les quais. Il surprit des chants, deux hommes s'exprimant avec un fort accent américain, sûrement des marins à bord d'un clipper venu d'outre-Atlantique. Par-dessus, il distingua force jurons et ordres aboyés d'une voix énergique. Des dockers à l'ouvrage. Il en était sûr maintenant, la voiture infernale se dirigeait vers les entrepôts. Quelques minutes plus tard, un arrêt brusque le projeta contre le panneau avant. La portière fut ouverte. Il faisait nuit désormais. Mirko n'eut cependant pas le loisir de voir où il se trouvait. Un sac fut jeté sur sa tête et deux hommes le saisirent, l'un sous les bras, l'autre par les pieds, et le soulevèrent comme un vulgaire colis.

Au bruit des bottes sur les marches de bois et aux craquements sous le poids de ses ravisseurs et du sien, il comprit qu'on lui faisait descendre un escalier chambranlant. Puis, sans ménagement, il fut projeté au sol. L'atterrissage sur l'épaule lui arracha un cri de douleur. Mais, presque aussitôt, il n'eut plus conscience de rien.

11

Mirko reprit connaissance peu à peu. Son crâne l'élançait. Il déglutit et tenta d'inspirer profondément ; il s'étouffa. Un chiffon lui obstruait la bouche. La panique l'envahit, ne faisant qu'accélérer sa détresse respiratoire. Heureusement, son cachot n'était pas plongé en totalité dans le noir. Un bas soupirail laissait filtrer une lumière blafarde. Ses yeux distinguant son environnement, il put ordonner à son cerveau de se calmer. Il inspira et expira avec lenteur, par le nez. Ses pieds étaient toujours ligotés, mais, à sa grande stupéfaction, il découvrit que ses mains étaient libres. Il se hâta de retirer le morceau de tissu qui lui râpait la langue, puis délia ses jambes. Ensuite, il se remit debout. Il constata alors que le plafond de son cachot était bas. Il n'était pas grand de taille et sa tête frôlait les solives. L'air sentait le remugle et était chargé d'humidité, mais, surtout, il y avait une autre odeur, plus puissante, que le jeune homme ne parvint pas à identifier.

Ayant retrouvé un peu d'aplomb, il tendit l'oreille. Un clapotis assourdi par les parois de pierres grises de sa prison lui parvenait faiblement. Il en déduisit qu'il n'était pas loin de l'eau. Retrouvant petit à petit toutes ses facultés, il s'interrogea sur ceux qui l'avaient amené là et sur les raisons de cet enlèvement. Très vite, toutefois, il songea que les spéculations ne lui serviraient à rien. Il devait plutôt se concentrer sur la meilleure façon de se tirer de ce mauvais pas et d'échapper à ses ravisseurs. Mais il avait beau réfléchir, il ne voyait pas comment s'en sortir. Il devrait s'en remettre au hasard, rester à l'affût de toute éventualité et en profiter pour s'échapper. Avant toute chose, il lui fallait se dégourdir les membres. Il parcourut donc sa prison de long en large afin d'activer la circulation dans ses jambes ankylosées. S'il se fiait à cet engourdissement, il avait dû rester dans les vapes un assez long moment. La cave lui parut de bonnes dimensions. Dans un coin, il découvrit une douzaine de tonneaux vides. Sur l'un d'eux, une demi-bougie fichée dans un bougeoir de métal et une boîte d'allumettes. Il en craqua une et enflamma la mèche. Ce fut seulement à cet instant qu'il remarqua qu'à ses pieds gisait un tas informe de guenilles d'où émanait la forte odeur qu'il avait repérée à son réveil. Il s'empara du bougeoir et se pencha pour mieux voir. Il poussa les haillons du bout du pied, et sentit quelque chose de mou. Il s'accroupit un peu plus et, de la main, repoussa les morceaux d'étoffe. Son regard hébété rencontra un visage masculin livide. Mirko sursauta et tomba à la renverse. Il distingua alors la grande tache humide qui s'étendait sous le corps ; c'était l'odeur âcre d'urine et de sang qu'il avait perçue plus tôt. La chemise de l'homme était teintée d'un rouge virant au noir. Cette vision lui tira un hurlement. Incapable de se relever, tant la peur le tenaillait, il traîna ses fesses jusqu'à l'autre extrémité de la pièce, où il s'adossa à la paroi, les genoux contre la poitrine, comme s'il redoutait une attaque par-derrière. Était-ce le sort qu'on lui réservait, être lâchement assassiné dans une cave ? Pour quelle raison ?

Au bout d'un certain temps, un léger gémissement se propagea dans le cachot. Mirko leva sa bougie pour en déterminer l'origine. Soudain, une évidence le frappa. L'homme qu'il avait cru mort ne l'était pas. Les jambes flageolantes et le cœur battant la chamade, il dut se faire violence pour se lever et s'approcher de nouveau du corps. Il se mit à genoux et éclaira l'infortuné. Le visage était couturé de cicatrices ; le nez, cassé, sûrement de longue date. Le blessé pouvait avoir dans les trente ans, trente-cinq au maximum. Ses lèvres crevassées de sécheresse remuèrent.

– De l'eau ! articula-t-il avec difficulté.

Mais, de l'eau, Mirko n'en avait pas à offrir. Il se pencha sur l'homme, lui saisit les épaules et réussit à l'asseoir contre un tonneau. Il se laissa tomber à ses côtés, autant pour le réconforter que pour se rassurer lui-même. Le temps passa. Parfois, le blessé gémissait, mais le plus souvent il perdait connaissance.

La chandelle s'amenuisait. Par le soupirail, Mirko vit la lumière changer, devenir de plus en plus ténue, ce qui annonçait le début de soirée. Il s'en voulut de ne pas avoir résisté à la tentation d'allumer la bougie alors que quelques rayons parvenaient à se faufiler dans la cave. Bientôt, ils seraient tous deux plongés dans le noir. Tout à coup, la mèche vacilla et le jeune homme sentit un léger courant d'air sur sa joue. Il releva la tête. À l'extrémité de la pièce, il vit danser la lumière d'une lampe à pétrole. Il bondit sur ses pieds, prêt à se jeter sur son geôlier. Cependant, ce ne fut pas une mais deux silhouettes qui se découpèrent dans l'obscurité. Il n'avait aucune chance d'échapper à deux gardes. L'un d'eux s'avança vers les prisonniers, une gamelle dans chaque main. Le deuxième, qui tenait la lampe, resta près de la porte, un colt au poing. Sans un mot, le gardien posa les bols sur le tonneau, puis recula vers son comparse. Le bruit de la porte se refermant sur eux tira le blessé de sa torpeur. Mirko jeta un œil sur les écuelles. Elles étaient remplies de gruau gorgé d'eau. Il prit un des bols et l'approcha des lèvres du blessé, y faisant d'abord couler un peu de liquide. Lorsque l'homme le remercia d'un clignement des yeux, il lui mit le plat entre les mains et s'empara de l'autre dans lequel, faute de cuillère, il plongea les doigts. Il se rendit compte qu'il était affamé.

À quelques pas du caveau où Mirko était détenu, dans les sous-sols de son entrepôt de l'île aux Chiens, Hawthorne Lambton avait aménagé un atelier secret. C'était à cet endroit qu'étaient nés ses plus grands trésors, ses machines infernales, notamment l'automate au couteau qu'on lui avait volé quelques semaines plus tôt.

Ce soir, le violon ayant appartenu à Yoshka Sinti reposait entre ses mains. Le maître horloger n'avait cessé de le couver du regard depuis que Foster Riley le lui avait apporté, au cours de la nuit précédente. De cet instrument dépendait le sort de Seabert, son petit garçon adoré. Avec délicatesse, Lambton posa la merveille sur une épaisse table de bois striée de multiples entailles, témoin de son travail acharné au fil des ans. Il recula de trois pas pour l'admirer encore et encore.

L'artisan avait longuement réfléchi à la manière de procéder. Il ne savait pas jouer du violon. Malgré toutes les leçons qu'il s'était offertes auprès des plus grands maîtres du royaume, il n'avait jamais pu tirer que des sons discordants de cette boîte à quatre cordes. Pour obtenir des notes miraculeuses d'un violon aussi merveilleux que celui-ci, il fallait un virtuose tout aussi fabuleux, ce qu'il ne serait jamais. Pendant des années, il en avait conçu un vif regret et surtout une rage impuissante. C'était de cette amère constatation que lui était venue l'idée de chercher dans les cimetières des ossements lui permettant de créer un être digne de tenir un tel instrument entre ses mains. Après tout, la légende qu'on lui avait autrefois contée en Transylvanie relatait la création du premier violon avec le corps et des os des frères et des parents de la belle Daria, alors pourquoi n'en serait-il pas de même de celui qui pourrait en jouer ? S'il n'était pas doué pour manier l'archet, Lambton l'était pour fabriquer des boîtes à musique, auxquelles il devait sa renommée à Londres et même au-delà. Ainsi, pendant des années, il avait raffiné son art dans l'attente de ce jour, de cet instant, où le violon tsigane serait enfin en sa possession. Au fur et à mesure que ses enfants étaient happés par la maladie, Hawthorne Lambton s'était laissé posséder par son obsession d'en arracher au moins un aux griffes de la mort. Sa monomanie n'avait dès lors plus connu de limites. Plus rien n'était tabou à ses yeux. Sa folie l'avait peu à peu entraîné dans une spirale morbide.

Il s'écarta de la table et rejoignit le coin le plus sombre de son antre, où depuis des années, cachée sous un grand drap noir, prenait forme la silhouette de celui qu'il considérait comme le virtuose des virtuoses. D'un geste vif, il retira le tissu, libérant un automate à apparence humaine, grandeur nature. La machine était constituée de milliers d'os patiemment polis et de tendons humains arrachés aux corps qu'il avait exhumés au fil des ans, avant que le temps et les vers ne fassent leur œuvre. Pour les mains, l'artisan s'était assuré de n'utiliser que des nerfs et des ligaments prélevés sur les indigents qu'il enlevait sur les bords de la Tamise. Il avait veillé à n'utiliser aucune pièce métallique pour construire cet androïde, son chef-d'œuvre de maître horloger.

Retenant son souffle, dans un état de profonde béatitude, Lambton resta de longues secondes à contempler son violoniste. Il n'avait jamais rien réussi d'aussi perfectionné, d'aussi abouti. Enfin, saisissant le violon avec respect, il en ajusta la table sous le menton de la machine, plia les doigts osseux pour les placer un à un sur les cordes, et glissa l'archet dans l'autre main. L'homme attendait ce moment depuis si longtemps qu'il ne parvenait pas encore tout à fait à croire qu'il était arrivé.

Bien sûr, il avait maintes fois essayé la machine avec de vils instruments, mais, cette fois, il possédait le violon de légende, celui qui pouvait sauver son fils et mettre fin à la malédiction des Lambton.

Le maître horloger n'avait plus qu'une clé à tourner, mais sa main fébrile n'osait pas. Pas encore. Retardant l'instant de vérité, il se détourna de la machine pour se rendre à la porte. Pour la énième fois ce soir, il l'entrebâilla, vérifia que personne ne venait, puis s'assura que les verrous étaient bien poussés.

Dans la pièce contiguë, des sons étranges vinrent secouer la torpeur dans laquelle Mirko avait sombré. Il lui sembla reconnaître une voix humaine, un cri de mort. Il bondit sur ses pieds. Mais, très vite, il comprit que c'étaient des notes de musique. Il reconnut le son strident d'un violon, si apte à imiter les passions et les accents langoureux d'une voix humaine lorsqu'on en jouait avec grâce, ou ceux hystériques et déchirants d'un artiste désespéré. Ne disait-on pas que le violon était l'instrument du diable à cause de son charme inquiétant ? Ce soir, ses aigus étaient puissants, pathétiques ; l'archet torturait les cordes. Le jeune Tsigane se plaqua les mains sur les oreilles. Jamais il n'avait entendu quelque chose d'aussi douloureux. Il ne put retenir ses larmes.

De l'autre côté de l'épais mur, l'automate possédé faisait courir furieusement l'archet sur les cordes. Tout à coup, une note s'éleva, une seule, si puissante que Lambton fut paralysé par ce *ut* qui condensait toute son énergie dans un unique son. Il tomba à la renverse, frappé au plexus solaire par l'intensité de la tonalité.

La nuit, alors que les bonnes gens dormaient paisiblement, la faune interlope s'activait non seulement dans les rues de Londres, mais aussi sur sa principale artère, la Tamise. Montant ou descendant son cours, de rapides voiliers se faufilaient entre les navires marchands. Voleurs et contrebandiers n'hésitaient jamais à accoster les bateaux, profitant du manque de vigilance de certains mariniers. Le chef de la Confrérie des Freux possédait une douzaine de ces barges qui ne requéraient pas un équipage important. Manœuvrées chacune par trois Assommeurs, elles étaient chargées de dépouiller les navires de commerce laissés sans surveillance. Ces embarcations à fond plat et à voiles triangulaires se déplaçaient avec légèreté sur les eaux et sillonnaient le fleuve en permanence, se confondant avec celles, exactement identiques, des honorables commerçants.

À bord, un ou deux Braillards s'occupaient de la sécurité ; si, par mésaventure, la police maritime ou les douaniers pointaient le nez, un cri du mousse et le bateau levait les voiles pour déguerpir. Les barges pouvaient aisément tenir dans le courant violent de l'estuaire de la Tamise lorsqu'elles s'échappaient vers le large.

Mais, ce soir-là, le vent avait inexplicablement fraîchi et, soudain, la houle se fit d'une violence inouïe. Les Assommeurs à bord du *North* durent pomper l'eau qui franchissait les platsbords. Bientôt, ils virent que leurs efforts ne suffiraient pas. L'eau s'infiltrait entre la cabine et la soute, et alourdissait la barge remplie à craquer de marchandises volées. Le pompage reprit. En vain. La nuit s'installa. Après une heure d'efforts inutiles, la pompe de tribord tomba en panne. Les hommes se relayèrent sur celle qui restait, mais il leur sembla que rien n'y faisait. L'eau continuait à envahir le bateau ; il fallait l'abandonner. Toutefois, aucun des contrebandiers ne pouvait s'y résoudre. Ils craignaient plus la réaction de Lambton que la noyade. Mouillés, tremblants de froid sous un mélange d'embruns, de pluie et de fine neige glacée, ils se rassemblèrent dans le poste de pilotage pour décider de leur sort. Combien de temps la barge tiendrait-elle ainsi livrée aux caprices d'une météo complètement affolée ? Un Assommeur proposa de faire des signaux de détresse en direction des goélettes qui croisaient dans les environs. Mieux valait finir en prison qu'au fond du fleuve. Le patron du bord se résigna à cette éventualité et alluma leur unique fusée qui fit long feu et s'abîma dans l'eau en grésillant.

Chacun muni d'une lanterne, l'un à la poupe, l'autre à la proue, les deux Braillards s'agitèrent avec toute la vigueur de leur jeunesse. Finalement, les Freux virent s'approcher une lumière dansante au sommet des vagues. Du secours. Leurs cœurs bondirent. Sauvés. Mais c'était sans compter sur la fatalité. Un des deux Braillards trébucha, sa lampe à pétrole lui échappa des mains et embrasa la voile arrière pourtant détrempée. N'en croyant pas leurs yeux et abasourdis par cet incroyable coup du sort, les cinq mariniers tentèrent d'éteindre les flammes, mais le vent propageait des étincelles de tous côtés qui rapidement enflammèrent toute la voilure et les gréements en bois. Bientôt, le caboteur se transforma en torche. Il n'y avait plus rien à faire que se jeter par-dessus bord dans les flots déchaînés.

Au matin, une goélette repêcha deux corps gonflés d'eau. On ne retrouva jamais les trois autres marins du *North*.

Aux petites heures du jour, mis au courant de la tragédie, Foster Riley courut jusqu'à l'entrepôt de l'île aux Chiens pour avertir Lambton. Au moment même où il approchait de l'édifice, une demi-douzaine de chiens errants franchissaient le coin de l'immeuble. L'homme et les animaux furent sans doute aussi surpris les uns que les autres. Le chef de meute, un dogue de couleur fauve à la tête et au corps massifs, fixa l'Assommeur intensément, puis retroussa ses longues et épaisses babines baveuses en grondant. C'était un chien de combat, à n'en pas douter. Comme celui de ses comparses, son corps trapu disparaissait dans un corset de cuir hérissé de pics.

Avec lenteur, Riley détacha le boudin de toile rempli de sable qu'il portait en permanence à la ceinture. Le dogue se ramassa sur ses pattes arrière, puis, sans avertissement, se détendit avec une agilité que sa corpulence ne laissait pas deviner. L'Assommeur était prêt. Il asséna un puissant coup de son arme sur le museau du molosse. Celui-ci accusa le coup sans broncher et, tous crocs dehors, visa la gorge du *garotter*. Riley se laissa tomber au sol, roula sur lui-même et, réussissant à s'écarter suffisamment de son assaillant, il allongea sa main vers sa botte d'où il extirpa un long couteau effilé.

Lorsque le mastiff repassa à l'attaque, l'homme l'attendait fermement, campé sur un genou. Il n'aurait pas l'occasion de s'y reprendre à deux fois. Il devait viser vite et bien, et surtout atteindre la bête entre les courroies retenant le corset au poitrail. Riley planta son poignard directement dans la panse et l'enfonça de toutes ses forces. Stoppé net dans son élan, l'animal s'abattit comme une masse. Les autres chiens n'avaient pas bronché pendant l'attaque, mais, en voyant le chef de meute au sol, ils commencèrent à manifester des signes évidents de colère. L'Assommeur se releva très vite d'un bond et fonça vers la porte de l'entrepôt. Il eut juste le temps de la claquer derrière lui. Il entendit des grognements et des grattements de griffes sur le battant de métal. Riley sentit la fureur le gagner. D'où venaient ces chiens ? Visiblement, c'étaient des bêtes entraînées. Qui les avait amenées là ? La plupart des propriétaires de chiens de combat étant membres de la Confrérie des Freux, il se promit de tirer cette histoire au clair.

Il gravissait l'escalier vétuste lorsqu'il lui sembla percevoir des sons étranges en provenance du sous-sol. Il hésita un instant, s'immobilisa, puis reprit son ascension deux marches à la fois vers les appartements de Lambton.

Encore fébrile, Riley se précipita dans le salon, désert comme de coutume. Mais il n'eut pas à attendre bien long-temps ; Lambton y entra à son tour, d'un pas incertain. Le teint du chef de la Confrérie des Freux était blanc, sa motricité défaillante, il paraissait confus.

– Qu'est-ce que... que... que..., bredouilla-t-il, la lèvre pendante, des bulles de salive aux commissures.

À ce moment, son corps se ramollit, ses jambes ployèrent. L'Assommeur courut pour le soutenir avant qu'il ne s'écrase sur le parquet craquant. Riley accompagna son chef jusqu'à un fauteuil, dans lequel celui-ci se laissa tomber plutôt qu'il ne s'assit, comme si tout son être était tout à coup privé de son tonus. Avisant un flacon d'eau- de-vie, le *garotter* se hâta d'en verser une bonne lampée dans deux petits verres. Il en attrapa un, le huma avec ravissement et fit cul sec. Il porta le second aux lèvres bleuies et frémissantes de Lambton, dont il remar-qua la déglutition molle.

Riley se servit un second verre et se laissa choir dans l'autre fauteuil pour déguster l'alcool à petites gorgées. Le silence se prolongea une bonne dizaine de minutes, pendant lesquelles l'Assommeur nota les mains tremblantes et privées de coordi-nation de Lambton. Parfois, ce dernier fermait les yeux, comme s'il perdait brièvement connaissance.

– Que... m'est-il arrivé ? murmura finalement le maître horloger, semblant revenir d'entre les morts.

– Vous avez frôlé l'apoplexie ! répondit Riley en dévisageant son hôte.

Le silence s'installa de nouveau quelques secondes.

– Et à vous ?...

Riley suivit le regard du maître horloger qui s'était arrêté à son allure débraillée et poussiéreuse. Deux boutons de son manteau ne tenaient plus que par un fil, une boucle de sa botte droite avait été arrachée, son pantalon était déchiré à mi-jambe, les écorchures à ses mains suintaient. Il en passa une sur son front.

– Une attaque d'molosses d'vant l'immeuble ! L'abruti d'propriétaire va me l'payer cher.

– Le chien s'est probablement enfui de son chenil ! soupira Lambton.

– S'sont... vous voulez dire ! le corrigea Riley, rageur. Y étaient une meute d'six ou sept, bien entraînés. J'vais trouver l'dresseur et m'en vais y faire passer l'envie de miser sur des combats d'chiens, moi ! Mais c'est pas l'plus grave...

Le maître horloger avait fermé les yeux. L'Assommeur crut qu'il ne l'avait pas entendu et haussa la voix.

– Y a plus grave ! Un des caboteurs, l'*North*, a coulé cett' nuit, avec tout son équipage et, bien entendu, sa marchandise. Chargé à ras-bord qu'il était.

Le chef des Freux hocha la tête, mais il n'avait pas la force de s'indigner. Riley ne l'avait jamais vu si peu combatif. Un instant, une pensée réjouie lui effleura l'esprit. Le moment qu'il attendait depuis tant d'années était-il venu ? Pouvait-il profiter de la faiblesse de son chef pour prendre sa place à la tête de la Confrérie ?

Riley s'aperçut que Lambton le fixait d'un regard assombri d'irritation, comme s'il avait lu dans ses pensées. Vite, le *garotter* détourna les yeux pour ne rien laisser paraître de ses supputations. Même affaibli, l'artisan pouvait se montrer dangereux. Il ne dirigeait pas la Confrérie depuis si longtemps sans jamais avoir eu à mater une fronde ; il savait comment réagir avec force et sans laisser place à la moindre interprétation quant à ses intentions. L'Assommeur comprit que ses calculs étaient hasardeux. La loyauté serait plus rentable. À court terme !

– Satanée malchance ! grommela Lambton entre ses dents.

En lui-même, il se demandait comment autant de malheurs pouvaient survenir en un laps de temps aussi court. Une crise avait failli l'emporter ; des chiens s'en étaient pris à Riley à quelques pas de là ; un de ses caboteurs avait coulé... et tout cela en quelques heures à peine. Comme une malédiction !

Tout à coup, l'évidence lui apparut lorsqu'un souvenir récent remonta à sa mémoire. Il devait son attaque cérébrale au puissant *ut* qui avait jailli du violon. Il en connaissait le pouvoir. Était-il possible que cet enchaînement de catastrophes découle de cette musique du diable ? Chancelant, l'horloger se leva et se resservit un doigt d'eau-de-vie. Il n'en offrit pas à Riley dont le visage s'allongea d'un rictus de dépit.

Une bruyante sonnerie fit sursauter les deux hommes. Lambton s'approcha du manteau de la cheminée sur laquelle trônait un appareil de cuivre rutilant, rectangulaire, plus haut que long. Sur sa face avant, un petit marteau vibrait contre une sonnette, tous deux de laiton. L'artisan détacha de la partie inférieure une barre de bois aux extrémités évasées et arrondies en métal, reliée par un fil du même alliage de zinc et de cuivre au boîtier. Aussitôt, une petite porte s'ouvrit sur le côté, laissant apparaître une roue crantée qui se mit à tourner. Lambton porta une des extrémités à son oreille pour écouter, et murmura deux ou trois « bien, Miss Deans », dans l'autre. Puis, sur un merci, il remit la tige en place.

Au premier mot de la conversation, Riley avait tressailli sur son siège. Un frisson avait glissé le long de son échine, et la chair de poule avait envahi ses membres. Son chef parlait à quelqu'un qui n'était pas présent dans la pièce et, même pire, qui se trouvait au loin, à plusieurs centaines de milles de Londres grâce à l'une de ces inventions dont il avait le secret.

À cet instant, l'Assommeur comprit que ce n'était pas demain la veille qu'il pourrait remplacer l'artisan à la tête de la Confrérie. Non seulement ce dernier était un individu intraitable, mais il avait en outre des capacités intellectuelles hors du commun qui lui permettaient de mettre au point les plus incroyables innovations, et il détenait probablement de tout aussi inconcevables moyens de maintenir son pouvoir sur les êtres et les choses.

Le visage de Lambton affichait une nouvelle pâleur ; ce n'était plus celle de la crise, mais celle qu'apporte une mauvaise nouvelle. L'homme de main était suspendu à ses lèvres.

– Seabert... mon fils... a eu de violentes convulsions cette nuit ! Il est au plus mal. Miss Deans, sa gouvernante, doute qu'il survive encore plus d'un mois !

Des larmes coulaient librement sur le visage du maître artisan pour se perdre dans ses rouflaquettes, sans qu'il cherche à les retenir ou à les effacer du doigt, comme un homme le fait souvent pour préserver sa dignité. Riley ne l'avait jamais vu aussi défait, aussi... humain. Il allait s'enquérir de ce qu'il pouvait faire pour l'aider lorsqu'il vit le visage de Lambton se métamorphoser en une fraction de seconde. Finies les larmes ; ses traits se firent aigus, menaçants, son front se barra d'un pli trahissant une farouche détermination. Il n'était plus un père fragile, mais le chef de la Confrérie des Freux.

– Riley, où en est votre enquête concernant le vol dans mon entrepôt d'automates ? Vous n'avez encore rien trouvé. Une bande d'incapables, tous autant que vous êtes ! Dois-je tout faire moi-même ? Je ne veux plus vous voir ici tant que vous ne m'apporterez pas une réponse satisfaisante. Vous pouvez disposer.

L'Assommeur se leva de son fauteuil à regret, jetant un dernier regard vers la bouteille d'eau-de-vie et la boîte à cigares qu'il lorgnait depuis un bon moment. Il quitta le salon, descendit l'escalier en s'assurant d'avoir son boudin de sable bien en main au cas où la meute de chiens traînerait encore dans le coin. En sortant, il ne vit pas la queue d'un molosse ; rassuré, il s'éloigna de son pas vif.

12

Mirko vacilla, à bout de forces. Depuis soixante-douze heures, son bourreau, dont il n'avait vu que l'horrible masque de corbeau, l'obligeait à monter, et monter encore, les marches d'un escalier sans fin, sorte de moulin à eau dont la motricité était assurée non par une quelconque force hydraulique, mais par l'effort déployé par le marcheur. Ce moulin dérivait des *tread-wheel* utilisés dans les prisons et qui n'avaient d'autre but que la punition des détenus.

Douze heures de suite, le Tsigane était forcé de rester entre deux planches verticales, de se tenir à une barre horizontale placée suffisamment haut pour l'obliger à garder les bras levés en permanence, et à avancer sur des marches en mouvement dans cet escalier qui ne le mènerait nulle part, sauf à la folie.

Maintes fois, Mirko avait demandé au bourreau pourquoi un tel traitement lui était infligé. Son gardien n'avait répondu à aucune de ses questions, si ce n'était par un coup de trique appliquée avec vigueur sur ses côtes.

Le jeune homme n'avait plus aucune sensation dans ses mollets tétanisés de douleur par l'excès d'acide lactique. Ses genoux plièrent, ses bras lâchèrent, il trébucha et chuta, son nez se rabotant contre une marche. L'empoignant par le col de sa chemise, le geôlier le tira de l'instrument de torture et l'allongea sur le sol. Mirko sentit une vague glacée entrer dans ses narines et se précipiter dans son cou. Le contenu d'un seau d'eau froide se déversait sur son visage, mais il ne réagit guère ; il était au bord de l'évanouissement.

Il eut conscience que l'homme le ramenait dans la cave. Entre ses paupières alourdies, il distingua vaguement la lumière qui s'infiltrait par le soupirail, mais il ne put déterminer si c'était le matin qui se levait ou le soir qui se couchait. Il se roula en boule à l'endroit même où il avait été jeté, incapable du moindre mouvement. Il sentit qu'on lançait une couverture sur lui. En silence, il remercia son compagnon de cellule pour cette attention. Puis il sombra dans le néant.

Six heures plus tard, il fut de nouveau conduit dans la salle de torture par le même homme masqué. Il avança en chancelant vers l'immonde machine qui l'attendait, mais son bourreau le retint d'un signe et lui ordonna de s'asseoir sur une des marches de bois, entre les deux panneaux verticaux.

Anticipant un autre supplice, le corps de Mirko se tendit. Son regard apeuré papillonnait de gauche à droite sans pouvoir se fixer, ses lèvres et ses mains tremblaient. Son teint bistre vira au gris, son visage osseux en paraissait d'autant plus maigre. De par sa petite taille, le jeune Tsigane semblait fragile, mais son tortionnaire savait qu'il n'en était rien. De bien plus vigoureux que lui n'avaient pas tenu plus de vingt-quatre heures dans le *tread-wheel*. Cependant, cette fois, l'homme masqué jugea que Mirko était mûr à point. Un tel traitement avait sûrement anéanti sa volonté et toute velléité de résistance. Il s'approcha un peu plus de sa victime. Un air réjoui envahit ses traits, sous son masque, lorsque Mirko recula instinctivement et se recroquevilla sur lui-même. Sa seule présence en ce lieu ajoutait à la terreur du garçon ; c'était l'effet recherché.

– J'ai en ma possession un violon miraculeux..., commença Lambton, la voix étouffée par son déguisement. Un violon que tu connais, que tu as eu brièvement entre les mains.

Le maître artisan marqua une longue pause pour que Mirko ait le temps d'assimiler ses propos et pour que lui-même puisse constater l'effet qu'ils avaient sur lui. Dans les yeux du nomade, il lut d'abord la stupeur, puis l'interrogation et enfin l'effroi...

C'était l'exact sentiment que le bourreau espérait y voir. Un rictus se peignit sur ses lèvres. La peur de Mirko lui confirmait qu'il connaissait la puissance du violon ou, à tout le moins, la soupçonnait.

– Mes espions m'ont rapporté que tu as joué de cet instrument... que des choses «miraculeuses» se sont produites. Je veux que tu reproduises ces notes pour moi! Si tu acceptes, tu seras bien traité... plus jamais tourmenté, je te le promets. Et si tu finis par m'accorder ta confiance, tu pourras même reprendre ta liberté.

Mirko s'agita, sur le point de prendre la parole.

– Ne dis rien pour le moment! Réfléchis à ma proposition. Avec la liberté, tu pourrais aussi acquérir un petit pécule qui te servira à te hisser dans la société, à moins que tu n'acceptes mon hospitalité. Je pourrais t'accueillir au sein de la Confrérie des Freux, un privilège réservé à très peu d'individus. Les places sont recherchées.

La respiration du nomade s'emballa. Il avait été témoin de la puissance du violon, avec la fin du mutisme du petit Sam et la guérison du paralytique dans Regent Street. Par contre, il était convaincu que ce n'était pas pour faire le bien que son geôlier voulait l'obliger à jouer de nouveau; de toute évidence, le tourmenteur avait d'autres visées, et certainement pas des plus louables. Mirko songea à accepter la proposition, afin de se donner le temps de recouvrer la santé, puis de chercher un moyen de fuir.

– Ne tente pas de me duper ! s'écria Lambton, le faisant tressaillir. La Confrérie des Freux, c'est près de deux mille hommes, femmes et enfants, disséminés dans Londres, et plus du triple dans toute l'Angleterre. Toute personne qui tente de s'opposer à nous, quoi qu'elle fasse, où qu'elle aille, peu importe le temps que cela prendra, doit un jour ou l'autre répondre de ses actes. Tu peux me croire sur parole, le *tread-wheel* est sans doute le plus doux de mes instruments de torture. Si tu me trompes, il te faudra sans cesse regarder par-dessus ton épaule, et ce, pour le reste de tes jours. La vendeuse de fleurs ou d'allumettes, le balayeur des rues, le cocher, le ramoneur, l'antiquaire, le notaire, l'actrice, l'avocat, le médecin, le journaliste, la mercière ou le chapelier... peu importe le métier exercé, mes Freux ont infiltré toutes les couches de la société, jusque dans les clubs les plus huppés. Personne ne peut nous échapper. Réfléchis bien. Je te donne une heure !

Lambton tourna les talons, laissant un Mirko prostré, en proie à ses inquiètes pensées.

Au lendemain de l'enterrement du musicien tsigane, à peine le jour levé, Toszkána et Lady Clare refermèrent derrière elles la porte de la résidence Fitzmartin et s'engouffrèrent dans un coche. Fouettant ses chevaux, le voiturier lança son équipage dans une course endiablée parmi les rues encore endormies de la City. Dans la caisse secouée par les pavés inégaux, la danseuse gipsy n'était guère rassurée. Chaque mouvement de la voiture la précipitait contre la portière dont elle craignait l'ouverture soudaine et fatale. Lady Clare conservait son calme et tapotait d'une main rassurante celle de la jeune fille.

– N'ayez crainte, ma chère ! Nous avons pris un peu de retard, nous ne devons pas manquer notre train pour Great Yarmouth. J'y possède une très belle résidence en bordure de mer. Vous vous y plairez ! Et vous y trouverez des compagnes de votre âge...

Toszkána lui sourit avec tristesse. Elle s'était tout naturellement tournée vers sa protectrice à la mort de son père.

Quelques mois plus tôt, après les avoir entendus jouer et vus faire la manche dans Hyde Park, la veuve avait recueilli les deux Tsiganes perdus dans Londres. Lady Clare avait été envoûtée non seulement par les mélodies que Yoshka Sinti savait tirer de son violon, mais en outre par la beauté exotique, l'élégance naturelle et la délicatesse de sa fille. Elle n'avait eu aucune difficulté à les convaincre de s'installer chez elle, dans un confort et un luxe qu'ils n'avaient jamais connus. Lady Clare s'était montrée attentionnée, agréable, tant et si bien qu'elle avait rapidement gagné la confiance de ses protégés. La dame patronnesse était aussi une personne patiente. Très patiente.

Voilà que, quelques jours plus tôt, la vie, qui savait si bien user de finesse et de roublardise quand il le fallait, lui avait offert ce qu'elle n'avait osé espérer : le trépas du père lui livrait la fille sur un plateau d'argent. À cette pensée, un délicieux frisson agita ses épaules. Elle en aurait presque éclaté de rire, n'eût été la réserve qu'elle devait afficher tant que la Gipsy ne serait pas installée dans l'East Anglia.

Le train de Great Yarmouth via Norwich les emporta dans un nuage de vapeur et d'âcre fumée de charbon.

Sept heures plus tard, Toszkána put constater que Lady Clare ne lui avait pas menti. La villa, bien cachée dans un immense parc arboré, s'ouvrait à l'arrière sur le front de mer, dans le hameau de Gorleston-on-Sea. Le mobilier de jardin laissait supposer que, durant les beaux jours, on venait y flâner à l'abri des regards. Mais, aujourd'hui, la pluie crépitait sur le métal souillé des bancs, et le vent couchait les bosquets. Les deux femmes se réfugièrent en toute hâte dans la maison.

Dès l'entrée, Toszkána fut éblouie. Alliant charme, simplicité et originalité, l'intérieur lumineux mariait habilement les tons de blanc perlé et d'ivoire clair tant sur les murs que les moulures et les hauts plafonds. Le mobilier chatoyant de soie et de velours lilas mettait en valeur quelques bibelots de porcelaine et des arrangements floraux, incongrus en cette période de l'année.

– Les fleurs sont cueillies chaque jour dans notre jardin d'hiver ! expliqua Lady Clare en surprenant le regard de la jeune fille posé sur un énorme bouquet coloré au centre d'un buffet.

Un bruit fit pivoter la petite danseuse. Deux demoiselles, à peine plus âgées qu'elle, venaient de s'introduire dans la pièce. Elles arboraient un costume virginal constitué d'un bustier de dentelles transparent à petites manches courtes et bouffantes de voile, laissant deviner un caraco blanc. Leur jupe, tout aussi immaculée, était soutenue de chaque côté par des rubans de satin noués haut afin de dévoiler les jambes, et même les cuisses pour l'une d'elles. Leurs pieds, menus, étaient chaussés de bottes blanches lacées jusqu'à mi-mollet. Un tel accoutrement coupa le souffle de Toszkána. Elle en voyait suffisamment pour comprendre la profession qu'exerçaient ces jeunes dames. Lady Clare avait dû leur offrir sa protection, comme elle la lui avait proposée à elle-même, songea-t-elle ou, du moins, tenta-t-elle de se convaincre. Son cœur et sa raison refusaient d'admettre ce que sa petite voix intérieure lui soufflait avec force : elle venait d'être admise dans une maison de rendez-vous. Elle tourna ses grands yeux noirs cernés d'avoir trop pleuré vers sa bienfaitrice. Qu'est-ce que cela signifiait ?

– Violet, Candice ! Veuillez montrer sa chambre à notre invitée…, lança la veuve Fitzmartin.

Le visage de Toszkána retrouva quelques couleurs. Elle se traita de sotte. Bien entendu, Lady Clare venait rendre visite à ces jeunes filles qu'elle protégeait, sans doute de pauvres fleurs ayant chuté dans le caniveau, mais que son bras secourable avait su relever. Un immense soupir souleva sa poitrine. Cette villa était un refuge, tout simplement.

D'un pas léger, elle suivit ses deux compagnes à l'étage jusqu'à une pièce magnifique dans ses tons jaune pâle. Les murs étaient tapissés de soie couleur beurre frais parcourue de pampres vert empire qui couraient autour des fenêtres et du manteau de la cheminée de marbre d'Égypte, d'une teinte jaune doux. Devant cet âtre et face à la fenêtre, on avait installé une petite table ronde recouverte d'une nappe verte dont les franges caressaient le parquet, lui-même protégé par un tapis dans les tons sauge et or. Les draperies et la cantonnière encadrant la baie vitrée étaient du même jaune avec un liseré rappelant le vert de la nappe. Un fauteuil de métal noir au coussin moelleux et doré attendait de recevoir la visiteuse. La jeune Tsigane découvrit sur le mur opposé un large lit au recouvrement de tissu identique aux rideaux et de couleurs semblables. Sur la coiffeuse trônait un bouquet de marguerites d'un jaune éclatant. L'ensemble était coquet, invitant, enveloppant. Toszkána n'aurait pu rêver d'une plus belle chambre. Elle s'y sentit bien et son visage s'illumina de ce sourire qui avait tant de charme, mais qu'elle avait perdu depuis la mort de son père.

– Vous plaît-elle ? la questionna la fille nommée Candice.

– Plus que cela ! répondit la danseuse tsigane qui se tenait toujours à la porte, n'osant pas fouler le magnifique tapis.

– Si le jaune ne vous sied pas, nous pouvons vous offrir la chambre rose ou la bleue, à votre convenance, enchaîna Violet en désignant deux autres portes qui s'ouvraient sur le même couloir.

– Non, non ! C'est parfait ! s'exclama Toszkána.

Le jaune n'était pas sa couleur préférée, mais elle ne voulait pas faire preuve d'ingratitude ; de toute façon, la pièce était magnifique.

Violet entra dans la chambre, invitant la jeune Tsigane à l'imiter. Elle lui désigna une porte à demi camouflée sous une tapisserie et qu'elle ouvrit toute grande.

– Voici la salle de bains ! Si vous voulez vous détendre, il y a une baignoire avec l'eau courante, chaude et froide, du savon citronné et des serviettes à votre disposition.

Toszkána ne savait plus que dire. Elle pensait avoir vu tout ce que le confort moderne pouvait procurer dans la résidence londonienne de la veuve Fitzmartin, mais ce qu'elle découvrait ici dépassait largement ce qu'elle avait connu jusqu'à ce jour. Avoir une salle de bains privée, jamais elle n'aurait pu même en rêver !

– Lady Clare vous a aussi fait confectionner quelques atours que vous trouverez dans cette garde-robe, indiqua Candice en attirant son attention vers une autre porte à demi cachée dans un mur tendu de soie.

La Gipsy fronça les sourcils. Quand sa protectrice avait-elle eu le temps de lui faire coudre des vêtements ? Et pourquoi ? Encore une fois, un soupçon tenta de se frayer un chemin dans ses pensées, mais Violet reprit la parole, ce qui la tira de ses réflexions.

– Pendant que vous vous délassez dans votre baignoire, je vais à l'office vous chercher une collation et du thé, vous devez être affamée après ce long voyage !

Les deux filles s'éclipsèrent. Les préventions de la jeune Tsigane envers ces demoiselles s'évanouirent. Elle les avait trouvées gracieuses, bien éduquées, prévenantes. Décidément, elle s'était trompée sur toute la ligne : elles n'étaient assurément ni des coquettes ni des gourgandines.

Non seulement Toszkána se prélassa dans la baignoire, mais elle s'y endormit.

Ce fut le bruit des couverts dans la chambre qui la réveilla en sursaut. Elle se hâta de sortir de l'eau et se jeta sur un déshabillé de soie à col châle mis à sa disposition. Elle n'avait jamais senti cette matière sur sa peau et en frissonna de plaisir. Toutefois, la légèreté du tissu mit rapidement à mal sa pudeur. Elle ne pouvait se résoudre à se présenter en public si peu vêtue. Elle retira par conséquent le fin peignoir pour renfiler ses propres vêtements. Elle les chercha des yeux quelques secondes avant de constater qu'ils avaient disparu. Quelqu'un s'était donc faufilé dans la pièce pour les lui prendre. Le rouge de la honte l'envahit lorsqu'elle comprit qu'on l'avait vu nue dans son bain. Elle remit la vaporeuse robe de chambre, puis, inspirant à fond, alla rejoindre Violet qui était en train de lui servir thé et petits sandwichs aux œufs et au concombre.

– Bon appétit ! Lady Clare vous fait dire que nous vous attendrons au petit salon, afin que vous rencontriez toutes les pensionnaires de *Ma petite folie.*

Violet quitta la pièce avant que Toszkána puisse l'interroger sur le sens de *Ma petite folie.* Il n'était pas rare que les propriétaires de maisons de campagne anglaises donnent un surnom à leur résidence, ce qui l'était plutôt, c'est que cela soit dans une langue étrangère.

Après avoir dégusté sa collation, la jeune fille ouvrit la porte dissimulée que Candice lui avait désignée plus tôt pour accéder à la garde-robe. Ce qu'elle découvrit sur les cintres la laissa sans voix. Il n'y avait que de la lingerie fine : porte-jarretelles noirs, blancs, rouges, culottes de dentelles et de soie,

bustiers de satin rouge et noir, se fermant par une série de crochets sur le devant, jupons de tulle transparent à volants. Fébrilement, sa main parcourut les sous-vêtements, avec l'espoir diminuant de seconde en seconde de trouver quelque chose de plus couvrant. Lorsque ses doigts s'arrêtèrent sur un bustier de voile à épaulettes laissant les seins à découvert, le doute n'était plus permis : ces vêtements étaient ceux d'une catin. Un vent de panique se propagea sur sa peau ; un piège se refermait sur elle.

13

Assise sur le lit, l'esprit battant la campagne, Toszkána, défaite de peur et de lassitude, sentait ses forces et sa volonté mollir. Elle voulait fuir, mais ne trouvait pas en elle-même les ressources pour le faire. Elle n'avait aucun vêtement décent à se mettre sur le dos ; aucune des tenues découvertes dans la garde-robe ne lui permettait d'apparaître au salon autrement qu'à moitié nue ; elle ne pouvait s'y résoudre. Voilà près de trente minutes que Violet l'avait laissée seule ; bientôt, quelqu'un viendrait voir pourquoi elle mettait autant de temps à se préparer. Elle repoussa le couvre-lit et s'étendit entre les draps. Peut-être en simulant le sommeil avait-elle une chance qu'on la laisse tranquille. Mais combien de temps ? Le drap de satin frôlant ses épaules lui donna enfin une idée. Elle défit complètement le lit, et se drapa dans le tissu soyeux du cou jusqu'à ses pieds nus. Cette toge à la grecque la couvrait suffisamment pour lui permettre de s'aventurer dans la grande demeure à la recherche de vêtements plus appropriés. Son instinct de survie propulsa Toszkána hors de sa chambre. Cependant, elle se figea presque immédiatement sur la première marche de l'escalier menant au rez-de-chaussée. Des voix d'hommes, profondes, certaines grasseyantes, montaient vers elle. Elle surprit des propos lubriques, des roucoulades de jeunes filles, mais aussi certaines intonations tristes et dégoûtées d'un timbre qu'elle reconnut comme étant celui de Candice. Lentement, elle retira son pied de la marche pour éviter de la faire craquer et jeta un regard paniqué autour d'elle. Si elle retournait dans la chambre jaune, on n'allait pas tarder à monter la chercher. Où se cacher ? Elle avisa quatre portes à sa gauche. La poignée de la première résista à sa poussée. Elle se précipita vers la seconde qui s'ouvrit aussitôt. Elle se glissa à l'intérieur de la pièce qui ressemblait à celle qu'elle venait de quitter, hormis la décoration toute en teintes de bleu. Toszkána se dirigea incontinent vers la garde-robe dissimulée sous la tapisserie, mais son espoir fut de courte durée, puisqu'elle n'y découvrit que des dessous affriolants en tous points identiques à ceux qu'on lui avait donnés. Ni robe ni chaussures. Elle quitta la chambre dans l'idée de se faufiler dans la troisième. Alors qu'elle refermait la porte, un bruit dans l'escalier la propulsa de nouveau dans la pièce bleue, le cœur au bord des lèvres. Elle s'adossa au battant pour tenter de percevoir les bruits qui ne manqueraient pas de jaillir de sa propre chambre lorsqu'on s'apercevrait qu'elle n'y était plus.

– Fraîche comme une fleur exotique, entendit-elle de l'autre côté. Vous ne serez pas déçu, Sir Bryant.

La voix de Lady Clare était toujours aussi onctueuse, mais Toszkána n'y perçut que menace et rouerie.

– Et pure, vous le garantissez ? demanda l'homme à la voix forte.

– Vous ai-je jamais trompé sur la marchandise, cher ami ? renchérit Lady Clare. Je vous réserve toujours les morceaux de choix, et bien sûr l'honneur d'être le premier à jouir de leur virginité.

– Est-elle au fait de ce qui l'attend ? l'interrogea encore Sir Bryant.

– Non, bien entendu ! Elle ne sait rien, puisque c'est comme cela que vous les désirez, innocentes, pures... rebelles et... terrorisées !

Derrière la porte, Toszkána fut prise de tremblements incontrôlables. Ces quelques mots lui confirmaient ce qu'elle redoutait depuis la découverte des sous-vêtements : elle était tombée dans une maison close et, qui plus est, sa pseudo-protectrice voulait la jeter en pâture à cet être répugnant qu'elle entendait respirer avec frénésie dans le couloir. Un instant, elle craignit que sa propre respiration, très agitée, la trahisse. Elle dut se faire violence pour la contrôler, et aussi pour se diriger vers la garde-robe dans l'espoir d'y trouver refuge. Les voix résonnaient toujours dans le couloir ; elle n'avait pas une seconde à perdre.

En passant devant la fenêtre, elle s'aperçut que celle-ci donnait sur un petit balcon de bois à balustrade métallique. Pas question de tergiverser. C'était sa seule chance de fuir cet endroit horrible. Toszkána se dirigea vers la croisée qu'elle ouvrit en prenant soin de ne pas la faire grincer, enjamba l'ouverture et se retrouva sur le balcon de forme arrondie. Un coup d'œil en bas lui ôta un moment tout courage. Son perchoir se situait à plus de douze pieds de la cour. Si elle sautait, elle se romprait les os. Elle retourna dans la chambre, qui comme la sienne communiquait avec une salle de bains, y trouva un peignoir semblable à celui qu'elle avait porté. Elle retira le drap de satin qui couvrait son corps, enfila à la hâte un des bustiers arraché d'un cintre de la garde-robe, passa la robe de chambre diaphane par-dessus. En fouillant dans le tiroir du secrétaire adossé au mur près de la fenêtre, elle dénicha une paire de ciseaux de manucure dont elle se servit pour taillader les draps en larges lanières. Elle était en train de les nouer lorsqu'elle perçut le bruit d'une porte qu'on claque. Des voix remplies de fureur coururent jusqu'à elle. L'homme et Lady Clare venaient de se rendre compte de sa fuite de la chambre jaune.

Elle enjamba de nouveau le rebord de la fenêtre, noua une extrémité de sa corde de satin à un barreau métallique du balcon, et se laissa glisser dans le vide.

Quelques secondes plus tard, au-dessus d'elle, elle vit Lady Clare se pencher à la rambarde, les traits déformés par la colère.

Deux mains puissantes se refermèrent sur les hanches de Toszkána au moment où elle s'apprêtait à sauter dans le jardin. L'homme la fit pivoter d'un mouvement brusque vers lui. Le visage de la jeune Tsigane se retrouva à moins d'un pouce de celui d'un quinquagénaire barbu, aux yeux sombres et concupiscents, à la lippe humide et au teint rougeaud. Elle hurla et s'évanouit.

En ouvrant les paupières, Toszkána découvrit avec horreur qu'elle était revenue dans la chambre jaune. Elle voulut porter une main à ses yeux débordants de larmes, mais ses poignets étaient liés à la tête du lit. Elle tenta de remuer les jambes, elles aussi ligotées à la hauteur des chevilles. Un frisson lui parcourut le corps lorsqu'elle se sentit nue, les cuisses ouvertes, offerte à l'homme au visage congestionné qui se hâtait de défaire les boutons de son pantalon rayé. La jeune fille hurla, se tortillant bien inutilement. Ses protestations décuplèrent l'excitation de Sir Bryant dont le membre roide vint se dresser tout près de sa couche. Elle n'était pas une oie blanche ; elle savait ce que faisaient les hommes avec cette partie de leur anatomie. Les femmes de son clan en parlaient souvent, parfois en riant ou en décrivant des expériences remplies de désir et de plaisir, quand elles se réunissaient entre elles, au coin du feu, là-bas, en Transylvanie. Mais Toszkána savait également que cet instrument de sensualité pouvait être en d'autre temps un objet de mal et de terreur. Alors, du plus profond de son être monta une psalmodie ancestrale où des mots porteurs de magie avaient le pouvoir de vaincre la malfaisance en la retournant contre celui qui en usait.

Sir Bryant rugit en se jetant sur elle, mais sa raideur virile baissa inexplicablement pavillon tandis qu'une crampe tordait son phallus ramolli. La douleur aussi soudaine qu'aiguë le fit sombrer dans l'inconscience et il s'affala sur celle qui ne deviendrait pas son énième victime.

Entre les lèvres de Toszkána, les mots moururent... et, à son tour, elle perdit connaissance.

Lorsqu'elle revint à elle, elle se rendit compte qu'on l'avait détachée et qu'elle gisait en travers du lit. Violet s'affairait auprès d'elle, épongeant son front avec une serviette humide et fraîche. Un torrent de larmes coula des yeux de la Tsigane.

– Chut, chut ! Ça va aller ! murmura Violet. C'est fini, il ne t'a pas touchée. Je ne sais pas ce qui s'est passé ici, ce que tu lui as fait. Il est sorti de cette chambre, les culottes sur les mollets, le sexe mou comme un ver, en se tenant le bas du ventre de douleur. Nous sommes toutes passées entre les mains de ce porc. Il tentera encore de s'en prendre à toi. Cet être ignoble veut notre virginité, ensuite, fort heureusement, nous ne l'intéressons plus. N'aie pas peur !

Mais, entre les mots qui se voulaient rassurants, Toszkána devinait une souffrance rentrée.

– Il y en aura d'autres comme lui, n'est-ce pas ? parvint-elle à balbutier, la gorge en feu d'avoir tellement hurlé.

Violet détourna la tête pour plonger la serviette dans une bassine d'eau tiède posée à ses pieds.

– *Ma petite folie* accueille les messieurs des alentours... Que des aristocrates ! ajouta-t-elle, comme si cela changeait quelque chose à la situation des jeunes prisonnières de ce lieu maudit. Si tu ne te rebelles pas, tu verras, la plupart sont gentils...

– Comment... comment... peux-tu...

– La révolte ne sert à rien, fit Violet en lui agrippant les mains pour les serrer entre les siennes. Elle ne te causera que plus de mal. Accepte ton sort. Vois, ici, nous ne souffrons ni du froid ni de la faim... Lady Clare nous traite bien.

– Mais non... mon Dieu ! Ces hommes... tous ces hommes..., sanglota la jeune Gipsy.

– Il en vient peu. Seulement quatre ou cinq par mois. Nous sommes huit filles en ce moment, et certains messieurs ont leur préférence. Voilà trois mois qu'aucun d'entre eux ne m'a demandée. Nous pouvons mener une vie tranquille, ici. Et Lady Clare veille aussi sur notre éducation. Une gouvernante nous montre les chiffres et les lettres. Nous apprenons la musique, la couture, la dentelle... Toutes ces choses qui feront de nous des maîtresses de maison accomplies lorsque, dans quelques années, nous sortirons de *Ma petite folie* pour entrer au service de l'un ou de l'autre de ces gentlemen.

– Gentlemen, répéta Toszkána dans un souffle. Ces êtres lubriques n'ont rien en commun avec des gentilshommes...

– Bien sûr, tu es nouvelle, poursuivit Violet, alors, forcément quelques-uns de ces messieurs vont te choisir au début. C'est toujours comme ça. Mais généralement, après Sir Bryant, Lady Clare attend plusieurs semaines, voire tout un mois, avant de proposer la recrue lorsque des hommes se présentent. Tu verras, il y en a un d'environ vingt ans, assez beau garçon et gentil... très doux et prévenant. Comme nous toutes, tu rêveras qu'il te choisisse...

Elle soupira de regret en terminant sa phrase dans un souffle :

– ... même si, pour le moment, il ne semble pas s'être encore décidé à devenir un homme.

Violet parla, et parla encore. La jeune nomade comprit qu'elle s'étourdissait avec ce flot de paroles, comme si elle cherchait à se convaincre elle-même. Cette fille ne pouvait pas sciemment bavarder ainsi. Elle récitait un discours appris... sans doute qu'elle s'était forgé pour évacuer l'horreur de la situation. À son tour, Toszkána pressa les mains de Violet.

– Il faut nous enfuir ! souffla-t-elle. Tu ne peux pas trouver cette prostitution normale et aimer cette maison. Et ce... Bryant, cette ordure de saloperie de violeur... que ce ver qui lui tient lieu de pénis se putréfie et se décompose...

Violet libéra ses doigts d'un geste vif.

– Tu ne sais pas d'où je viens, ni ce que j'ai vécu avant d'être ici, asséna-t-elle d'un ton tranchant. Tout vaut mieux que les *workhouses* où j'ai vécu et travaillé depuis mes huit ans, crois-moi ! Et puis... tu es des nôtres. Sir Bryant y veillera.

Le rappel de la tentative de viol glaça Toszkána. Pourrait-elle y échapper une seconde fois ? Les sortilèges transmis par des générations de femmes tsiganes seraient-ils capables de la protéger ? Ils n'étaient bien souvent efficaces que si celle qui les utilisait parvenait à convaincre celui qui les subissait de leur puissance. Sir Bryant avait été surpris par ses incantations. Comme beaucoup d'ignorants, il était superstitieux. Ses propres croyances et craintes envers l'inconnu avaient été suffisantes cette fois ; le seraient-elles encore ?

– Plutôt mourir que de retourner dans un *workhouse*, continuait Violet en lui tendant une culotte et un bustier sélectionnés dans la garde-robe.

Toszkána s'habilla sans dire un mot. Elle n'était pas en Angleterre depuis suffisamment longtemps pour avoir connu l'horreur de ces endroits, mais elle en avait cependant assez entendu parler pour se faire une représentation juste des conditions de vie horribles de ceux qui y étaient enfermés.

Pour les Anglais, la pauvreté se divisait en deux classes : les pauvres et les indigents. Les pauvres devaient se débrouiller par eux-mêmes ; ils étaient souvent de petits travailleurs gagnant peu ou des filous, logeant dans des masures délabrées, suant sang et eau pour une maigre pitance. Les indigents, eux, étaient traités ni plus ni moins qu'en parias ; parmi eux, on comptait des femmes et des orphelins sans ressources, des hommes blessés, invalides ou ne pouvant assurer leur survie, si on pouvait ainsi qualifier leur malheureuse existence. Les indigents recevaient de l'État le minimum vital, mais surtout pas plus. Il ne fallait pas que leur sort soit plus enviable que celui du plus pauvre des travailleurs. Dans ces *workhouses*, les familles étaient séparées, maris d'un côté, femmes de l'autre, et les enfants enlevés aux parents. Parfois, les cellules familiales pouvaient se reformer le temps d'un repas, mais dans le silence le plus total. Il ne fallait pas que les parents contaminent les enfants et fassent d'eux de la graine d'indigents. Il fallait aussi veiller à priver ces pauvres hères de jouissances sexuelles, puisque, c'était bien connu, les couches inférieures de la société se reproduisaient plus vite que les lapins.

Chacun de ces asiles pouvait accueillir jusqu'à trois cents personnes. Au rez-de-chaussée étaient installés les ateliers, et les dortoirs se trouvaient aux étages supérieurs. L'existence dans ces *workhouses* ressemblait à une vie carcérale. Non seulement les indigents étaient soumis aux travaux forcés, mais leur ration alimentaire était si maigre que beaucoup y mouraient littéralement de faim. Les privations, les humiliations et la discipline sévère en avaient brisé plusieurs.

– J'avais six ans quand je suis entrée dans un *workhouse* avec ma mère, ma tante et ma cousine, poursuivit Violet, les yeux fermés, comme si cela l'aidait à mieux se souvenir. Ma mère y est décédée l'année suivante. À sept ans, je n'étais plus considérée comme une enfant, on m'a mise au travail. Parfois, j'ai encore l'odeur de chou bouilli et d'urine de cet endroit qui me remonte dans les narines, et la maxime braillée par le directeur résonne encore dans mes oreilles : « La terre est une vallée de larmes. Heureux ceux qui s'en vont[3]. » Mon premier travail a été de nouer des fagots. À dix ans, on m'a fait démêler des paquets d'étoupe. À douze, je pilais des os pour en faire des engrais...

Violet se tut. Toszkána ne broncha pas. Sa compagne s'était assise sur le lit pour lui livrer ses confidences. La danseuse gipsy n'osait bouger de crainte d'interrompre le flot des souvenirs.

– Et puis, un jour Lady Clare est arrivée, reprit Violet quelques secondes plus tard. Elle nous a tirées, ma cousine Meredith et moi-même, de ce lieu sinistre. Je me souviens d'elle comme d'un ange descendu des cieux. Ce jour-là, elle portait un léger châle blanc qui flottait au vent, on aurait dit qu'il lui faisait des ailes. Je lui dois tout, tu comprends, fit-elle en plongeant son regard dans les yeux sombres de la jeune nomade. Elle nous a emmenées au Bouclier. J'avais treize ans, ma cousine deux de plus. Elle nous a tout appris : à lire, à écrire, à compter, à nous occuper d'une maison, et nous a traitées comme des demoiselles. Finalement, après quelques années dans son refuge, elle m'a conduite ici. Bien sûr, ç'a été un choc au début, lorsque j'ai compris de quoi il retournait, et surtout quelques jours après mon arrivée de subir l'assaut de Sir Bryant. Mais je n'en ai jamais voulu à Lady Clare. Crois-moi, je n'échangerais pas ma place pour tout l'or du monde. J'ai vingt ans. Dans deux ou trois ans, je serai placée dans une maison comme gouvernante d'enfants si tout va bien, ou couturière ou domestique, peu m'importe... Mais plus jamais je ne connaîtrai la faim, le froid, la peur et l'indigence. Plus jamais !

---

3. Charles Dickens, *Oliver Twist*, chapitre 2.

Violet se leva en tirant Toszkána par le bras.

– Viens avec moi ! Les filles sont au salon. Quelques messieurs aussi. Il est temps que vous fassiez connaissance.

La petite danseuse résista.

– Sir Bryant est parti..., tenta de la rassurer Violet. Les autres ne te réclameront pas tant qu'il ne t'aura pas déflorée. C'est son privilège... Cette maison, les terres qui l'entourent, le pain que nous mangeons, c'est à lui que nous le devons. Il est le principal mécène du Bouclier.

Cette révélation jeta un voile noir dans l'esprit de la Gipsy. Comment pourrait-elle échapper à cet être immonde ? Comment ouvrir les barreaux de cette cage que Violet disait dorée, mais qui n'était dans les faits qu'une infâme maison de passe ?

14

Depuis quelques minutes, Hawthorne Lambton faisait les cent pas dans Old Nichol Street, devant un ramassis de bâtiments à demi effondrés. Il ne supportait guère qu'on le fasse attendre et s'impatientait en bottant les gravats qui crissaient sous ses semelles. Enfin, il vit arriver en courant sur ses courtes pattes un individu échevelé, rondouillard et rougeaud, qui s'épongeait le front d'un mouchoir qui avait dû être blanc, autrefois. Maître Lambton renifla. Lui qui était toujours tiré à quatre épingles, même quand il revêtait un costume d'ouvrier pour ses rondes nocturnes dans les cimetières, ne supportait pas la négligence et encore moins l'odeur de transpiration surie que dégageait l'individu, mais il devrait faire avec, encore une fois !

Le nouveau venu inclina légèrement le torse pour saluer l'horloger. Celui-ci fut soulagé que l'homme ne lui tende pas la main, déjà que Lambton répugnait à tout contact physique, si en plus il avait dû serrer la poigne assurément molle et humide de sueur de son vis-à-vis, il ne l'aurait pas supporté. Ces manières de *frenchies* n'avaient fort heureusement pas encore gagné d'adeptes dans les classes inférieures de la société anglaise, même si quelques bourgeois et aristocrates se faisaient fort de les singer pour se donner des airs ; il n'était pas question que lui se soumette à ce rituel importé d'outre-Manche.

– Alors ? apostropha-t-il cavalièrement le nouveau venu. Êtes-vous enfin décidé à vendre ?

L'homme tortilla son mouchoir entre ses mains potelées, avant d'éponger une fois de plus son front perlé de sueur. Sans répondre, il se dirigea vers un immeuble qui apparemment s'était écroulé quelques jours plus tôt. Enjambant une multitude de détritus en tout genre, il se fraya un chemin à travers les décombres, effrayant au passage des rats qui s'étaient établis dans le fatras.

– Vous comprenez, c'est tout ce que je possède..., se lamenta l'homme, la voix chevrotante afin de susciter, en vain constata-t-il à regret, la pitié de son interlocuteur.

Lambton n'était pas de ces êtres qui se laissent attendrir. Voilà plusieurs mois qu'il tentait d'arracher ces taudis du quartier de Bethnal Green des mains de ce Knight qui n'avait de chevalier que le patronyme.

– Vous comprenez, il y a des familles qui vivent ici... Je ne peux pas les chasser comme ça ! fit le propriétaire en claquant des doigts.

Le nez de fouine de Lambton remua, et il haussa un sourcil en accent circonflexe. Les remords tout à fait nouveaux et incongrus du personnage n'avaient d'autre but, il le savait, que de lui faire hausser le montant offert pour ces trous à rats. Depuis trois mois, Knight revenait sans cesse sur sa promesse de vente, mais c'était bien la première fois qu'il lui faisait le coup du geste humanitaire envers des locataires, tous des miséreux, dont en réalité il n'avait que faire. Le maître horloger perdait patience.

– Quel est votre prix ? demanda-t-il néanmoins, comme s'il acceptait de renégocier leur entente antérieure.

Le chiffre marmonné fit blanchir le visage de Lambton. C'était trois fois la somme exigée précédemment. Knight aurait-il eu une offre d'un autre acheteur ? C'était possible. Ces nids de misère étaient dans la mire des spéculateurs depuis que la

Metropolitan Railways, dont Lambton était un important actionnaire, avait annoncé le tracé du tout prochain réseau souterrain de transport. N'eût été ce nouveau chemin de fer, ces masures et ce terrain n'auraient pas valu ne serait-ce que son déplacement, mais, dans les circonstances, le chef des Freux était bien décidé à mettre la main sur ce pâté de maisons.

Toutefois, Lambton ne répondit pas au propriétaire. Il était hors de question qu'il allonge un penny de plus que le prix entendu ; il avait d'ailleurs sa petite idée pour forcer les misérables qui s'y terraient à quitter leurs logis sans demander leur reste. Puisque son plan A qui consistait à acheter ce terrain semblait avoir du plomb dans l'aile à cause de la cupidité de Knight, il décida de mettre son plan B à exécution. Dès lors, il en était assuré, personne ne s'intéresserait plus à ces sols maudits ; il devrait simplement se montrer patient. Quoique !

Il remarqua que le bonhomme le dévisageait avec insistance, attendant sa réponse.

– Pas un penny de plus ! gronda Lambton. C'est à prendre ou à laisser.

Knight se sécha de nouveau le front avec son mouchoir taché et balbutia :

– Je... je... je laisse. D'autres... acheteurs se sont manifestés !

Un rictus étira un côté de la bouche de l'artisan. Il songeait que ces acquéreurs potentiels allaient bientôt retirer leur offre et que le propriétaire du terrain se retrouverait Gros-Jean comme devant. Il allait lui concocter une surprise digne du chef de la Confrérie des Freux.

– Eh bien, bonne chance, monsieur Knight ! fit Lambton en s'éloignant sous l'œil déconcerté du vendeur.

Le maître artisan sauta dans un coche en maraude et se fit conduire à son repaire de l'île aux Chiens.

Mirko Saster ouvrit les yeux en demeurant aux aguets. Qu'est-ce qui l'avait tiré de sa somnolence ? L'oreille tendue, il scrutait les bruits de la cave. Soudain, il comprit. La respiration saccadée de son compagnon d'infortune ne glissait plus jusqu'à lui dans le silence. Il se réveilla tout à fait. L'homme avait-il rendu l'âme ? Le Gipsy se traîna vers le tas de guenilles au pied des tonneaux, hésita une seconde, remua les oripeaux de la main. Plus personne dessous. La panique se faufila en lui. Être seul dans ce trou infect était terrifiant. Son rythme cardiaque s'emballa. Quand était-on venu chercher le prisonnier ? Pour quelles raisons ? Avait-il rendu son dernier souffle à son insu ? Non, hier encore, ils avaient échangé quelques paroles malgré leur fatigue extrême et leurs membres douloureux. Donc, leur bourreau avait profité de sa dernière perte de connaissance pour lui ôter cette présence rassurante qui lui avait permis de mieux supporter sa réclusion. Était-ce pour le soumettre à une torture psychologique en le privant de tout contact humain, ou l'homme était-il mort et on avait évacué son corps ? Au contraire, avait-il recouvré la liberté ?

Les questions se précipitaient dans l'esprit du jeune nomade, jusqu'au moment où il comprit que son compagnon n'avait pu être libéré : leur geôlier n'aurait jamais couru le risque d'être dénoncé. Son cœur se serra et un sanglot monta à ses lèvres. Il ne savait rien de celui qui avait partagé ces derniers jours en sa compagnie, mais il éprouvait un terrible sentiment de compassion envers lui. Puis un profond sentiment de plénitude succéda à sa peine : c'était mieux ainsi. Parfois, il valait mieux mourir que souffrir inutilement. Il espérait que son tour viendrait vite.

Plus tard, alors qu'il demeurait prostré à l'endroit même où son compagnon avait passé les derniers jours, il entendit le grincement d'une clé dans la serrure, puis la lourde porte pivota sur ses gonds. Deux hommes à masque de corbeau s'approchèrent. L'un tenait un flambeau ; l'autre se dirigea vers lui et le souleva comme un vulgaire paquet. Il faut dire que Mirko ne pesait pas bien lourd. D'allure chétive, le Tsigane avait encore fondu à cause du manque de nourriture depuis qu'il était enfermé. Son teint bistre avait viré au gris. Dans son visage maigre et osseux, ses yeux noirs brûlaient cependant d'un feu de colère. Il semblait fragile ; pourtant, le *mudlark* comprenait que sa vigueur naturelle lui avait jusque-là sauvé la vie.

Il ne savait pas depuis combien de jours on le maltraitait ainsi. Les séances de *tread-wheel* s'étaient enchaînées depuis que son bourreau lui avait proposé de jouer du violon en échange de sa liberté. L'homme n'était pas revenu pour lui demander sa réponse. Mirko avait eu tout le loisir d'y réfléchir. Il avait pu constater le pouvoir de l'instrument de musique lorsqu'il l'avait utilisé. Il s'était demandé ce qui empêchait son tortionnaire d'en jouer lui-même. Cette question n'avait eu de cesse de l'intriguer, mais il n'avait trouvé aucune réponse satisfaisante.

En plus du *tread-wheel*, ses gardiens avaient ajouté une autre torture à leur panoplie. Désormais, Mirko devait aussi tourner une manivelle durant une partie de la nuit. Le *crank-mill*. Tant qu'il n'avait pas réussi à faire deux mille tours, on ne le ramenait pas dans sa cellule. La première fois, il n'avait pu bénéficier que de quatre heures de repos entre deux séances, puis de deux seulement. Ses membres fatigués n'obéissaient plus aux ordres de son cerveau qui voulait accélérer la cadence pour échapper plus vite à ce traitement.

Lorsque le gardien l'aida à se mettre debout, Mirko chancela. Il n'en pouvait plus. Ses jambes, ses bras, le moindre de ses muscles étaient tétanisés de douleur. Cette fois, il était conscient qu'il ne pourrait tourner la manivelle ni monter une marche de plus. Il ferma de nouveau les yeux et se laissa traîner jusqu'à la salle de torture.

– Ah, te voilà ! l'accueillit Lambton, toujours dissimulé sous son masque de corbeau. Je dois t'avouer que je suis admiratif. Ton courage, ta volonté, ta force physique malgré tes airs de chat sauvage famélique sont étonnants. As-tu réfléchi à ma proposition ?

Mirko écarta doucement ses paupières. Il ne reconnut pas la pièce où on l'avait soumis aux mauvais traitements ; il était plutôt debout au centre d'un vaste salon au riche et confortable mobilier. Son bourreau était assis dans un fauteuil au revêtement chatoyant, tout près d'une cheminée où flambait un bon feu. Le nomade se mit à trembler ; plus de faim et de froid que de terreur. L'homme lui désigna une table où trônait, à côté d'une bouteille de sherry, un plateau où reposaient des aliments dégageant un fumet qui lui fit gargouiller l'estomac.

– C'est pour toi ! Mange ! ordonna le chef de la Confrérie des Freux.

Mirko essaya de faire quelques pas sur l'épaisse moquette qui fut un réconfort pour ses orteils nus et endoloris, mais il n'alla pas bien loin. Sa faiblesse était telle qu'il eut juste le temps de s'agripper au bras du gardien qui l'avait conduit dans ce salon, avant de sentir ses genoux ployer.

– Installe-le ! commanda Lambton.

Riley grimaça. Les vêtements du garçon, d'une saleté repoussante, allaient tacher le bombasin émeraude du fauteuil que le maître horloger lui avait désigné. Devant le regard terrible de ce dernier, il obtempéra néanmoins.

– Donne-lui à manger !

L'Assommeur se dirigea vers la petite table, prit le plateau et le déposa sur les genoux tremblotants du jeune homme. Dans une assiette de porcelaine, il y avait un coquelet rôti, bordé de pommes de terre et de petits pois bouillis ; deux belles tranches de Yorkshire pudding et un verre de bière forte accompagnaient le tout. Malgré ses vingt ans d'existence, Mirko avait rarement eu accès à un repas si copieux. Il leva des yeux remplis de larmes vers les deux Freux tour à tour. Était-ce une ultime torture ? Allait-on lui enlever cette nourriture à l'instant même où il tenterait de s'en saisir ?

Comme s'il avait deviné ses craintes, le chef des Freux, d'un signe de la main, l'encouragea à manger. Mirko se jeta sur le poulet, délaissant le couteau et la fourchette pour s'en saisir à pleines mains et planter ses solides dents blanches dans la chair rôtie à point et exhalant des arômes inconnus. Il n'avait jamais rien avalé d'aussi succulent. Lorsqu'il ne resta plus que les os du poulet, il s'attaqua aux légumes et au pudding, faisant passer le tout à grandes lampées de bière.

Lorsque le repas fut totalement englouti, et après un rot bien sonore, Mirko, plus détendu, se laissa enfin aller contre le dossier moelleux du fauteuil.

– As-tu réfléchi à ma proposition ? demanda Lambton.

D'un geste instinctif, le Tsigane frotta ses avant-bras encore raidis de douleur. Il avait effectivement bien soupesé l'offre. Continuer à s'obstiner ne pourrait le mener qu'à connaître une plus grande souffrance. Il ne voyait pas comment échapper à son bourreau. Et puis, jusqu'à maintenant, le pouvoir du violon n'avait-il pas engendré que quelques bonheurs ? Qu'était-ce que de jouer quelques notes pour que la torture cesse ? Pourtant, en son for intérieur, Mirko soupçonnait Lambton du pire. Celui qui l'avait kidnappé, malmené, tourmenté ne pouvait avoir de visées louables. Le Gipsy inspira profondément, puis demanda :

– Pourquoi voulez-vous que je joue ?

Un long soupir de soulagement décontracta tout le corps du maître horloger, mais, avant de répondre, il chassa d'un geste Foster Riley qui était suspendu à ses lèvres. Seabert était son talon d'Achille ; pas question qu'il mette cette carte entre les mains d'un acolyte, et encore moins d'un complice qui pourrait vendre cette information au plus offrant ou la retourner contre lui à la moindre occasion. Lambton n'était pas le chef des Freux depuis tant d'années sans savoir que tout renseignement était monnayable ou pouvait servir de moyen de pression. Il avait toujours veillé à en laisser filtrer le moins possible concernant sa vie privée.

Dès que le *garotter* eut quitté la pièce d'un pas lourd pour bien faire comprendre qu'il n'appréciait guère d'être renvoyé comme un vulgaire valet, Lambton ôta son masque. Mirko tressaillit. Comment son interlocuteur pourrait-il le relâcher après s'être ainsi démasqué ?

– Tu vois, je te fais confiance ! déclara celui-ci en passant une main sur son crâne dégarni pour tenter d'y replacer quelques cheveux épars. Pour que tu comprennes bien l'importance de ce violon pour moi, je dois t'en dire plus sur ma famille et sur les malheurs de mon fils.

Pendant une dizaine de minutes, Lambton narra les tourments du jeune Seabert et insista sur le fait que seules les notes magiques du violon pouvaient le sauver.

– Pourquoi ne pas avoir demandé simplement à Yoshka Sinti d'en jouer ?! s'exclama Mirko. Pourquoi l'avoir fait assassiner ?

– Je n'ai pas commandé le meurtre du musicien... Je ne l'avais retrouvé que depuis quelques jours. Je voulais seulement son violon. Je mène ma petite enquête et, crois-moi, je découvrirai tôt ou tard ce qui s'est passé.

Le Tsigane fronça ses sourcils noirs ; un pli d'incompré-hension barra son front.

– J'ai envoyé un de mes hommes pour qu'il me ramène Sinti... mais il semble que quelqu'un d'autre l'a trouvé avant moi ! J'avais découvert que le violoniste était résolu à détruire ce merveilleux violon..., laissa tomber Lambton.

– Quoi ? s'écria Mirko en se levant d'un bond. Ce n'est pas possible...

– Cet instrument peut accomplir des miracles, poursuivit le chef des Freux, tandis que le jeune homme se rasseyait avec lenteur. Toutefois, il est aussi marqué par une malédiction. Tout a commencé en Ardeal, le pays au-delà des forêts, en Transylvanie, il y a deux cents ans de cela ! Dans une famille de bûcherons, il y avait une jeune fille du nom de Daria...

Lambton entreprit de raconter la légende telle que lui-même l'avait entendue quelque trente ans plus tôt. Mirko la connaissait en partie, puisqu'en tant que Fils du vent, son enfance avait été bercée par les multiples contes tsiganes que colportait son peuple, à la veillée, autour des feux de camp, sur toutes les routes d'Europe.

– Tu as sûrement entendu dire qu'une étrange malédiction touche toutes les femmes du clan Sinti, enchaîna Lambton. Depuis le jour où Zoran a trouvé le violon abandonné dans le donjon, elles ont toutes été maudites. Chaque fois qu'un Sinti engendre une fille, celle-ci disparaît, meurt subitement d'une étrange maladie ou dans un quelconque accident quelques jours après ses vingt ans. Et les épouses ne sont pas en reste, aucune ne survit à cinq ans de mariage.

Le maître horloger marqua une pause. La malchance qui frappait les Sinti ressemblait à celle qui s'acharnait sur les Lambton. Dans un cas comme dans l'autre, le sort de leurs descendants était lié à ce maudit violon tsigane. Pour les Lambton, il représentait l'espoir, la libération et la vie ; pour les Sinti, la désespérance et la mort. Un seul instrument pour deux destinées contraires.

– Mais pourquoi voulait-il le détruire ? murmura Mirko, plus pour lui-même que pour obtenir une réponse de son vis-à-vis.

– Yoshka Sinti a quitté sa Transylvanie natale pour tenter de sauver sa fille de dix-neuf ans, Toszkána. Il pensait interrompre le cercle infernal en apportant le violon en Angleterre, loin de la forêt.

– Je ne comprends pas ! Pourquoi l'Angleterre ? Comment pensait-il faire cesser la malédiction ? s'agita Mirko.

– En Transylvanie, il a entendu parler d'un maître horloger anglais, spécialisé dans les instruments de musique un peu... euh... particuliers, répondit le chef des Freux, sans dévoiler que cet individu n'était autre que lui-même. On lui a dit que peut-être cet homme pourrait l'aider à détruire le violon. Il est donc venu à Londres pour retrouver ce personnage...

– Vous vouliez donc l'empêcher de mettre son projet à exécution...

– Bien entendu ! s'écria Lambton. J'ai besoin de cet instrument pour sauver mon fils ! Ensuite, je l'aurais aidé... il aurait pu en faire ce qu'il voulait, le réduire en cendres si tel était son bon plaisir.

– Sinti aurait pu accepter le marché, réfléchit Mirko à voix haute. Toszkána, sa fille, elle doit approcher les vingt ans, non ? C'est pour cela qu'il devait agir, bientôt il sera trop tard pour elle. Pourtant, ils se produisaient tous deux en spectacle, comme si de rien n'était, comme s'ils disposaient de tout leur temps... Avait-il retrouvé le maître horloger susceptible de détruire le violon ?

Les mêmes questions avaient taraudé Hawthorne Lambton jusqu'à ce qu'il apprenne, par ses Braillards, que Yoshka Sinti, en plus d'assurer sa subsistance et celle de sa fille, avait rétribué des informateurs qui avaient profité de sa largesse sans pour autant lui fournir les renseignements requis sur cet horloger dont on lui avait vanté les mérites. Tous savaient qui était Lambton, mais personne n'avait parlé pendant des mois. Le système que le chef de la Confrérie des Freux avait mis en place pour protéger son identité réelle avait été d'une redoutable efficacité, mais avait fait perdre un temps précieux aux Tsiganes. Et surtout, il avait anéanti toute chance que Lambton et Sinti se rencontrent. La grande prudence de l'horloger avait été le nœud du problème.

– Rien de mal ne se produit lorsque tu touches les cordes de ce violon, reprit Lambton. Ce qui n'est pas le cas de tous. Je t'emmène donc à Lambton House, à la frontière de l'Écosse, tu joueras pour sauver mon fils.

Un instant, Mirko fut tenté de refuser. Il ne pouvait balayer du revers de la main les tortures subies au cours des derniers jours, et dont les conséquences se faisaient encore sentir dans ses membres endoloris. Et puis l'ascendant que le violon lui donnait sur cet homme était troublant. Qu'un chef de la pègre aussi puissant se retrouve démuni devant lui était grisant... Mais le *mudlark* n'était pas de ces êtres qui profitent de la faiblesse des autres pour en tirer pouvoir et force ; il accepta... parce qu'un enfant souffrait.

15

La chambre était plongée dans l'obscurité. La poitrine de Seabert se soulevait à peine. Son souffle était court, saccadé. Entre deux râles, il s'étouffait. Des bulles de sang glissaient entre ses lèvres amincies et violettes. Parfois, il tentait d'ouvrir les paupières, mais cela lui demandait un effort tel qu'il y renonçait. Depuis quelques jours, l'enfant vivait dans un monde noir, bercé de silence. Il ne percevait plus les bruits autour de lui. La première fois qu'il avait plongé dans ce vide, la peur l'avait habité. Il s'enfonçait dans un univers où même la voix de Miss Deans ne parvenait plus à l'atteindre. Sa gouvernante lui manquait, mais puisque la mort l'attendait au bout de cette longue descente, il s'était résigné à y aller seul. Son esprit lui renvoyait de temps en temps des images des jours heureux. Il se voyait courant dans les herbes hautes qui fouettaient ses mollets encore pleins de vigueur, ou en train de pêcher dans la Wear. Mais de moins en moins souvent. Désormais, il devait faire preuve d'une concentration incommensurable pour réussir à distinguer quelques petits points dorés sur le miroir de ses yeux. Chaque fois, ces lueurs formaient des visages déformés qu'il ne pouvait reconnaître ou des représentations effrayantes qu'il peinait à chasser. Alors, il avait renoncé aussi à ce spectacle, et demeurait las, étendu, attendant que la vie le fuie.

La première note ne pénétra pas son esprit, pas plus que la deuxième ; il s'était profondément retiré en lui-même, si bien que rien ne franchissait la barrière qu'il avait érigée entre lui et le monde.

Debout près de Seabert, Mirko laissa l'archet courir sur le chevalet sans chercher à le contrôler. Le son se fit sifflant, très aigu. Chaque sonorité devait se frayer son propre chemin de la caisse de résonance à l'esprit de l'enfant. Le Tsigane savait que c'était ainsi qu'il fallait procéder. Une connaissance atavique le lui imposait. Il joua. Longtemps. Doucement. Puis de manière plus énergique, avant de reprendre un tempo lent, presque langoureux. L'archet alterna trilles et harmoniques, vibrato et glissando, comme s'il cherchait la meilleure combinaison possible. Mirko n'avait jamais appris à jouer du violon. L'instrument guidait sa main, commandant bariolage, portato et tremolo en nuances forte et fortissimo.

La musique emplissait la pièce. Toutefois, le bras de Mirko se lassait et ses doigts s'ankylosaient sur les cordes. Chaque fois qu'il pensait réclamer une pause, son regard croisait celui de Hawthorne Lambton qui lui enjoignait de n'en rien faire. Alors, il continua à jouer jusqu'à ce que ses phalanges soient en sang. Combien d'heures dura le jeu? Impossible à dire. Ses membres se ressentaient encore du supplice du *crank-mill*. La douleur l'engourdissait. Il vint un moment toutefois où le Tsigane transcenda cette souffrance, jouant de plus en plus fort, de plus en plus vite. Des larmes glissaient sur ses joues pour se perdre dans le début de barbe qui s'était formé pendant sa détention. Roide et attentif, Lambton veillait à ce que le musicien poursuive sa tâche sans faillir. Pour lui, il était capital qu'aucun relâchement ne vienne compromettre la guérison tant espérée de son fils.

– Et si nous ouvrions les rideaux? murmura Miss Deans afin que le son de sa voix ne dérange pas le jeune endormi.

Lambton la fusilla du regard.

– La musique et la lumière..., osa-t-elle pourtant, baissant la tête vers ses mains jointes qui n'avaient cessé d'égrener son chapelet.

Dès le premier coup d'œil, cet objet de piété avait indiqué à Mirko que la gouvernante était de confession catholique. Malgré le crucifix au-dessus du lit de l'enfant et les images pieuses sur sa table de chevet, le musicien s'était cependant interrogé sur la foi de Lambton. L'artisan avait-il accédé aux volontés superstitieuses de Miss Deans, sans pour autant y souscrire lui-même ? Saster ne l'imaginait pas en grenouille de bénitier.

– Très bien ! se rendit Lambton en s'approchant de la fenêtre pour en écarter les lourdes tentures.

Contre les carreaux, la pluie tambourinait sans discontinuer depuis leur arrivée à Lambton House, dans la nuit. Le maître horloger demeura quelques secondes figé, son regard perdu en direction de la Wear qui avait abrité le monstre responsable de tous les maux de sa lignée. Il fit un effort pour se tirer de sa rêverie et pivota pour revenir se poster à la gauche du lit.

– Vous avez vu ? ! s'écria Miss Deans en saisissant la main filiforme et transparente de l'enfant. Ses doigts ont bougé... Il revient, il revient !

Mirko rata un coup d'archet, et le crin émit un son rauque, comme une plainte.

– Seabert, Seabert, mon petit..., soupira Lambton, penché sur son fils, en décollant une mèche trempée de sueur de son front.

L'enfant ouvrit grand les yeux, faisant sursauter son père et la gouvernante, tandis que les notes produites par le merveilleux violon s'emballaient. Mirko tentait de leur imposer une certaine retenue, mais c'était peine perdue.

Le sang afflua brusquement dans les veines de Seabert, irriguant de nouveau son cerveau, sa peau, ses membres, et sa respiration s'apaisa. D'une serviette humide d'angélique, Miss Deans essuya délicatement les lèvres bordées de croûtes séchées et les narines collées, puis elle massa le torse et les épaules maigres. Le garçon reprenait vie peu à peu. Son regard perdit graduellement cette lueur hallucinée qui le marquait depuis des mois.

Mirko aurait voulu cesser de jouer, mais le violon commandait à ses doigts; il devait s'en remettre à lui. Le jeu s'arrêterait en temps utile.

Le concert se prolongea d'une heure, puis tout à coup l'archet, sur un dernier trémolo, stoppa net, laissant les protagonistes hébétés.

– Soif! articula l'enfant, à la grande surprise de tous.

Miss Deans s'empressa de verser un peu d'eau dans un verre, mais Lambton l'arrêta d'un geste, et sortit un flacon d'une de ses poches.

– Donnez-lui plutôt un peu de ce cordial de mélisse que je fais venir à grands frais de France!

– Mais c'est alcoolisé…, protesta la gouvernante.

– Ça ne le tuera pas! gronda l'horloger, qui déboucha la mignonnette pour en renifler le contenu.

Il en fit glisser quelques gouttes dans le verre d'eau qu'il porta lui-même aux lèvres gercées de son fils. Seabert grimaça quand la première gorgée coula dans sa bouche, puis en avala une deuxième. Le mélange de quatorze plantes et neuf épices amena instantanément des couleurs aux joues du garçon. Miss Deans arrangea ses oreillers pour lui maintenir le dos. Non seulement l'enfant reprenait vie, mais, en quelques minutes à peine, son front retrouva sa fraîcheur, ses iris se firent plus pétillants, sa respiration plus régulière; il semblait se réveiller d'une bonne nuit de sommeil réparateur.

– Faut-il prévenir le docteur Millard ? s'enquit la gouvernante.

– Pas besoin de ce charlatan..., fit sèchement Lambton. Mon fils est sauvé ! Ce qu'aucune médecine n'est parvenue à faire, la musique du violon tsigane l'a réalisé.

La femme se signa, mais pas aussi discrètement qu'elle l'aurait voulu. Son geste provoqua un rictus condescendant sur le visage de Lambton.

– Maintenant laissez-nous, Miss Deans.

La femme exécuta une légère génuflexion et se dirigea vers la porte en jetant un regard à son petit protégé qui lui sourit. En passant le seuil, elle fixa Mirko et son violon, et lui adressa un bref signe de tête, en guise de remerciement. Elle aurait aimé soulager les doigts abîmés du Tsigane, mais son maître ne l'aurait sans doute pas permis, puisqu'il ne le lui avait pas commandé.

Une fois qu'elle eut quitté la pièce, Lambton jeta la serviette humide de la sueur de Seabert et d'eau d'angélique au visage de Mirko.

– Panse tes blessures !

Le nomade enveloppa sa main gauche, la plus endommagée, avec le linge. Puis, sans en demander la permission, il attrapa le verre de l'enfant et le vida d'un trait. Les quelques gouttes du cordial l'aidèrent à surmonter les brûlures de ses phalanges écorchées.

Lambton et Mirko restèrent au chevet de Seabert jusqu'à ce que celui-ci s'endorme. L'horloger conduisit ensuite le Gipsy dans le salon où, enfin, il permit à Miss Deans de le soigner avec des onguents calmants. Après lui avoir fait servir un repas que le Tsigane prit devant une flambée dans la cheminée, le maître de maison le fit conduire dans une chambre dans laquelle il l'enferma, non sans lui avoir confisqué le violon.

Lambton hésitait sur le sort à réserver au jeune homme. Celui-ci avait rempli sa part du contrat, et l'instrument magique avait tenu ses promesses. Même mieux qu'il ne l'avait espéré. Son fils était sauvé, mais l'horloger se demandait si cette guérison miraculeuse serait permanente. Quel autre coup du sort pouvait encore enlever la vie à sa progéniture ? La malédiction était-elle définitivement levée ? Devait-il garder le violoniste et le violon à portée de main en cas de coup dur ? Et lui ? Quel serait son destin ? Aucun Lambton n'était mort tranquillement de vieillesse dans son lit. Qu'est-ce qui l'attendait ? La magie de l'instrument serait-elle de nouveau nécessaire, dans un proche avenir, pour le sauver, lui ?

La puissance des notes tintait encore dans son esprit. Avec un tel instrument entre ses mains, il pouvait désormais asseoir le pouvoir de la Confrérie des Freux avec plus de force encore, et le sien en particulier. Qui oserait s'opposer à lui lorsque la nouvelle de sa possession viendrait aux oreilles de ses rivaux ? Et il comptait bien que cette information leur parvienne ; il chargerait ses hommes de la propager.

Soixante-douze heures plus tard, il ne faisait plus aucun doute que la santé de Seabert s'était rétablie. Lambton, rassuré, décida de retourner à Londres avec Mirko. Au cours des trois derniers jours, il n'avait fait que songer à la puissance du violon. Il lui était impossible de s'en départir. Par contre, il devrait forcer le Tsigane à jouer pour lui, mais celui-ci était coriace comme il l'avait démontré en subissant le *tread-wheel* et le *crank-mill* sans craquer. Il n'avait obtempéré que lorsqu'il avait compris que la musique pouvait sauver un enfant. Lambton savait très bien que, sans cela, il n'aurait pas réussi à briser sa volonté.

Même si, pendant le trajet de retour, Mirko lui rappela sa promesse de le libérer et l'implora de tenir parole, Lambton ne se laissa pas émouvoir. Il était conscient de devoir beaucoup au nomade, mais sa gratitude ne franchirait pas certaines limites. Quatre de ses hommes, qu'il avait fait prévenir grâce à son système de communication à distance, les attendaient à la descente du train. Ils les escortèrent vers les entrepôts de l'île aux Chiens. Mirko ne retourna pas dans la cave, son lieu de torture, mais fut enfermé à double tour dans une chambre aux fenêtres barricadées d'épais barreaux, au dernier étage de l'immeuble qui, sur l'arrière, donnait directement sur la Tamise. Même si des velléités de fuite lui traversaient l'esprit, il ne pourrait se jeter de si haut dans les eaux noires et profondes du port sans y perdre la vie.

Après s'être assuré du confort relatif que sa prison offrait au Tsigane, le chef de la Confrérie des Freux convoqua Foster Riley, toujours grâce à l'appareil de cuivre rectangulaire qui lui permettait de communiquer avec des personnes possédant le même type d'installation. Mais cette fois, au lieu de se servir de la tige aux extrémités évasées, il se contenta de tourner la roue crantée qui en occupait une face latérale. L'engrenage entraîna un carton perforé. Aucun son n'était perceptible dans le salon, mais Lambton savait que quelque part, là où se trouvait l'Assommeur, une petite boîte oblongue se mettrait à vibrer pour avertir l'homme de main que son chef requérait ses services.

Un tournevis à la main, Foster Riley était concentré sur sa tâche. Depuis des heures, il tentait d'assembler boulons, écrous, serpentins et ressorts afin de reconstituer l'articulation de l'épaule de l'automate assassin. L'avertisseur que lui avait remis Lambton avant son départ pour Durham se mit à vibrer sur le bord de la table. Riley l'attrapa au vol au moment où il basculait dans le vide, le reposa en lui jetant un coup d'œil à la fois énervé et effrayé. Il n'aimait pas cette nouvelle invention qui permettait à Lambton de le joindre en tout temps, en tout lieu. Il décida de ne pas s'en occuper.

Deux heures de plus s'écoulèrent; il demeurait absorbé par son travail. Certains morceaux de la machine, notamment la tête, avaient subi peu de dégâts, tandis que d'autres parties, comme les bras, étaient en miettes. Il savait que de petits éléments étaient manquants. Il n'avait pas eu le temps de bien inspecter la ruelle pour les récupérer tous. Trouver des vis, des boulons, des engrenages, ce n'était pas sorcier. Une visite chez le quincaillier et le tour serait joué. Ce qui lui posait le plus de problèmes, c'étaient les morceaux d'os: quelques-uns avaient éclaté, d'autres avaient été écrasés ou avaient disparu. Le ravitaillement en véritables os, même s'il n'était pas impossible, ne se révélerait pas facile. L'Assommeur regretta de n'avoir pas gardé les squelettes des chats qu'il avait tués, tout en sachant bien, même si le principal intéressé ne l'avait pas confirmé, que ce n'étaient pas des ossements d'animaux que Lambton avait utilisés, mais bien d'êtres humains.

Le temps passant, à l'île aux Chiens, le chef des Freux s'impatientait. Son avertisseur à distance était-il en panne? Riley l'avait-il perdu? Un râle d'exaspération et de colère fit vibrer ses narines et ses lèvres serrées. Il détestait être tributaire des anciennes méthodes, mais avait-il vraiment le choix? Il fit venir un Braillard et le chargea de retrouver Riley où qu'il soit, puisque personne ne connaissait la réelle adresse de l'homme de main.

Ses ordres passant de bouche de Braillard à oreille d'Assommeur finirent par atteindre le *garotter* chez lui, grâce à Sam, le petit muet qui avait récemment recouvré la parole.

L'enfant débuula sans s'annoncer dans la chambre de Riley. Le *garotter* laissa échapper un soupir en le reconnaissant. Il n'avait pas eu le temps de dissimuler pièces, boulons, vis, engrenages et os polis qui jonchaient la nappe blanche de sa table. Mais le gamin ne fit pas attention à cet étalage compromettant, se bornant à transmettre l'ordre de Lambton. Si un autre que Sam était ainsi entré chez lui, l'Assommeur aurait dû le tuer pour protéger son larcin.

Lorsqu'il entendit les galoches du gamin redescendre l'escalier, il se hâta de rassembler dans un coffre de bois les pièces du casse-tête que représentait l'automate désarticulé. Sa décision était prise : s'il voulait continuer à vivre en paix dans cet appartement, il devait restituer cet homme mécanique à Lambton.

Son logis n'avait pas, jusqu'à présent, attiré l'attention ni des bandits ni des *bobbies*, mais sa récente arrestation laissait planer un doute sur la sûreté de son refuge. Rester plus de deux ans au même endroit n'était pas une bonne idée quand on exerçait son métier. Même si son statut au sein de la Confrérie des Freux lui assurait une certaine tranquillité d'esprit, il ne fallait pas que l'on trouve les pièces d'une machine meurtrière chez lui.

16

Le lendemain du meurtre d'Yoshka Sinti, le policier Clive Landport s'était présenté à la résidence Fitzmartin afin d'interroger plus longuement Toszkána. Malheureusement, la jeune danseuse n'avait rien à ajouter à son témoignage. La peur avait été si profonde que son esprit se refusait à se remémorer les détails de l'attentat. Il n'avait donc rien pu tirer de significatif de cette seconde rencontre. La Confrérie des Freux était si secrète, si puissante que le détective savait qu'il lui serait difficile de retrouver l'homme au masque de corbeau. Voilà plus de deux décennies que cette organisation sévissait sans que la police puisse en découvrir le ou les dirigeants. Aux premiers jours de son existence, les représailles contre ceux qui avaient osé parler avaient été d'une telle soudaineté et d'une telle violence qu'elles avaient durablement marqué les esprits. Plus personne ne se risquait à murmurer un nom, à divulguer un lieu.

Le jour de l'enterrement, Landport s'adossa à une pierre tombale du cimetière de Highgate pour observer à son aise les gens venus se recueillir : le quatuor tsigane de la communauté des Fils du vent, la fille du défunt, Lady Clare Fitzmartin et quelques personnes aux traits masqués par le brouillard. Il ne remarqua rien d'anormal jusqu'à ce qu'un gamin, d'un geste discret, dépose un objet contre la pierre tombale. La musique cessa. Un nomade s'avança, le policier fit de même. Il remarqua le violon abandonné sur les lieux. Le jeune Tsigane s'en empara et s'en fut.

Lors de son témoignage, Toszkána Sinti avait signalé la disparition du violon, insistant sur son importance pour elle et son clan, sans cependant lui en dévoiler le pouvoir. N'en connaissant pas la magie, Landport n'avait accordé qu'une attention polie aux dires de la jeune fille qui le pressait de retrouver l'instrument.

Était-ce ce même violon qui avait été déposé sur la tombe quelques secondes avant que la fille du défunt reparte au bras de Lady Clare ? Qui était donc ce jeune homme qui venait de le prendre ?

La brume trop épaisse avait caché au détective certains détails de la scène. Il n'avait remarqué ni la libellule mécanique ni le maître horloger caché à une centaine de pas.

Il allait s'élancer à la poursuite du nomade qui était parti avec le violon lorsqu'un mouvement sur sa droite lui fit détourner le regard quelques secondes. Un homme drapé dans une longue cape noire, un haut-de-forme rabattu sur son front, s'enfonçait entre les arbres plongés dans le *fog*. Landport devait-il suivre le violon ou cette silhouette mystérieuse ? Il hésita une fraction de seconde de trop. Le temps qu'il se décide, l'un et l'autre avaient disparu de sa vue. Il jura en se précipitant dans la direction prise par le jeune Tsigane, mais ne retrouva pas sa trace. Les abords de Highgate étaient déserts en ce petit matin glacial et brumeux.

Les jours suivants, le chef d'escouade mobilisa ses informateurs, mais personne ne semblait savoir quoi que ce soit sur ce nomade et le violon des Sinti. Puis d'autres tâches l'accaparèrent et cette histoire de violon passa au second plan.

Une ville de l'importance de Londres, avec ses plus de deux millions d'habitants, où la misère la plus noire côtoyait la richesse la plus clinquante, ne manquait pas d'occuper ses quinze mille policiers à temps plein. La cité abritait tous les vices et, malgré leur bonne volonté, les *bobbies* ne suffisaient pas à les endiguer. Le meurtre du violoniste tsigane n'était pas résolu, mais des assassinats étaient perpétrés chaque jour et trouver les coupables prenait du temps. Le taux de résolution des crimes de sang des détectives londoniens était relativement élevé depuis l'instauration de la police métropolitaine, une vingtaine d'années plus tôt, par Robert Peel, qui justement avait donné son nom aux *bobbies*. La mort d'Yoshka Sinti était cependant très particulière. Bien entendu, dès que Toszkána avait parlé d'un automate meurtrier, Landport avait songé à l'introduction par effraction survenue quelques jours avant l'assassinat dans l'édifice délabré de la gare de Waterloo. Le propriétaire, un certain Hawthorne Lambton, avait certifié que rien n'avait été dérobé. Le policier n'avait pas été dupe. Les deux gardiens des lieux étaient demeurés muets comme des carpes, se contentant de dire qu'ils n'avaient rien vu, rien entendu, même sous la menace de la prison pour complicité. Ce simple fait, sans être vraiment suspect – beaucoup de collectionneurs ne tenaient pas à dévoiler leur importante possession au risque d'attirer les voleurs – avait quand même soulevé l'intérêt de Landport.

Peu après l'interrogatoire des gardiens, il avait scruté avec minutie les photographies prises sur place par son équipe d'enquêteurs, sans rien déceler d'anormal. Comme l'artisan n'avait pas porté plainte, force lui avait été de relaxer les deux surveillants et de classer l'affaire, puisque, apparemment, il n'y avait pas eu vol. Le policier aurait sûrement oublié cet incident n'eût été le meurtre énigmatique du violoniste. Depuis, cette coïncidence n'avait cessé de le tracasser, même s'il avait d'autres chats à fouetter.

D'ailleurs, à propos de chats, une originale qui nourrissait les félins errants de St Giles avait signalé au poste de police local la découverte de greffiers éviscérés dans une ruelle.

– Décidément, l'époque est propice aux cinglés de toutes sortes, avait rigolé le chef de poste local en racontant l'anecdote à ses collègues, dont Landport, devant une pinte dans un pub fréquenté par les sergots des quartiers ouvriers.

Le détective avait demandé qu'on lui signale les morts étranges, les faits saugrenus ou les comportements bizarres. On lui en avait raconté plus qu'il n'en voulait.

Toutefois, lorsqu'un collègue œuvrant du côté de Piccadilly lui parla de la mort d'un tromboniste qui venait d'acquérir un crincrin à un gamin des rues, tous ses sens se mirent aux aguets. Était-ce le fameux violon perdu du musicien tsigane ? Enfin, il pourrait interroger des témoins, puisque, au dire de son confrère, d'autres musicots avaient assisté impuissants à l'horrible scène. L'un d'eux avait raconté que le joueur de trombone avait été étranglé par deux cordes qui s'étaient subitement détachées de la caisse du violon. Comme par magie, avait-il ajouté, terrorisé.

– Je veux parler à ces hommes ! lâcha Landport, son instinct de chasseur éveillé. Peux-tu les convoquer au poste de Piccadilly ? Disons, en fin de journée !

Son collègue acquiesça avec une moue interrogatrice. Mais Landport n'était pas d'humeur à satisfaire sa curiosité. Il tenait le bout d'un fil, ténu certes, mais il ne devait plus le lâcher, car cela le mènerait assurément à de plus grandes découvertes. Son flair lui disait qu'il avait enfin trouvé le début du commencement d'une piste. Pour lui, il ne faisait aucun doute que l'intrusion dans l'entrepôt, le crime de l'automate assassin et la disparition du violon étaient liés. De quelle manière ? Voilà la question à laquelle il devrait répondre, mais, il en était sûr, la solution à cette énigme le conduirait au meurtrier du musicien tsigane.

« Demain, je dois parler de nouveau à Toszkána », se dit-il en vidant sa deuxième pinte.

Malheureusement, le lendemain, la bonne des Fitzmartin lui apprit que sa maîtresse et la jeune fille étaient parties pour la campagne, quelque part du côté de Norwich, sans pouvoir en dire plus sur la date probable de leur retour. Ce contretemps le mit en rogne. Il devrait questionner les musicots de Piccadilly à tâtons, puisqu'il ne saurait rien de plus concernant ce fameux violon que ce que la Tsigane lui en avait déjà dit, c'est-à-dire à peu près rien.

Dans sa chambre-prison surplombant la Tamise, Mirko trépignait. L'enfermement plus que les tortures commençait à venir à bout de sa résistance. Pour un nomade, quatre murs et des barreaux étaient insupportables. Même si, depuis qu'il était à Londres, il s'était plus ou moins sédentarisé, le jeune homme avait besoin de sentir la pluie sur son visage, le vent dans ses cheveux, de vivre selon une certaine conception de la liberté.

Il s'approcha de la fenêtre et l'ouvrit pour tester les barreaux. À sa grande surprise, il constata que deux d'entre eux étaient descellés. Il les agita quelques secondes ; le jeu semblait important. Mais ce qui amena le plus large sourire à ses lèvres, ce fut la découverte d'une lame sans manche abandonnée sur le rejingot de ciment. Le prisonnier qui l'avait précédé dans cette pièce s'en était pris aux tiges de fer, mais n'avait pu terminer son travail. Que lui était-il arrivé ? Le Gipsy préféra remiser cette question bien loin dans son cerveau. Le moment n'était pas propice aux interrogations.

Sans attendre, Mirko se mit à la tâche, malgré ses doigts endoloris qui avaient de la difficulté à bien saisir la lame. Rapidement d'ailleurs, ils se mirent à saigner, mais peu lui importait. Une seule chose comptait, fuir !

Lorsque ses doigts n'en purent plus, il s'arrêta à regret. Sur une commode, près du lit, trônaient un broc d'eau fraîche et sa bassine ; il s'en servit pour calmer ses douleurs et nettoyer ses plaies. Ne sachant pas de combien de temps il disposait, il devait s'attaquer aux barreaux le plus souvent possible. Miss Deans lui avait remis un petit pot d'onguent calmant ; il s'en badigeonna les mains avant de se laisser tomber sur le matelas usé et le sommier grinçant mis à sa disposition.

Quelques heures plus tard, un tour de clé le fit bondir. Lambton fit irruption dans la chambre.

– Viens avec moi ! ordonna-t-il en ressortant aussitôt.

Indécis, Mirko jeta un coup d'œil vers la fenêtre qu'il avait pris soin de refermer. Quelqu'un s'était-il aperçu de quelque chose ?

– Viens ! répéta Lambton.

Mirko le suivit. Une fois dans le couloir, l'artisan le colla sans avertissement contre le mur et lui passa des menottes. Le *mudlark* n'avait rien vu venir. L'horloger le poussa devant lui pour lui faire descendre un escalier vermoulu et craquant qui conduisait vers les pièces privées, et notamment le salon, mais, cette fois, ils ne s'y arrêtèrent pas et continuèrent leur descente. La crainte bouscula l'esprit de Saster : l'homme le ramenait-il dans la cave et la salle de tortures ? Cette angoisse fut vite dissipée lorsqu'il se retrouva devant la porte métallique ouverte sur l'extérieur. Une voiture tirée par un cheval vapeur noir les attendait. Lambton poussa le nomade à l'intérieur. Les rideaux sombres des portières se fermèrent automatiquement. Le chef des Freux laissa son prisonnier dans la cabine qu'il verrouilla avant de s'installer au-dessus, sur le siège du cocher, et de lancer l'attelage à toute vitesse dans les rues londoniennes.

Toujours attentif à son environnement, Mirko comprit qu'ils quittaient les quais, filaient dans la City, empruntaient le pont de Waterloo. Finalement, après une course folle d'une bonne quarantaine de minutes, le coche s'immobilisa et la portière s'ouvrit. Mirko regarda autour de lui. Il n'était jamais venu dans ce secteur de la ville, mais reconnut les abords d'une gare et ses bâtiments délabrés.

Sans un mot, Lambton s'approcha d'une porte monumentale dont il souleva la barre de verrouillage posée en travers, la fit coulisser dans un bruit de métal. Depuis que quelqu'un s'était introduit dans son entrepôt afin de voler son plus bel automate, les deux gardiens qui n'avaient pas correctement fait leur travail avaient été remplacés. Des héliographes créés par Joseph Nicéphore Niépce trônaient sur le toit du bâtiment pour couvrir tous les angles d'approche. L'horloger avait amélioré le procédé de manière à pouvoir consulter les images dans une chambre noire installée au fond du hangar.

Mirko, qu'il avait entraîné à sa suite, se figea sur le seuil. L'intérieur de l'entrepôt le laissa sans voix. Il y avait là des centaines d'appareils de toutes grosseurs et de toutes formes, des chefs-d'œuvre de technologie, de cuivre, de laiton, d'acier rutilants. Lambton l'invita à entrer, ce qu'il fit malgré lui, tant il était attiré par ces machines d'une beauté et d'une réalisation remarquables.

Le jeune homme déambula dans les allées, découvrant ces merveilles avec ébahissement. Lambton le laissa flâner à sa guise, non sans en éprouver une certaine fierté. Jusqu'à cet instant, peu de gens avaient observé de si près son travail. De voir que le nomade l'appréciait fit monter une bouffée d'orgueil à ses joues flasques.

Lorsque Mirko revint vers lui, le chef des Freux lui tendit le violon qu'il avait pris soin jusque-là de dissimuler sous un pan de sa longue cape.

– Tu vois cet automate, dit-il en désignant un homme mécanique de haute taille, c'est ma plus récente création. Le joueur de violon. Je l'ai doté d'un mécanisme qui lui permet non seulement de jouer de cet instrument, mais aussi de chanter.

Lambton appuya sur un bouton installé dans le dos de son automate. Aussitôt, ce dernier s'anima. De son archet, il fit grincer les cordes d'un crincrin, tandis qu'une voix éraillée et saccadée entonnait une comptine bien connue des petits Britanniques.

> *Jacky, come give me your fiddle,*
> *If ever you mean to thrive.*
> *Nay, I'll not give my fiddle*
> *To any man alive.*
> *If I should give my fiddle*
> *They'll think that I'm gone mad,*
> *For many a joyful day,*
> *My fiddle and I have had*[4].

Mirko Saster ne put retenir un frisson. L'allusion au violon tsigane était claire ; la menace, voilée mais néanmoins bien présente.

– Joue ! exigea Lambton.

Il y eut une seconde de flottement avant que Mirko comprenne qu'il s'adressait à lui et non à l'homme mécanique. Il s'exécuta non sans s'interroger sur cette nouvelle lubie de l'artisan.

---

4. Jacky, donnez-moi votre violon, si vous avez l'intention de prospérer. Non, je ne donnerai mon violon à aucun homme vivant. Si je donne mon violon, on pensera que je suis devenu fou. Ce violon et moi avons connu les plus beaux jours. (Traduction libre de l'auteure)

17

La pièce était éclairée au gaz par des lustres de cristal à pende-
loques et des appliques murales. Sur les deux murs latéraux, des
panneaux de miroir alternaient avec des laizes de tapisserie de
velours bordeaux aux volutes ton sur ton. De profonds fauteuils
de cuir patiné cacao étaient occupés par trois messieurs en frac,
le haut-de-forme vissé sur la tête, dont le visage disparaissait
dans le brouillard de leurs cigares aux arômes sucrés. Une flûte
de champagne occupait leur main. Un homme jeune, debout,
dos tourné à la porte, laissait son regard dériver par la fenêtre à
petits carreaux. Il semblait ennuyé et vouloir être ailleurs.

Violet et Toszkána, se tenant par le bras, s'immobilisèrent
sur le seuil. La première relevait le menton en une attitude de
défi ; la seconde, baissant les yeux, les épaules voûtées, aurait
voulu s'enfoncer dans le plancher d'acajou pour disparaître.
Malgré ses sous-vêtements, elle se sentit nue lorsque les yeux
des messieurs se braquèrent sur elles.

En détournant la tête, la petite danseuse découvrit Lady
Clare qui se tenait en retrait, au fond de la pièce, près de la
cheminée. La maquerelle toute froufroutante dans sa longue
robe de dentelle blanche et soierie marine s'avança d'un pas,
faisant signe aux deux filles de la rejoindre. La jeune Tsigane
était figée de terreur, mais, ne reconnaissant pas les traits
congestionnés de Sir Bryant dans les visages tournés vers elle,
elle ne perdit pas connaissance, comme l'avait craint Violet en

la voyant pâlir d'un coup. Celle-ci tira sa compagne et l'entraîna vers la veuve Fitzmartin, souriante.

– Voici la plus belle perle de mon écrin! s'exclama cette dernière en attrapant vivement Toszkána par le bras pour la projeter au centre du triangle formé par les trois fauteuils, afin d'exhiber la jeune fille comme une bête offerte à l'évaluation des maquignons.

Un quinquagénaire aux cheveux châtains parsemés de fils argentés exhala, avec une moue, la fumée de son cigare. Visiblement émoustillé, le deuxième, un peu plus âgé, tira de sa poche de poitrine un mouchoir de soie pour essuyer ses lèvres libidineuses, tandis que le troisième, chauve et sec comme un coup de trique, opinait du chef avec une lueur de convoitise dans les pupilles avant de siffler son champagne d'un trait. L'homme debout à la fenêtre ne se retourna pas, se contentant de fixer le reflet de la jeune fille à demi nue sur la vitre qui lui faisait face. Après quelques secondes, il fronça toutefois les sourcils et pivota de trois quarts. Où avait-il déjà vu ce minois pâle de frayeur?

– Quinze livres..., lâcha le quinquagénaire en tournicotant les bouts effilés de sa moustache cirée.

Lady Clare esquissa un sourire.

– Vingt... Mais il vous faudra patienter encore quelques jours, messieurs, reprit-elle, matoise. Sir Bryant ne l'a pas encore vue...

Un soupir de frustration s'échappa des trois gorges excitées.

– Cependant, je prends les réservations..., poursuivit Lady Clare en extirpant un petit carnet des plis de sa robe.

– Quand sera-t-elle prête? demanda l'homme qui avait lancé les négociations.

– Quinze jours, au plus!

– Eh bien ! D'habitude, Sir Bryant est plus empressé à s'occuper de vos petites nouvelles ! commenta le deuxième. Est-il donc en voyage ?

Violet pinça les lèvres pour ne pas éclater de rire au souvenir de Sir Bryant, la queue molle et pendante entre les jambes, en train de trébucher hors de la chambre jaune.

– Une perle de cette nature a tout pour le stimuler..., ricana le troisième homme.

– Donc, monsieur Matthews, je vous inscris le premier, répondit la maquerelle en notant le nom dans son calepin.

Elle n'avait guère envie de satisfaire la curiosité de ses interlocuteurs au sujet de Sir Bryant.

– Monsieur Lampart, la semaine suivante... et vous, pasteur Francis, à la fin du mois, comme d'habitude ?

Le *clergyman* chauve hocha la tête. Toszkána était raide de frayeur, incapable de protester, alors qu'on marchandait ainsi son corps sans prêter le moindre intérêt à son émotion.

– Violet ! appela Lady Clare. Monsieur Lampart te rejoint dans quelques minutes dans la chambre bleue, cours vite te préparer, ma jolie. Pasteur Francis, Candice vous attend dans la chambre rose. Monsieur Matthews, Celina sera à votre disposition dans la pièce verte. Messieurs !

Avec un beau synchronisme, les trois hommes tirèrent leur portefeuille de la poche intérieure de leur frac pour y prendre plusieurs billets qu'ils glissèrent dans une petite boîte, laquelle passa de main en main avant d'être déposée entre celles du jeune homme à la fenêtre qui s'était enfin avancé.

– Edmund, mon chéri, peux-tu la mettre sur le manteau de la cheminée ? dit Lady Clare.

– Oui, mère !

Le jeune homme obtempéra, mais il semblait préoccupé. Il s'adossa contre le marbre moucheté de l'âtre pour continuer à détailler la jeune fille figée comme une statue de plâtre au milieu du salon. Il était certain de l'avoir déjà vue, mais ne pouvait se remémorer dans quelles circonstances. Pourtant, il était sûr que c'était récent. Le visage, l'allure, la taille fine et déliée lui étaient familiers. Edmund ne fréquentait pas les jeunes filles, et certainement pas les péripatéticiennes, que ce soit à Norwich ou à Londres. Pourtant, il était sûr d'avoir déjà vécu un moment d'intimité avec celle-ci. Comment était-ce possible ? Étudiant en médecine, il se demanda s'il ne l'avait pas auscultée durant son stage au St Bartholomew's Hospital, où se rendaient les cocottes de la capitale pour l'examen vaginal obligatoire destiné à traquer les maladies vénériennes. Mais il chassa bien vite cette pensée. Cette fille n'était pas une cocotte, du moins pas encore ! Sir Bryant ne l'avait pas dépucelée, comme l'avait certifié sa mère. Où l'avait-il donc vue ?

Violet vint au secours de sa compagne en lui tendant la main pour l'entraîner avec elle vers le couloir puis l'escalier menant aux chambres.

– Monsieur Lampart... commenta-t-elle, apparemment réjouie. C'est un industriel qui a fait fortune dans la confection. Il possède quelques belles boutiques à Londres, Liverpool, Manchester et Norwich. On le voit peu par ici, mais il est généreux. En plus des dix livres qu'il a remis à Lady Clare, il m'en laissera quatre ou cinq, juste pour moi ! Imagine, ces gentlemen débourseront vingt livres pour toi. Une fortune ! Si Lampart t'en donne autant en privé, tu pourras ramasser un beau petit magot en peu de temps. C'est lui qui nous fournit notre lingerie. (Elle remonta ses seins à travers son bustier.) Parfois, il apporte aussi des chocolats... j'espère qu'il n'a pas oublié ! Je suis contente qu'il m'ait choisie. Il aime le sexe et sait donner autant de plaisir qu'il peut en prendre...

En entendant ces mots, le rouge de la honte enflamma les joues de Toszkána. En viendra-t-elle, elle aussi, au fil des semaines et des mois, à banaliser ces actes de prostitution ? Violet en parlait si librement, sans en éprouver aucun embarras que cela en était... gênant !

– Et tu as vu Edmund ? poursuivit Violet, survoltée. C'est le jeune homme dont je te parlais. Le fils de Lady Clare, n'est-il pas beau et sensuel ? Ha, j'espère qu'un jour prochain, il demandera à sa mère de l'inscrire dans son carnet de rendez-vous... sous mon nom, bien entendu.

Elle décocha un clin d'œil appuyé à sa compagne.

– Bon, voici la chambre bleue. Je vais me préparer ! Tu peux venir, si tu veux. Tu n'auras qu'à te glisser dans la penderie. Ça ne me dérange pas... et tu pourras tout voir et tout entendre. Peut-être qu'ensuite tu auras moins peur...

La danseuse tsigane dévisagea Violet, s'étonnant de la voir plaisanter sur ce sujet, mais le sourire sur le visage de sa nouvelle amie la détrompa : elle parlait sérieusement. Toszkána lui lâcha la main pour s'enfuir en direction de la chambre jaune dont elle claqua la porte en la refermant.

Une fois seule, elle poussa un long soupir et éclata en sanglots. Mais bientôt un visage vint hanter ses pensées. Edmund ! Elle l'avait bien reconnu, elle. C'était ce garçon qui était venu à son secours, peu après l'assassinat de son père. Il lui était alors apparu avec le visage d'un ange à travers les brumes de sa douleur, mais, cette fois, c'était la beauté du diable qu'elle avait remarquée. N'était-il pas le fils de cette maquerelle qui, sous le couvert de ses activités de dame patronnesse, vendait ses protégées au plus offrant ? Il lui fallait fuir. Si elle se fiait aux paroles de Lady Clare, elle n'avait pas de temps à perdre. Ce porc lubrique de Sir Bryant allait revenir et, cette fois, ses incantations ne le prendraient pas au dépourvu.

Quelques minutes plus tard, elle entendit l'escalier craquer sous le poids des hommes qui montaient rejoindre les jeunes filles qu'ils avaient achetées pour quelques heures de plaisir.

Demeuré seul avec sa mère au salon, Edmund se versa une nouvelle coupe de champagne.

– La nouvelle, d'où sort-elle ? s'enquit-il avec l'air de ne pas y toucher.

– Ah enfin ! s'exclama Lady Clare en se servant à son tour un verre de bulles. Je commençais à me demander si tu n'avais pas des amitiés particulières avec ce Henry, avec qui tu traînes toujours. Depuis des années, tu vois défiler mes protégées en petites tenues et aucune ne t'a encore émoustillé.

Edmund ne releva pas la remarque concernant ses mœurs. Il était effectivement attiré par les garçons, et son intérêt pour cette jeune fille n'avait rien de sexuel. En tant qu'homosexuels, Henry et lui demeuraient discrets, bien que les rapports entre hommes ne soient pas intolérables au point d'être sujets à des scandales ou à des poursuites, à moins de grossière indécence en public. Toutefois, comme beaucoup de mères, Lady Clare espérait que son fils unique puisse un jour trouver une jeune femme de bonne famille à marier et fonder ainsi sa propre maisonnée. Cette espérance faisait bien rire Edmund. Sa mère pouvait bien lui parler de convenances. N'était-il pas lui-même le résultat d'une grossesse involontaire ? Selon les bribes d'information qu'il avait obtenues au fil du temps, son père putatif était un étranger de passage en Angleterre. Edmund reconnaissait sa chance de ne pas avoir été purement et simplement abandonné dans un orphelinat à six mois, lorsque, pour les apparences et son désir de respectabilité, sa mère, alors âgée de dix-sept ans, avait accepté d'épouser l'avocat Fitzmartin de trente ans son aîné. Son beau-père avait toutefois posé une condition à cette union : l'enfant, c'est-à-dire lui, ne devait jamais être vu à Londres ni dans l'entourage du couple. Edmund avait donc été élevé à Norwich, par les Wood, ses grands-parents maternels. Il n'était revenu dans la vie de sa mère qu'au décès de ce beau-père qu'il n'avait croisé qu'une fois, et encore si brièvement que si son portrait austère n'avait pas veillé sur le vestibule de la demeure londonienne du couple, il n'aurait su dire à quoi il ressemblait.

– Tu es bien songeur ! le relança sa mère. Cette fille te plaît ? Sir Bryant te la laissera sûrement. Il me doit bien cela. Depuis des années, je lui apporte les tendrons qu'il désire pour satisfaire ses goûts pour des vierges.

En elle-même, la veuve doutait que le maître des lieux veuille encore s'approcher de la jolie Tsigane sans qu'elle soit droguée par avance. La fuite éperdue de Sir Bryant n'avait pas été à son avantage et il se vengerait, d'une manière très cruelle, c'était assuré !

Par contre, peut-être serait-il trop heureux de la laisser à Edmund. Lady Clare lui présenterait la possibilité d'une façon telle qu'il pourrait se glorifier de sa générosité en acceptant de la livrer au jeune homme. Elle devait méditer sur une proposition qui ne pourrait être refusée et qui ne ferait pas perdre la face à leur bienfaiteur. Bien au contraire.

– Où l'avez-vous trouvée ? la questionna de nouveau Edmund, sans pouvoir s'expliquer l'intérêt soudain qu'il portait à cette jeune fille, alors qu'il avait à peine regardé la vingtaine d'autres qui étaient passées dans ce lieu au cours des quinze dernières années.

– C'est une Tsigane..., laissa tomber Lady Clare. Elle est jolie mais farouche, comme toutes celles de son espèce. Si tu la veux, prépare-toi à te battre... Je t'avertis, ce n'est pas une image. Ce sera une vraie lutte au corps à corps. Elle sait se défendre bec et ongles.

Mais déjà Edmund ne l'écoutait plus. Au mot « tsigane », la mémoire lui était enfin revenue. Évidemment qu'il connaissait cette fille. C'était celle qu'il avait trouvée sur les marches devant le Theatre Royal Haymarket. Celle dont le père venait d'être assassiné. Comment était-il possible qu'elle soit maintenant là, entre les murs de *Ma petite folie*? Elle n'avait rien d'une *dolly mop*, il en était sûr! D'ailleurs, si ç'avait été le cas, sa mère ne l'aurait pas recrutée, Sir Bryant ne l'aurait pas permis.

– Hum! Tu me sembles bien fébrile, tout à coup! ironisa Lady Clare lorsqu'elle remarqua le tressaillement d'Edmund à qui la mémoire de cette étrange rencontre nocturne était revenue. Allez, monte! Chambre jaune! Je m'arrangerai de Sir Bryant. Quand il a quelques verres de whisky dans le nez, il ne fait pas la différence entre prendre un pucelage ou se faire tromper sur la marchandise.

Edmund hésita, puis, après avoir avalé les dernières gouttes de son champagne d'un trait, il se précipita à l'étage.

Un léger coup frappé à sa porte fit tressaillir Toszkána. Éperdue, elle se précipita vers la baie vitrée. Elle était prête à se défenestrer si l'un de ces hommes l'approchait.

– Mademoiselle... mademoiselle! entendit-elle de l'autre côté du battant.

Horrifiée, elle vit la poignée tourner. Elle ouvrit la fenêtre pour passer sur le petit balcon.

– S'il vous plaît, ne craignez rien! s'exclama Edmund, qui l'attrapa au moment où elle enjambait la balustrade. Oh, mon Dieu, vous allez vous rompre le cou! poursuivit le dandy en l'attirant contre lui.

Toszkána aurait voulu se débattre, mais sa peur l'empêchait de réfléchir et de mobiliser ses dernières forces. Elle s'écroula, en larmes, contre la poitrine du garçon.

– Je ne vous ferai aucun mal ! souffla-t-il dans la chevelure noire qui balayait sa joue.

La douceur de la voix fit lever la tête de la belle Tsigane. La bonté dont il avait fait preuve devant le théâtre royal lui revint à la mémoire. Il ne pouvait être ange et démon à la fois.

– On dirait que mon destin est de vous secourir à chacune de nos rencontres, s'amusa-t-il en lui relevant le menton d'un geste tendre pour capter son regard. Quel est votre nom, belle demoiselle en détresse ?

Malgré la gravité de la situation, la jeune fille lui sourit. Son charme l'apaisait.

– Toszkána... Sinti ! s'entendit-elle répondre avec surprise.

– Jolie Toszkána. Je suis Edmund Wood, le fils de...

La sentant tressaillir entre ses bras, il se reprit :

– Hum... oui, bien, passons ! Vous n'avez rien à craindre de moi ! Voici ce que je vous propose : nous allons passer une heure ensemble, dans cette chambre...

Encore une fois, Toszkána frissonna et tenta de le repousser de ses deux mains sur son torse. Il lui sourit à son tour.

– Chut ! Restez calme ! Je ne m'intéresse pas aux demoiselles... Enfin, pas comme vous le craignez ! Si vous voulez recouvrer votre liberté, vous devez me faire confiance. Me faites-vous confiance ? insista-t-il en saisissant de nouveau son menton pour la fixer droit dans les yeux.

– Oui... murmura-t-elle, peu sûre d'elle-même.

Il la conduisit vers le lit où il la fit asseoir. S'emparant de la chaise devant la coiffeuse, il s'installa face à elle, à califourchon.

– Vous avez compris que vous êtes dans une maison bien particulière.

Elle hocha la tête pour confirmer.

– Cet endroit, comme plusieurs autres en Angleterre, appartient à Sir Bryant.

À l'évocation de l'homme qui avait tenté de la violer, la Tsigane se remit à trembler. Edmund attrapa sa main pour la calmer.

– Ce propriétaire, avec d'autres, contrôle plusieurs établissements comme celui-ci, mais aussi des boîtes de nuit, des théâtres... de différents standings. Ici, c'est le haut de gamme. N'y viennent que des messieurs en moyens. Les jeunes filles sont triées sur le volet...

Les yeux noirs de Toszkána lancèrent des éclairs. Lady Clare avait-elle envoyé son fils pour la convaincre par la ruse et la douceur de s'adonner à cette coupable activité ?

– Oh non, ne vous méprenez pas ! s'écria Edmund. Je ne viens pas pour vous persuader de laisser ces gens abuser de vous. Puisque je dois rester à vos côtés au moins une heure, j'ai pensé que je pourrais vous renseigner, mais si vous préférez que je me taise et m'éloigne de vous, je ferai à votre convenance.

Ce disant, il se leva pour replacer la chaise, mais d'un geste Toszkána l'arrêta.

– Attendez ! soupira-t-elle. Dites-moi tout !

Il se rassit, un peu plus loin.

– Ma mère a créé Le Bouclier afin de recruter des jeunes filles pour cette maison. Elle prend les plus jolies sous son aile dès leur plus jeune âge pour les... former, si je puis dire. Au Bouclier, on leur apprend les bonnes manières, car la majorité de ces fillettes sont tirées de la fange. Lorsqu'elles ont l'âge voulu, soit vers seize ou dix-sept ans, les plus attirantes, les plus soumises sont dirigées vers *Ma petite folie*. Pour beaucoup d'entre elles, la prostitution ici vaut mieux que la rue où, de toute façon, elles devraient aussi se vendre pour assurer leur subsistance et cela dans des conditions terribles, même si elles parvenaient à se dénicher un emploi qui ne leur rapporterait qu'un salaire de misère. Si par malheur elles avaient des enfants, leur vie serait encore plus pénible. Elles auraient le choix entre aller dans un *workhouse*, où elles seraient séparées de leurs petits, ou se prostituer dans les bas-fonds, ce que la plupart finiraient par choisir.

Toszkána essuya une larme qui avait glissé sur sa joue.

– Londres est la capitale mondiale de la prostitution. On ne l'appelle pas « la Babylone du vice » pour rien, poursuivit Edmund. Nous vivons dans une époque si attachée aux convenances que beaucoup d'hommes ont recours aux aventures de hasard pour s'extirper du carcan qui leur est imposé chaque jour. Je connais deux ou trois médecins et avocats qui entretiennent une cocotte dans leur bonbonnière de banlieue. La pudibonderie de notre siècle provoque des réactions surprenantes chez certains. J'ai un ami timide qui apprécie la présence de filles légères parce qu'avec elles, il est plus facile pour lui de poser le masque, de plaisanter sans hypocrisie, et surtout d'avoir des relations charnelles sans crainte de devoir épouser la dame. Mon ami est issu de l'aristocratie et il ne peut courir le risque de se marier sous sa condition. Avec une professionnelle, le cas est entendu.

Toszkána l'écoutait, ébahie. Elle avait vécu protégée par son père et n'aurait jamais pu imaginer les étranges mœurs de ce monde souterrain qui grouillait autour d'elle.

Pendant plus d'une heure, Edmund lui raconta que la galanterie était un métier attrayant pour certaines filles du peuple. Ces confidences permirent à la petite danseuse de mieux comprendre la réaction de Violet lorsque celle-ci avait appris que monsieur Lampart l'avait choisie.

– Je ne veux pas me déshonorer, lâcha-t-elle. Je préfère mourir que d'y être réduite.

– Voici ce que je vous propose, reprit Edmund. Vous m'appartenez désormais. Je vais... hum... dire que je vous ai possédée.

La jeune fille sursauta.

– Je suis désolé... c'est le seul moyen. Ma mère en sera trop heureuse, depuis le temps qu'elle espère que je m'intéresse à l'une de ses pensionnaires. Je vais vous réclamer comme catin attitrée, en exclusivité. Bien sûr, pendant quelque temps, vous devrez demeurer ici...

Il bloqua ses protestations d'un geste.

– ... jusqu'à ce que je trouve un appartement pour vous. Vous passerez en quelque sorte pour une demi-mondaine aux yeux de mon entourage, mais c'est le mieux que je puisse faire pour le moment. Ensuite, je vous ramènerai à Londres où vous pourrez mener la vie qui vous convient.

– Vous voulez dire que tous me prendront pour une poule de luxe ?! grinça Toszkána, les dents serrées.

Edmund lui adressa un sourire attristé en soupirant. Il espérait surtout que son stratagème fonctionnerait, à défaut de quoi la jeune Tsigane serait assurément livrée, droguée, pieds et poings liés, à l'horrible Sir Bryant. Et à partir de là, il ne pourrait plus rien pour la sauver.

18

Voilà près d'une heure que l'archet bondissait sur les cordes du violon, alternant entre tempo rapide et lent, vigoureux ou presque inaudible. Mirko savourait l'instant. Il n'avait rien d'autre à faire que de laisser l'instrument s'amuser à sa guise. Devant lui, une machine à perforer reproduisait note pour note la mélodie sur un carton. Lambton, immobile et concentré, surveillait les gestes du nomade. Aucune fausse note ne serait pardonnée.

Enfin, l'artisan leva la main pour demander au musicien de s'interrompre. Mirko obtempéra avec soulagement. Ses doigts le faisaient encore cruellement souffrir.

Lambton glissa le carton nouvellement perforé dans une fente à l'arrière de l'automate, donna deux tours de clé, et le joueur de violon s'anima aussitôt, plaçant d'un mouvement heurté son crincrin sur son épaule et l'archet sur le manche. Puis, reproduisant à l'identique les sons enregistrés sur le carton perforé, l'automatophone restitua la mélodie jouée par Mirko. Ainsi, pendant une heure, l'androïde donna un concert dans un entrepôt de la gare de Waterloo à deux hommes et à d'innombrables appareils mécaniques inertes.

Pendant sa propre exécution, Mirko avait craint le pouvoir du violon tsigane. Qu'allait-il se passer ? Si rien de fâcheux ne se produisait lorsqu'il en jouait librement, en serait-il de même sous la contrainte ? Il s'était peu à peu détendu au fil des minutes, puisque rien n'arrivait. Même en cet instant, les sons émis par l'automate, en tous points semblables à ceux du violon, ne causaient aucune catastrophe. Le garçon s'autorisa à respirer plus aisément.

Pour sa part, Lambton était déconcerté. La musique du violon tsigane avait la réputation d'apporter la joie ou de déclencher des événements heureux, comme il avait pu en être témoin avec la guérison miraculeuse de Seabert. Quant aux malheurs rapportés, n'étaient-ils que viles excuses de la part de ses Braillards et Assommeurs pour justifier leur lenteur à retrouver l'instrument ? Il commençait à le croire.

– Pourquoi ne se passe-t-il rien ? demanda-t-il à haute voix. Ni en bien ni en mal, d'ailleurs...

Mirko haussa les épaules.

– Cherches-tu à me tromper avec une mélodie qui n'a rien de tsigane ? poursuivit le chef des Freux en le fixant de ses yeux de fouine plissés.

– Dans quel intérêt le ferai-je ? répliqua le nomade. Je veux recouvrer ma liberté. Tant que vous n'aurez pas atteint votre but, peu importe lequel et je ne veux pas le savoir, vous ne me la rendrez pas. Donc, si vous me demandez un air tsigane, je vous donne un air tsigane...

– Essaie encore ! ordonna Lambton.

D'un geste las, Mirko replaça l'instrument sous son menton. Ses doigts pouvaient à peine tenir l'archet ; cependant, dès que la mèche fut en contact avec les cordes, la sarabande reprit. L'artisan lança la perforation d'un nouveau carton vierge. Aussitôt, le bruit feutré du petit copeau carré, emporté par le poinçon pour créer des vides, recommença. Le jeune homme avait remarqué que le principe était simple. Chaque trou conduisait à l'émission d'une note qui, en passant devant une tête de lecture à l'intérieur de l'automate, serait jouée comme sur le violon. Les notes longues étaient retranscrites par les perforations plus allongées, tandis que les aiguës et les graves étaient commandées par leur emplacement sur le carton. La machine à perforation mue par la vapeur suivait exactement le rythme du violon tsigane. En lui-même, Mirko salua le génie de cet homme qui avait conçu et assemblé toutes les belles mécaniques qui les entouraient.

Tout à coup, un long frisson le parcourut. Son regard venait de s'immobiliser sur des libellules, des papillons, des bourdons et des guêpes de métal. Il avait déjà vu un de ces insectes volants. Pendant une seconde, il se demanda où. Mais bientôt la réponse lui arriva comme un boomerang : sur la tombe d'Yoshka Sinti. Lambton était donc à Highgate. Pourquoi espionnait-il la mise en terre du musicien tsigane ? Pour le violon, bien entendu ! Il voulait l'instrument et il l'avait vu le prendre après la cérémonie.

Mirko soupira. L'artisan aurait-il osé s'en prendre à la jeune Toszkána si c'était elle qui avait ramassé le violon ? Il n'osait imaginer la petite danseuse torturée et obligée de jouer sous la contrainte. Dans un sens, il remerciait Sara la Noire, la mère vénérée des Tsiganes, d'être ici à la merci de ce diabolique inventeur plutôt qu'elle. Le joli visage de la jeune femme s'imposa à sa mémoire et les battements de son cœur s'accélérèrent.

Pendant ce temps, à l'île aux Chiens, Foster Riley s'impatientait dans le salon privé du chef des Freux. De toute évidence, Lambton s'était absenté assez longuement. Il n'hésita plus et plongea ses doigts dans le coffret aux reflets chatoyants de brun, de violet et de jaune pour en retirer un des fameux cigares qui lui faisaient tant envie. Il huma le havane à quelques reprises avant de le faire disparaître dans la poche intérieure de son long manteau. Il répéta le geste deux fois. L'artisan ne s'en rendrait pas compte, se dit-il pour apaiser sa mauvaise conscience.

Comme le temps passait et qu'il le trouvait long, l'Assommeur tâta du canapé de bombasin. Prenant de plus en plus ses aises, il se servit un doigt de sherry, et étira ses longues jambes sur la caisse de bois, contenant les restes de l'automate, posée devant lui. Après deux verres, se détendant tout à fait, il s'assoupit.

Brusquement, une sonnerie retentit. Un petit marteau vibrait contre la sonnette de l'appareil de cuivre qui se trouvait sur la cheminée. De surprise, Riley se détendit comme un ressort et trébucha sur la caisse, avant de s'approcher en titubant de l'engin. Se souvenant de la façon dont Lambton s'en était servi, il décrocha la barre de bois et porta une extrémité métallique à son oreille. La voix de son maître lui parvint et, de peur, la tige lui échappa des mains. Mais il craignait encore plus le chef des Freux que la magie de cette invention du diable, alors il inspira et écouta.

– Riley ! Enfin, vous êtes là... Venez me rejoindre immédiatement à l'entrepôt de Waterloo.

La peur glissa dans les veines de l'Assommeur. Le ton de Lambton était sec et froid. Que lui voulait-il ?

– J'ai... j'ai... retrou... vé l'auto... mate ! bafouilla le *garotter* en se trouvant stupide de parler à une machine.

– Très bien, apportez-le !

La communication fut coupée. Avec prudence, l'Assommeur reposa la barre de bois sur la boîte de métal. S'attendait-il à en voir jaillir un *Jack-in-the-box* avec son sourire inquiétant de fou du roi ?

Dans l'entrepôt, la musique s'était tue. Mirko était enchaîné à l'un des innombrables tuyaux qui parcouraient le hangar. Quant à Lambton, ses espoirs étaient déçus. Du moins pour le moment. En amenant le nomade dans ce lieu, il croyait que la musique allait activer certaines de ses inventions à base d'os humains, puisque, il en était convaincu, la magie du violon tsigane ne pouvait opérer que sur de la matière biologique. Peut-être que ses créations n'en comportaient pas assez, hormis le joueur de violon. Ah, heureusement que Riley avait récupéré son chef-d'œuvre ! Ce dernier contenait suffisamment de principes vitaux pour réagir comme un véritable être vivant. En attendant son homme de main, il faisait les cent pas, fébrile d'amorcer de nouvelles expériences.

Une alarme déclenchée dans le hangar l'avertit que quelqu'un approchait. Lambton consulta les images projetées dans sa chambre noire par les héliographes de l'extérieur. Un coche était en train de libérer Riley soufflant sous le poids d'une imposante boîte de bois. Reconnaissant son principal Assommeur, l'artisan se hâta d'aller ouvrir la monumentale porte de métal.

Le *garotter* déposa son fardeau dès l'entrée.

– Voici votre automate, dit-il.

– Où l'as-tu trouvé ? Qui me l'a dérobé ? l'interrogea Lambton. J'espère que tu lui as réglé son compte.

– Celui qui s'est introduit dans c't'entrepôt n'vous causera plus aucun souci, répondit Riley en faisant mine de trancher le cou à un être imaginaire.

– Tant mieux ! Il ne sera pas dit qu'on pourra défier la Confrérie des Freux impunément. Il était temps que vous le retrouviez, Riley...

L'horloger ne termina pas sa phrase. S'il avait demandé au détrousseur de le rejoindre, c'était afin d'en faire un exemple pour les autres Assommeurs. Le *garotter* n'en avait pas conscience, mais il venait bel et bien de frôler la mort. Faute d'avoir retrouvé l'intrus, son incompétence aurait pu lui coûter cher. L'artisan ouvrit la main sur la corde rigide qu'il tenait au fond de la poche de son pantalon.

L'homme de main lui tendant une clé, Lambton se hâta de déverrouiller la caisse. Aussitôt, il se figea en découvrant l'état lamentable de sa belle création. Cette vision lui donna des palpitations, et un instant il dut s'appuyer à une étagère, tant la tête lui tournait. L'Assommeur esquissa une grimace devant le spectacle des boulons, vis, écrous, ressorts, serpentins, roues crantées et os jetés en vrac dans la caisse.

Avec un profond soupir de désarroi, Lambton retira un à un les morceaux de sa mécanique, les examinant avec minutie.

– Riley, ramenez ce garçon à l'île aux Chiens, dans la chambre du haut ! ordonna-t-il en désignant Mirko d'un signe de tête. J'en ai pour des heures ici, à tenter de réparer ce désastre.

Trop heureux de s'éclipser sans avoir à répondre à d'autres questions sur le mystérieux voleur et de s'en tirer à si bon compte, l'Assommeur détacha le nomade, et ils repartirent à pied en direction de la berge nord de la Tamise. Il n'était pas dans les habitudes de Lambton de ne pas se montrer incisif, mais de toute évidence l'état de son spécimen le préoccupait davantage, actuellement, que celui dans lequel Riley avait laissé le voleur présumé. Ce dernier songea qu'il avait tout intérêt à mettre au point une fable solide pour s'en sortir sans dommage.

Le soir même, Riley se glissa dans les rues de Haymarket, puis, avisant un passant isolé, il l'assomma, lui trancha la gorge et le dissimula dans la cave inoccupée d'un immeuble en ruine. Si Lambton voulait voir le truand qui l'avait défié, il aurait un corps à lui montrer.

Toute la journée et jusque fort tard dans la nuit, le chef des Freux travailla à redonner une apparence acceptable à son automate. Cependant, comme certains ossements manquaient, il dut se résoudre à le laisser inachevé dans l'entrepôt. Il disposait d'une bonne réserve d'os polis dans sa boutique-atelier. Il dressa la liste de ceux qui lui seraient nécessaires, puis, refermant le hangar avec soin, il prit le chemin du retour. L'aube se levait sur Londres. Une autre journée froide d'hiver s'annonçait.

Quelques flocons de neige voltigeaient au-dessus de la Tamise. Mirko, le nez collé à sa fenêtre à barreaux, les considéra un moment, avant d'attaquer de nouveau le mortier ancien qui retenait de moins en moins les tiges métalliques. Un plongeon dans les eaux glaciales pouvait lui être fatal, mais c'était la seule issue. Sa petite taille était un atout. Il pourrait facilement se glisser dans l'étroite ouverture lorsque trois barreaux seraient ôtés. Il avait prévu de s'évader deux jours plus tard. À la condition expresse que Lambton le laisse assez longtemps dans sa prison pour qu'il consacre tout son temps à préparer sa fuite.

Qu'est-ce qui ressemblait le plus à un gamin des rues qu'un autre gamin des rues ? Depuis un peu plus d'une semaine, Clive Landport mobilisait ses informateurs et ses hommes pour mettre la main sur le garnement qui avait déposé le violon sur la tombe d'Yoshka Sinti. Il en avait interrogé des dizaines, sans succès. Aucun d'eux n'avait jamais même entendu parler de l'instrument de musique. Les enfants de la pègre protégeaient leur identité et se couvraient les uns les autres. Ils étaient des milliers à parcourir la ville. Ceux qui opéraient au sein de la

Confrérie des Freux étaient encore plus insaisissables que les autres. Même si Landport connaissait l'allure du chenapan et se souvenait de ses traits, ses chances de le retrouver étaient minimes. Toutefois, malgré toutes leurs qualités, comme tous les voleurs et les gredins, les chapardeurs étaient aussi grégaires. Chacun écumait son quartier et ne poussait que très peu ses pas dans des directions éloignées de l'endroit où il avait coutume d'opérer. Puisque le meurtre du musicien tsigane s'était déroulé dans Haymarket, il y avait de fortes probabilités pour que celui qui avait ramassé le violon y travaille également, même de façon occasionnelle. Dans le *borough*, ils étaient environ une centaine. S'il excluait les filles, les tout jeunes et les adolescents trop âgés, Landport pensait pouvoir circonscrire ses recherches à une vingtaine de gamins. Si celui qu'il cherchait n'était pas l'un d'eux, assurément quelqu'un le connaissait, sinon il n'aurait pas pu traîner en toute impunité dans le quartier. Le soir même, c'est-à-dire au moment où Lambton s'efforçait de réparer son automate, le policier fit procéder à une rafle. Vingt-sept garçons de huit à quatorze ans furent arrêtés par les *bobbies* locaux.

Les cris de quelques-uns mirent Cody sur le qui-vive, alors qu'il déambulait tranquillement dans le quartier, à la recherche de larcins rapides à réaliser. Des gamins des rues insultaient copieusement des sergots qui se jetaient sur eux, parfois à deux ou trois contre un. Il ne lui fallut pas longtemps pour comprendre ce qui se passait. Peu désireux de visiter le poste de police, ou de faire la cuisante expérience de la maison de correction Tothill Fields Bridewell, il prit ses jambes à son cou en jetant des coups d'œil par-dessus son épaule. À l'angle d'une rue, il entra en collision avec Riley qui venait tout juste d'assassiner un passant innocent. L'Assommeur saisit le Braillard par le col et le secoua de toutes ses forces avant de le reconnaître.

– Filons ! lui cria Cody dans les oreilles, plus préoccupé par la rafle que par le secouage qu'il venait de subir. Y a une descente d'*Old Bill*[5] !

Le *garotter* n'eut pas besoin que le gamin répète l'avertissement. Il le lâcha et tous deux détalèrent vers Bethnal Green, ses taudis, ses ruelles et ses coupe-gorges où la police n'osait pas patrouiller.

5. Forces de police, en argot londonien.

19

Le descellement du premier barreau fut si soudain que Mirko demeura une seconde la tige entre les mains, ne sachant que faire. Très vite, il se mit à secouer le deuxième. De la poussière de mortier tomba le long de la paroi. Il éternua. Lorsque le troisième, bien rouillé, se déboîta en grinçant, il se figea encore, aux aguets. Quelqu'un avait-il perçu le raclement métallique sur les pierres ? C'était peu probable. Craignant d'être surpris dans sa fuite, le jeune homme patienta de longues minutes pour s'assurer que tout allait bien. Il jeta ensuite un coup d'œil vers la Tamise qu'il entendait clapoter au pied de l'immeuble, sans la voir. La brume entourait les eaux sombres de son linceul opaque. Le soleil allait bientôt se lever ; il n'avait plus de temps à perdre.

Avec agilité, le Tsigane se hissa sur l'allège intérieure et passa son corps aux trois quarts par l'ouverture, prenant appui sur ses genoux. Il ne devait pas rater son grand plongeon. Si celui-ci se terminait dans un plat, le risque d'avoir le torse ouvert en frappant l'eau était grand. S'il sautait les pieds en avant, ses bijoux de famille étaient assurés de subir un sacré choc au moindre écart entre ses jambes. Partir la tête la première, de cette hauteur, c'était suicidaire. Un bruit à la porte précipita sa décision. Il s'élança les pieds les premiers, les jambes serrées, en invoquant Sara la Noire.

Les flots glacés lui coupèrent le souffle lorsqu'il frappa durement l'eau. Il s'enfonça sous la surface brumeuse en ramenant ses jambes groupées à sa poitrine. Il fit une roulade sur lui-même et, pendant un instant, il ne sut plus où se trouvait le fond, où était la surface. Une trentaine de secondes plus tard, il remonta en suffoquant, de l'eau au goût boueux plein la bouche. Tournant sur lui-même, il embrassa son environnement d'un coup d'œil circulaire. Aucune barque ni aucun autre bateau aux alentours. Mirko leva les yeux vers la fenêtre, mais le brouillard ne lui permit pas de la distinguer. Il prêta l'oreille aux bruits alentour ; personne ne signalait sa fuite. C'était bon signe. D'une brasse vigoureuse, il s'éloigna de l'édifice en veillant à longer la rive. Surtout, ne pas se retrouver au milieu du fleuve, se répéta-t-il mentalement.

Enfin, le Tsigane devina un sol fangeux sous lui. Il y appuya d'abord un genou pour en tester la stabilité, puis un autre, et se mit à quatre pattes dans la boue de la pente qui menait à la berge. Son expérience de *mudlark* lui était bien utile. Il reconnut un endroit de l'île aux Chiens où il était déjà venu fouiller la vase. Il s'immobilisa le temps de vérifier qu'il était bien seul, puis, avec prudence, il sortit du fleuve et, profitant du brouillard, courut en direction des entrepôts où étaient stockés les métaux que l'Angleterre exportait vers le continent. Dans peu de temps, ce lieu se mettrait à grouiller de marins, de dockers, de candidats à l'embauche. Mirko songea un moment à requérir leur aide, mais il valait mieux qu'il ne s'éternise pas dans le coin. Des Freux aussi seraient dans les parages. Lambton devait savoir où il habitait désormais ; par conséquent, retourner dans le garni que lui louait Abigaïl était exclu. Où aller ? Il ne connaissait personne ou presque à Londres. Les Tsiganes n'étaient pas appréciés par la population en général. Leur volonté de vivre à l'écart et de conserver leur culture, ainsi que leur errance de ville en ville avaient perpétué une certaine méfiance à leur égard. Même au sein des classes pauvres ou de la pègre, on les méprisait, tout en ayant besoin d'eux, ne serait-ce que parce qu'ils étaient d'habiles chaudronniers ou éleveurs de chevaux, des amuseurs publics renommés ou parce qu'ils étaient de bons chasseurs et qu'ils pouvaient capturer un lièvre, une perdrix, un coq de bruyère et les vendre à bas prix aux gentilshommes qui désiraient s'offrir ces mets délicats, malgré la loi en interdisant le commerce. Mais, aujourd'hui, Mirko ne savait où se tourner. Il était transi. Le froid de décembre était mordant. Cependant, le nomade renonça à signaler sa présence aux ouvriers. Lui aussi se méfiait. L'un d'eux pouvait être à la solde de Lambton et de sa confrérie. Par contre, il savait où trouver des oreilles attentives à son malheur et des poings protecteurs en cas de besoin : la communauté des Fils du vent était bien installée dans la capitale. Certains de ses membres s'y adonnaient à l'élevage des chevaux, nécessaires pour les fiacres et les omnibus, ou à celui des porcs. D'ailleurs il n'était pas rare de voir des cochons déambuler dans les ruelles les plus sales de la *rookerie* de St Giles. Le Gipsy prit la direction de ce quartier, prenant soin d'éviter les rues trop passantes où il risquait d'être repéré par un Freux. Il grelottait dans sa chemise et son pantalon raidis par l'eau et l'air froid.

Au fond d'une impasse était sise une habitation dont les contours étaient à peine visibles en ce petit matin brumeux. Mirko se faufila dans la ruelle avec prudence. Il craignait qu'une main inamicale se saisisse de lui au moment où il s'y attendrait le moins. Il renifla, mais aussitôt il comprit qu'il aurait mieux fait de s'abstenir de respirer. L'humidité ambiante se mêlait à l'odeur de pourriture des ordures répandues ici et là. Des rats déguerpirent entre ses pieds nus. Cet endroit était le plus infect qu'il ait jamais vu. Mais il savait qu'il y trouverait un boxeur professionnel tsigane, un ami de son défunt père. Cet homme était son seul contact à Londres avec sa communauté. Jusqu'à ce jour, Mirko avait préféré voler de ses propres ailes. Aujourd'hui, cependant, la nécessité lui imposait de demander protection. Le pugiliste pourrait non seulement le secourir, mais aussi lui indiquer un endroit où il échapperait aux yeux et aux mains des Freux.

– Leschi? lança-t-il à une Tsigane sortant de l'immeuble au moment où il s'approchait de la porte vermoulue et sans verrou.

La femme ajusta à ses épaules les sangles d'un plateau de bois où il put voir de menus travaux de broderie. Elle replaça son foulard sur sa tête avant de le dévisager.

– Qui c'est qu'il l'd'mande?

Alors, de l'index, Mirko traça dans les airs, devant lui, un signe connu des seuls gens du voyage.

La Gipsy le toisa encore une seconde avant de lui indiquer :

– Oui, c'est ici! Entre!

Lui tournant le dos, elle s'éloigna et le *fog* avala rapidement sa silhouette courbée.

Le nomade poussa la porte. Il cligna des yeux pour les habituer à la pénombre de la pièce, remplie de poussière de charbon. Sur la table, une chandelle de suif clignota. Un homme trapu et athlétique à la peau bistre, au nez busqué et aux cheveux noirs était attablé et nettoyait avec méticulosité le mécanisme d'une arme à feu. Il se contenta de lever la tête, puis retourna à son nettoyage.

– Leschi? s'enquit encore une fois Mirko.

– Ouais! bougonna l'homme à l'épaisse moustache aussi noire et fournie que la crinière qui lui tombait sur les épaules.

La voix tremblante, le jeune Tsigane déclina son identité. À l'énoncé de son patronyme, Saster, le boxeur le fixa intensément.

– Je suis le fils de Lazlo Saster, ajouta Mirko.

Avec une vivacité qu'on ne soupçonnait pas, Leschi se leva et contourna la table. Il se jeta sur Mirko. Ce dernier eut l'impression que deux mâchoires d'un formidable étau se refermaient sur lui. L'accolade était étouffante.

– Qu'est-ce qui t'amène ici, *chavo*[6] ? demanda le boxeur en poussant un siège devant lui.

Tandis que Mirko relatait son évasion, Leschi mit à chauffer une théière sur le poêle à charbon qui crachait sa suie, rendant l'air à l'intérieur difficilement respirable. Cependant, sa douce chaleur apaisa les grelottements du fuyard.

Lorsque le thé fut prêt, le boxeur se rassit face à Mirko. Il l'écouta attentivement, posant parfois une question pour éclaircir certains points. Mais d'apprendre que le violon d'Yoshka Sinti était désormais entre les mains du chef de la Confrérie des Freux le mit dans tous ses états.

– Ce violon est un terrible instrument entre de mauvaises mains ! bougonna-t-il.

Mirko avait expérimenté le pouvoir bénéfique du violon, mais il n'en connaissait pas l'aspect maléfique. Devant son étonnement, Leschi crut bon de préciser :

– Yoshka Sinti a quitté la Transylvanie avec sa fille dans un unique but : trouver un maître artisan anglais qu'il croyait être le seul à pouvoir détruire le violon. Pauvre fou ! C'est une légende ! Rien ne peut démanteler cet instrument...

– Oui, je connais cette histoire ! confirma Mirko. Et je peux vous dire que cet artisan est Hawthorne Lambton, le chef de la

---

6. Fils, en romani.

Confrérie des Freux, même s'il ne me l'a pas confirmé. J'ai vu ses machines mécaniques, il est très habile. Par contre, l'homme n'est nullement disposé à détruire le violon, mais plutôt à s'en servir...

– Pour faire le mal ! grinça Leschi.

– Pas seulement ! soupira le jeune Saster.

Il raconta comment la musique de l'instrument avait sauvé le petit Seabert Lambton.

– Il faut absolument soustraire le violon à cet homme. Maintenant qu'il connaît son pouvoir, il voudra s'en servir. Cet instrument peut rendre fous ceux qui le possèdent.

– Lambton tente d'en reproduire la puissance, lui confia Mirko. Il m'a demandé d'en jouer pour en enregistrer la musique. Il veut la faire interpréter par un automatophone.

Devant l'air incrédule du boxeur, le jeune homme précisa :

– C'est une espèce de machine qui ressemble à un être humain.

– Hum ! S'il parvient à ses fins, il pourra créer de nombreux violonistes mécaniques. Imagine un instant qu'il réussisse à produire une armée de ces engins... Avec eux, sa mainmise sur Londres... que dis-je ? sur le royaume tout entier... sera incontestable.

– Mais comment récupérer le violon ? fit Mirko. Si je retourne à l'île aux Chiens ou à l'entrepôt de Waterloo, il me capturera de nouveau.

– La communauté des Fils du vent s'en chargera, ne t'en fais pas. Quant à toi, nous devons te mettre à l'abri le plus loin possible de Londres.

– Et la fille d'Yoshka Sinti ? s'enquit Mirko, la voix emplie d'émotion au seul souvenir de la petite danseuse.

– Elle aussi ! Allons la chercher !

Ils vidèrent leur tasse de thé. Leschi donna des vêtements secs au jeune nomade, puis tous deux se mirent en route vers la maison Fitzmartin que Mirko connaissait, puisqu'il y avait raccompagné Toszkána et son père plusieurs semaines auparavant.

La pluie s'était mise à tomber, froide et drue. La ville respirait la tristesse. St Giles était déjà un quartier lugubre en temps ordinaire, mais l'hiver c'était encore pire.

La tête rentrée dans les épaules, courant de porche en porche pour essayer de se protéger de l'ondée glacée, les deux Tsiganes ressentaient au plus profond de leurs tripes ce sentiment de terrible désespoir qui envahissait la ville. Le jour était blafard, le froid perçant. Dès son arrivée à Londres, Mirko avait songé que la capitale avait des airs de nécropole géante et, aujourd'hui, cette impression était confirmée. Sa hâte de se mettre au vert, loin de Lambton, des cheminées, des machines à vapeur, du bruit, du *fog*, de la fumée et de la suie en était sans doute responsable. La ville ne lui avait rien apporté qui vaille la peine de s'y incruster.

Les nomades s'approchèrent de l'imposante maison en pierres grises. Mais Leschi s'arrêta à l'angle d'une ruelle.

– Vas-y ! Deux Tsiganes qui s'approchent d'une résidence ont toujours l'air suspect, dit-il à son acolyte en le poussant légèrement pour l'encourager.

Mirko frappa un coup à la porte de service. Personne n'ouvrit. Il recommença, en vain. Il rejoignit son compagnon.

– Attendons ! La bonne est peut-être sortie faire quelques courses ! suggéra-t-il.

Les deux hommes s'éloignèrent pour ne pas attirer l'attention, tout en ayant un œil sur la demeure. Bien leur en prit. À peine dix minutes plus tard, Mirko vit Hawthorne Lambton entrant chez lui, en face de la résidence Fitzmartin. Son cœur fit un bond. Il n'était pas peureux, mais de savoir son tortionnaire si proche, autant de lui-même que de la petite danseuse, lui donna la chair de poule.

– C'est lui, le chef des Freux ! indiqua-t-il à son compagnon.

Leschi posa ses yeux pénétrants sur l'artisan de manière à en graver les traits dans sa mémoire.

Lambton se retourna vivement, comme s'il avait senti le regard du boxeur sur lui. Mais les nomades étaient bien dissimulés et il ne les vit pas. Par contre, un jeune Braillard n'avait rien manqué de la scène. Cody Walder traînait toujours dans les parages. Il n'avait pas oublié que son maître lui devait encore quelques shillings pour sa surveillance des musiciens tsiganes. Maintenant que le violoniste était mort et que la jeune fille avait disparu, il était venu réclamer son dû. Il avait besoin de cet argent pour se mettre à l'abri, jusqu'à ce que Landport et ses hommes cessent de s'en prendre aux gamins des rues. Les raisons des rafles de la police lui échappaient, mais il n'avait pas fallu beaucoup de temps pour que la rumeur affirmant qu'il était celui qu'elle traquait lui soit rapportée. Après l'avoir hébergé pour la nuit, Riley lui avait vivement conseillé de sortir de la capitale et d'aller écumer les banlieues, durant quelques mois, histoire de se faire oublier des *coppers*. Il y avait de fort belles demeures d'aristocrates qui pouvaient être visitées par un jeune *snakeman* débrouillard.

Cependant, Cody comptait bien monnayer ce qu'il savait et venait de voir avant de prendre le large. Il avait reconnu le nomade qui avait raccompagné les Sinti jusqu'au même endroit, quelques semaines plus tôt. Son ami et lui espionnaient Lambton après avoir tenté de se faire admettre chez les Fitzmartin ; c'était une information que son chef voudrait obtenir et qu'il paierait un juste prix. Le gamin se frotta les mains d'impatience, puis dégringola les quelques marches de la boutique-atelier et se recroquevilla sous une fenêtre en encorbellement pour se mettre à l'abri des éléments, attendant que Lambton descende de l'étage où il avait sa résidence privée.

Mirko avisa enfin la bonne des Fitzmartin qui revenait avec une corbeille contenant quelques victuailles. Il se précipita vers elle.

– Bonjour ! l'interpella-t-il. Vous me reconnaissez ? Je suis l'ami de Miss Sinti. Puis-je vous aider ?

Sans attendre l'accord de la servante qui le dévisageait avec des yeux exorbités, il s'empara du panier qu'il trouva plutôt léger.

– Oh, vous ne rapportez pas grand-chose pour trois personnes, commenta-t-il en se dirigeant vers la porte de service de la résidence, la femme trottinant sur ses talons.

– C'est pour moi seule. Miss Sinti et Lady Clare se sont absentées ! dit-elle en sortant une lourde clé de la poche de son manteau.

– Absentées ! s'exclama Mirko, déconcerté.

– Oui, confirma la soubrette. Lady Clare a songé que l'air marin serait des plus bénéfiques pour la jeune personne après les dures épreuves qu'elle a traversées.

– Oh oui, bien sûr ! Quelle bonne idée ! Pouvez-vous me dire où elles sont allées ? Je leur ferai une visite de courtoisie.

– Je ne connais pas exactement l'endroit. Un village près de Norwich ou de Great Yarmouth... je ne sais plus ! Dans l'East Anglia, précisa-t-elle, se méprenant sur l'air ahuri du jeune homme.

L'East Anglia ! Elle lui aurait dit « la Lune » qu'il aurait eu la même réaction. Qu'est-ce qu'elles étaient allées faire là-bas ?

Mirko entra dans la demeure derrière la bonne, histoire de vérifier qu'elle lui disait la vérité sur l'absence des deux femmes. Il déposa le panier sur la table de l'office et, les oreilles grandes ouvertes, il guetta les bruits de la maison. Tout était silencieux. Alors, il salua la servante et sortit.

Retrouvant Leschi au coin de la rue, le jeune nomade lui confia ce qu'il avait appris.

– Eh bien, *chavo*, en route ! Quittons Londres dès maintenant. L'East Anglia est vaste. Toute la communauté des Fils du vent se mobilisera pour retrouver la fille d'Yoshka Sinti.

20

Cody n'eut pas à patienter longtemps. Moins de dix minutes après son arrivée chez lui, Hawthorne Lambton descendit à son atelier. Le gamin lui raconta tout ce qu'il avait vu et entendu depuis que l'artisan lui avait confié la mission de surveiller les Sinti. Toutefois, il fit l'impasse sur l'attaque de l'automate assassin et l'implication de Riley dans l'attentat. L'Assommeur lui ferait payer cher ses révélations s'il ne tenait pas sa langue sur ce point. Le Braillard confia par contre avoir vu deux nomades en train de surveiller la boutique. À la description qu'il fit d'un des deux hommes, Lambton reconnut aussitôt Mirko.

Comment était-ce possible ? À ce jour, personne n'avait réussi à s'évader de son antre de l'île aux Chiens. Le propriétaire des molosses, qu'il payait grassement pour veiller sur son repaire, n'aurait pas manqué de lancer ses bêtes aux trousses du fuyard. Il avait vu le résultat d'une rencontre accidentelle entre les animaux et Riley. Mirko Saster n'aurait pas pu leur échapper. Et personne, à l'île aux Chiens, ne lui avait signalé la disparition du jeune homme.

Mais si Cody disait vrai, qu'était venu faire le Tsigane devant chez lui ? Sans doute tenter de récupérer le violon !

Perdu dans ses réflexions, Lambton paya le Braillard d'un geste machinal. Celui-ci ne se fit pas prier pour décamper. Si le maître des Freux apprenait qu'il était recherché par les *coppers*, il poserait mille et une questions. Et bien évidemment, il découvrirait que Cody avait été en possession d'un violon étrange. De fil en aiguille, Lambton remonterait le cours des événements pour découvrir le pot aux roses. En filant, le gamin maudit le crincrin qui ne lui avait causé que des ennuis. Quitter Londres ne l'enchantait guère. Un filou de son espèce trouvait toujours dans la capitale le moyen de survivre. En serait-il de même à la campagne ? Bien sûr, il pourrait travailler... mais le mot même lui faisait froid dans le dos.

De nouveau seul dans sa boutique-atelier, l'artisan réfléchissait aussi. Il possédait le violon. Mirko avait joué pour son automatophone, et rien ne s'était passé. En toute logique, Lambton pouvait donc se débarrasser du nomade dont il n'avait plus besoin, puisque Seabert était guéri. Pris d'un doute subit, il préféra néanmoins s'en assurer. Il souleva un panneau coulissant au-dessus de son établi, dévoilant une niche sur laquelle reposait un appareil identique à celui qu'il avait dans son salon de l'île aux Chiens. Il tourna la manivelle de l'instrument avant d'en porter une extrémité métallique à son oreille. Il entendit deux sonneries et la voix de Miss Deans lui parvint, claire et sereine.

– Quelles sont les nouvelles ? Comment se porte mon fils ? s'enquit-il.

– Très bien, monsieur. La fièvre a disparu, il ne saigne plus. Il mange, il rit, il prend du mieux chaque jour. Bientôt, il pourra prendre l'air quelques minutes, le rassura la gouvernante. Il est guéri, monsieur !

– Merci, Miss Deans. Prévenez-moi si sa santé s'altère de nouveau.

– Le docteur Millard est venu hier. Il parle d'un miracle. N'ayez crainte, monsieur, votre fils est sauvé !

Lambton raccrocha avec un profond soupir. Sa décision était prise. Il s'empara d'un petit boîtier, tapa sur quelques touches en forme de lettres de l'alphabet. Dans la poche de poitrine de Foster Riley, une boîte similaire vibra. L'Assommeur sursauta. Il ne s'y ferait jamais, d'être ainsi sifflé comme un chien. Il prit l'appareil entre deux doigts, comme s'il s'agissait d'une chose répugnante, et y jeta un coup d'œil. Un fin ruban de papier en fut expulsé. Il portait ce simple mot : « boutique ». Le *garotter* n'avait pas besoin de plus amples détails ; Lambton l'attendait dans son atelier. Un instant, la crainte que son subterfuge ait été découvert le hanta. Puis il songea que l'artisan n'aurait pas appelé son homme de main s'il avait appris que celui-ci l'avait trompé. Le chef des Freux avait suffisamment de tueurs sous ses ordres pour le faire égorger dans une sombre ruelle. Rassuré sur ce point, Riley se dirigea d'un bon pas vers la boutique-atelier. Il n'était qu'à quelques coins de rue.

Lambton lui ouvrit dès son coup contre la porte.

– Le nomade s'est échappé ! fulmina-t-il. Comment cela a-t-il pu se produire ? Vous vous relâchez, Riley. Après l'intrusion dans mon entrepôt, la destruction de mon automate, voici votre troisième erreur.

L'Assommeur serra les mâchoires, et ses dents grincèrent. Son chef n'avait pas tort. Il devait se racheter et faire oublier ses fautes, à défaut de quoi il risquait non seulement de ne jamais succéder à Lambton, mais surtout de finir sa vie plus rapidement et mal que prévu.

Comme s'il avait le pouvoir de lire dans les pensées, l'horloger enchaîna :

– Débarrassez-moi de Mirko Saster et apportez-moi son cadavre !

Un rictus déforma furtivement le visage du Freux. Si Lambton voulait voir le corps, c'était qu'il ne lui faisait plus pleinement confiance. Il n'avait jamais demandé à voir celui du voleur présumé de l'automate.

– Et retrouvez la fille de Sinti ! Amenez-la à l'île aux Chiens, dans la cave ! aboya Lambton, alors que Riley avait déjà entrouvert la porte pour s'éclipser.

L'Assommeur hocha la tête et sortit.

Les réflexions de Hawthorne Lambton l'avaient amené à fomenter un nouveau plan machiavélique. Convaincu que Mirko avait essayé de le tromper lorsqu'il lui avait fait jouer un air tsigane pour l'enregistrer, il ne voyait plus l'utilité de garder le jeune homme. Malgré les tortures, ce dernier n'avait pas craqué. Le chef des Freux pouvait le tourmenter à mort, il n'en tirerait rien de plus. Par contre, il en irait tout autrement avec la petite danseuse. Elle devait connaître les airs susceptibles de donner vie à ses engins mécaniques. Elle ne lui résisterait pas longtemps. Quant aux os de Mirko Saster que le *garotter* lui rapporterait bientôt, Lambton s'en servirait pour réparer son automate. Convaincu que plus rien ne viendrait contrecarrer ses désirs, il s'assura que son atelier-boutique était bien ordonné, avant de mettre la clé dans la double serrure et de rentrer chez lui avec un sentiment de satisfaction.

Entre-temps, Mirko et Leschi avaient sauté dans le premier train en partance pour Wolverhampton, dans le Staffordshire. Un cirque gipsy avait établi son campement à la sortie de la ville. C'était l'endroit idéal pour se cacher quelque temps. Les Freux ne pouvaient infiltrer la communauté. Aucun *gadjo*[7] n'y était accepté. Les forains disposaient également d'un excellent réseau d'information. Ils trouveraient Toszkána Sinti, peu importe l'endroit où elle se trouvait.

Une douzaine de roulottes de bois étaient rassemblées dans un pré en friche. De la fumée montait d'un feu allumé au centre du camp. En s'approchant, Saster et Leschi virent des bambins dépenaillés, vêtus de vêtements trop grands, trop sales, trop dépareillés, mais rieurs et heureux, qui grouillaient alentour. Devant les flammes, à l'aide d'un couteau affûté, deux hommes étaient en train de raser des hérissons. Calée entre leurs genoux, les pattes de derrière étirées, la bête était débarrassée de ses piquants avec précision, de façon à obtenir une peau parfaitement lisse tant sur le dos que sur le ventre. Il fallait faire attention de ne pas l'écorcher au risque de gâcher la viande, puisque la partie la plus prisée était celle située sous la couenne. Une fois les hérissons rasés, une femme se chargeait d'éliminer les derniers poils et piquants en plongeant l'animal dans l'eau bouillante. Le nettoyage était long et fastidieux, car les hérissons étaient porteurs de parasites dont il fallait les débarrasser avant de les consommer. Un autre Gipsy était chargé de couper les têtes, les pattes et les queues. Puis il fendait la peau du ventre des petits mammifères d'un geste sûr pour en extirper les entrailles. Finalement, il les coupait en morceaux qu'il plongeait dans une première bassine d'eau froide pour rincer le sang, puis dans une seconde pour terminer le lavage. Cuits à l'étouffée pendant plus d'une heure, avec des petits légumes et de l'ail, les hérissons chargés de graisse de l'hiver constituaient un plat de choix qui serait dégusté le lendemain par tout le clan.

---

7. Non-Tsigane, en romani.

Lorsque Mirko et Leschi s'avancèrent dans le cercle, les couteaux restèrent une fraction de seconde en l'air. Reconnaissant des Fils du vent, les hommes reprirent leur labeur, en restant néanmoins sur le qui-vive. Traversant le camp, les deux compagnons se rendirent près d'une roulotte sur les marches de laquelle un vieil homme au visage buriné était en train de pétuner. Il tira sur sa pipe, levant légèrement ses yeux noirs sous le bord de son chapeau sombre usé pour étudier les nouveaux venus.

En peu de mots, Leschi mit le forain au courant des menaces contre la vie de Mirko Saster. Le vénéré Zerka relâcha une bouffée de fumée, hocha la tête en signe d'acquiescement et désigna l'intérieur de sa roulotte de son bâton, symbole de connaissance et de respect. Les nomades venaient d'être acceptés au sein du cirque ambulant par le *patchivalo*, le conseiller et le sage du petit clan.

À la veillée, Mirko fut invité à raconter à tous ce qui l'amenait. Hommes, femmes et enfants écoutèrent dans un profond silence les terribles événements ayant conduit à sa fuite de Londres. Mais ce fut la mention d'Yoshka Sinti et de son merveilleux violon qui suscita le plus de questions et de commentaires. En temps ordinaire, dans la tradition gipsy, les morts étaient oubliés dès leur mise en terre ; leurs affaires personnelles étaient brûlées et plus personne n'évoquait ni leur nom ni leur souvenir. Mais, dans le cas du violon magique, c'était différent ; le patronyme des Sinti y était intimement lié et tous savaient qu'il était impossible de le détruire. Ces faits étaient gravés dans la mémoire collective du peuple tsigane depuis des temps anciens.

– Le violon est bénéfique et maléfique à la fois ! expliqua le vieux Zerka. Les Sinti en sont les dépositaires depuis que leur ancêtre Zoran l'a trouvé dans un donjon abandonné de l'Ardeal.

Mais une malédiction les frappe de mère en fille. Aucune femme de la famille ne survit à la possession de cet instrument. La *daj*[8] de Toszkána n'y a pas échappé. Elle est partie à l'accouchement. Son fou de *dad*[9] a cru qu'en quittant la Transylvanie, il mettrait un terme à ce mauvais sort qui menace aussi sa fille. Il pensait trouver quelqu'un pour détruire le violon. Mais on ne peut pas. Personne ne le peut ! Sinti a essayé de le briser, de le brûler, de le réduire en miettes, de le démanteler pièce par pièce... Rien à faire. Le violon se reconstitue toujours. On n'échappe pas à son destin.

Sur cette sentence, le vénéré Zerka recommença à pétuner de plus belle. Il ne reprit pas la parole par la suite. Les autres hommes sortirent violons, guitares, flûtes et cymbalums, et les filles dansèrent jusque tard dans la nuit. Comme prévu, les membres de la communauté assurèrent le jeune Saster de leur soutien. Quant à Toszkána, on lui jura que sa disparition ne resterait pas mystérieuse bien longtemps.

Au petit matin, quelques hommes prirent la route pour prévenir d'autres cirques, ménageries, forains ambulants des villes environnantes. Dans chaque camp, d'autres hommes firent de même. En moins de trois jours, tous les amuseurs publics, camelots, éleveurs de chevaux, voyageurs tsiganes du royaume furent mobilisés. Le nom des Sinti se propagea comme un feu de broussailles jusque dans les campements les plus reculés.

Mirko était en sécurité. Leschi était reparti à Londres depuis une semaine déjà. Les trois membres du conseil des sages du

---

8. Mère, en romani.
9. Père, en romani.

cirque lui avaient confié la tâche de récupérer le violon, mais sans précipitation. Il ne fallait pas courir le risque que Lambton disparaisse avec son butin.

Cette nuit-là, sur le coup des deux heures, le jeune nomade se réveilla en sursaut. Tout de suite, il eut la sensation que quelqu'un s'était introduit dans la roulotte que le vieux Zerka lui avait fait attribuer. Une ombre vacillait au pied de sa couche. Il se releva sur les coudes, ses yeux tentant de percer la profonde obscurité. Il n'entendait pas un souffle, mais quelqu'un ou plutôt quelque chose le surveillait. Il tendit la main pour essayer de trouver la lampe à huile, mais ne rencontra que le vide. Il se souvint alors l'avoir accrochée à l'entrée de la roulotte lorsqu'il était venu se recoucher après avoir été satisfaire ses besoins naturels, vers minuit. Il maudit son imprudence.

– N'aie pas peur! murmura brusquement l'ombre, sans s'approcher, mais semblant flotter à quelques pouces du sol.

Les cheveux de Mirko et ses poils de bras se hérissèrent. La voix était basse, caverneuse, presque comme un écho venu de très loin. Il sut aussitôt qu'il avait affaire à un *mulo*, un revenant. Ou plutôt, une revenante, car la voix était féminine. Il voulut se lever, mais ses jambes ne lui répondaient pas. Un poids très lourd semblait peser sur sa poitrine pour le maintenir avec fermeté sur le matelas de paille.

– Je suis l'âme…, reprit le spectre. Emporte-moi en Ardeal…

Mirko sentit sa respiration s'accélérer. La peur coulait, froide, dans ses veines. Il ne distinguait qu'une forme vague. Le temps s'étira.

Lorsque le jour apparut, le garçon s'éveilla en sueur. Tétanisé, il jeta un œil à l'endroit où l'apparition s'était tenue. Il n'y avait rien. Ce n'était qu'un mauvais rêve. L'esprit embrouillé et la mine chiffonnée, il sortit de la roulotte pour rejoindre les autres Tsiganes. Des hommes discutaient en s'ébrouant après avoir plongé leur visage dans une bassine d'eau froide. Il les imita, histoire de se remettre les idées en place.

– Tu fais une drôle de tête, commenta l'un des écorcheurs de hérissons.

Mirko ne répondit pas. Il se dirigea plutôt vers la roulotte du *patchivalo*. Il frappa doucement à la porte de bois. La femme du Tsigane ouvrit.

– Pardonne-moi de te déranger, je dois parler à Zerka !

Elle lui jeta un coup d'œil suspicieux, puis, en silence, elle le contourna pour descendre les marches de bois, le laissant seul face à l'entrée de la roulotte.

– Entre, *chavo* ! le héla Zerka qui était en train d'enfiler ses chaussettes, assis sur sa paillasse.

Les rideaux étaient encore tirés et l'intérieur était plongé dans la pénombre ; pourtant, le vieux Gipsy remarqua ses traits tirés.

– Dis-moi !

– Cette nuit... j'ai... j'ai vu un *mulo*..., asséna Mirko en se signant trois fois rapidement.

Zerka l'imita, puis lui désigna une chaise au siège d'osier tressé. Il y avait de nombreux sièges de même matériel dans la roulotte et Mirko comprit que c'était l'occupation de la femme du *patchivalo*.

– Assieds-toi ! Raconte-moi ! l'encouragea le vieux.

Mirko lui relata le plus précisément possible ce qu'il avait vu et entendu.

– Hum ! L'âme..., sembla réfléchir le sage.

Il s'empara de son propre violon et se lança dans une explication en montrant les différentes pièces au jeune homme.

– L'âme, tu vois, c'est une petite pièce de bois ici au fond de la caisse. Elle transmet les vibrations aux cordes. Elle permet aussi à la table...

Il posa la main sur le devant de la caisse de l'instrument.

– ... de supporter la pression exercée par les cordes. C'est l'âme qui soutient la table en son milieu. C'est la position de l'âme qui détermine la sonorité du violon.

– Mais pourquoi cette revenante veut-elle que je ramène l'âme en Ardeal ?

– L'âme, c'est la mère..., souffla le *patchivalo*. C'est la mère de Daria qui est venue te rendre visite cette nuit, *chavo*. Son cœur veut rentrer chez lui. Il ne faut pas contrarier un *mulo*. Tu dois rapporter le violon là d'où il vient.

– Dans la forêt, dans le donjon en ruine ? demanda Mirko.

– Oui. Yoshka Sinti ne devait pas emporter ce violon au loin... Il faut le restituer à sa terre, confirma Zerka.

– Mais la malédiction... La vie de Toszkána est en jeu ! argumenta le jeune homme, qui ne voyait pas comment il pourrait mettre fin à ce cycle si l'instrument retournait à son lieu d'origine.

– Rapporte le violon, *chavo*. S'il existe une façon d'interrompre la malédiction, c'est de rendre la paix à ceux qui l'ont façonné.

– Je n'en ferai rien tant que la fille ne sera pas retrouvée et en sécurité ! gronda Mirko. Dussé-je y passer le reste de mes jours... Et puis, pour récupérer le violon, il faut d'abord le voler à Lambton, le chef de la Confrérie des Freux. Comment y parvenir seul ? Je ne suis qu'un pauvre *mudlark*, pas un magicien !

– Les Fils du vent t'aideront !

21

Des centaines de pièces métalliques et d'os parsemaient une longue et large toile grise étendue sur le sol de l'entrepôt de Waterloo. Depuis les petites heures du matin, concentré et attentif, Hawthorne Lambton était penché sur son automate démantelé. De sa boutique-atelier, il avait rapporté des ossements polis, longs et courts, minuscules ou plus imposants, mais aussi boulons, vis, serpentins, écrous, ressorts, roues crantées afin de reconstruire à l'identique sa mécanique endommagée. Un bruit lui fit lever la tête. Des pigeons étaient en train de picorer, perchés sur le rejingot d'une fenêtre entrouverte, la même par laquelle le voleur était entré. Son automatophone était appuyé contre le mur, juste à l'aplomb du vasistas. Le violon tsigane était resté en place, coincé entre le menton et l'épaule de l'androïde. Lambton soupira. Au cours des cinq derniers jours, il avait longuement réfléchi au problème posé par l'instrument magique. Les deux seuls individus capables d'en jouer étaient portés disparus.

Ses Assommeurs et Braillards s'étaient mis à la recherche de la jeune Toszkána Sinti, mais il n'en avait encore reçu aucune nouvelle. Il était de plus en plus convaincu qu'une organisation rivale la détenait. Personne ne pouvait disparaître ainsi dans le royaume, de son plein gré, sans que sa Confrérie en soit informée. À moins bien sûr d'être entre les mains d'un autre groupe aussi clandestin que le sien. Les Freux ne constituaient pas la seule bande de truands sévissant dans le pays. Lambton pouvait en nommer plusieurs autres, avec lesquelles sa Confrérie entretenait des relations parfois houleuses et méfiantes, parfois cordiales quand la réalisation d'un coup important l'exigeait, sans pour autant les avoir infiltrées pour en connaître les secrets. Quant à Mirko Saster, il savait parfaitement où il se terrait. Ses informateurs l'avaient repéré dans un cirque à environ cent cinquante milles de Londres. Mais, pour aller le débusquer chez les Fils du vent, c'était une autre paire de manches. Aucun non-Gipsy ne pouvait entrer dans leur camp sans y être invité. Riley s'y était risqué quelque quarante-huit heures plus tôt, en pleine nuit. À cinquante yards du campement, il avait été surpris par des chiens qui s'étaient mis à hurler. Il avait dû fuir sans demander son reste. Lambton ricana. Son Assommeur n'était décidément pas aimé de la race canine.

Si la situation le mettait en rage, l'horloger savait toutefois parfaitement contrôler ses émotions, la colère étant mauvaise conseillère. Il ne dirigeait pas la Confrérie des Freux depuis tant d'années sans connaître ses limites. Le plus important n'était-il pas la possession du violon ? Que la jeune fille et le *mudlark* lui échappent, eh bien, soit ! il n'avait que faire d'eux. La malédiction s'abattrait tôt ou tard sur la tête de Toszkána Sinti ; elle ne survivrait pas à ses vingt ans, comme le disait la légende. Quant au jeune Gipsy, un jour ou l'autre, leurs routes se croiseraient de nouveau. La vengeance est un plat qui se mange froid. L'affront ne resterait pas impuni.

Lambton jeta un coup d'œil à son violoniste mécanique inerte, puis se remit au travail. Cependant, tandis que ses mains s'activaient, son esprit restait en ébullition. Au bout d'une petite heure, il fut persuadé d'avoir trouvé la solution. Les Tsiganes allaient essayer de récupérer le violon. C'était ce qu'il aurait fait lui-même s'il avait été à leur place. Le meilleur moyen de le dérober à leur vue étant encore de réaliser ce pour quoi Yoshka Sinti était venu en Angleterre. Le musicien gipsy était convaincu que lui, l'habile maître horloger anglais, pouvait démanteler l'instrument. Lambton avait longuement analysé la situation. Qu'est-ce qui avait poussé Sinti à croire en ses habiletés d'artisan ? Avait-il pensé que les pièces pourraient être intégrées à d'autres créations mécaniques n'ayant aucun lien avec la musique ? Les disperser pour les empêcher d'interagir entre elles était-il réellement le seul moyen de vaincre le mauvais sort que l'instrument portait en lui ? Lambton n'en était pas convaincu.

De toute manière, maintenant que le violon était entre ses mains, il n'était plus question de le détruire. Son pouvoir lui serait bien plus utile. Il ne savait pas jouer, et l'enregistrement de la mélodie n'avait rien donné. Par contre, son androïde, lui-même constitué de restes humains, pourrait sûrement s'approprier sa puissance. C'était cette idée qui avait tracé un chemin tortueux dans son esprit au cours de la dernière heure.

– Il faut que j'examine cet instrument de très près ! s'écria-t-il brusquement. Je dois trouver ce qui lui donne autant de pouvoir pour adapter mon automatophone à lui et non l'inverse.

Laissant en plan les pièces qu'il était en train de réparer, le maître artisan se hâta d'enlever le violon à l'androïde musicien. Puis, doucement, il entreprit d'en desserrer les chevilles, une à une. Lorsque les cordes furent lâches, il les retira. Il s'attaqua ensuite au chevalet, au cordier, au sillet et à la touche. Il déposa le tout sur une étagère. Toutefois, l'âme lui échappa des mains et tomba à ses pieds. Il se figea. Il agissait avec des gestes précis et délicats, car il se méfiait du violon. Il ramassa finalement la pièce, souffla dessus pour en chasser quelques poussières, bien imaginaires, puisque son entrepôt était d'une propreté méticuleuse. Ses mécanismes ne pouvaient supporter le moindre grain de sable dans leurs engrenages.

Avec un couteau affûté, Lambton décolla la table du caisson, puis examina toutes les pièces avec minutie. Aucune n'était fêlée ou altérée. Il s'empara alors du violon qu'il avait lui-même conçu pour l'automatophone et le démonta de la même façon. Il prit soin de déposer les pièces des deux violons sur des étagères séparées, assez près l'une de l'autre, pour pouvoir les comparer morceau par morceau.

Il posa la table du violon tsigane sur le moule qu'il avait utilisé pour produire son propre instrument. Il attrapa ensuite un papier imbibé de savon sec dont il se servait habituellement pour ôter le surplus de colle, mais il n'en vit pas. Il s'étonna aussi de la souplesse du bois malgré le nombre d'années qui s'étaient écoulées depuis sa création par le sylphe de l'Ardeal. Il recouvrit la table d'une pièce de bois de mêmes dimensions, puis actionna lentement la vis de la presse qui vint s'y déposer. Il ne fallait pas que la table se déforme au contact de l'humidité ambiante.

Loupe en main, pendant plus de quatre heures, l'artisan scruta avec minutie chacune des pièces du violon magique. Rien ne le différenciait du sien. Au bout d'un moment, il dut renoncer à poursuivre cette inspection. Ses yeux fatigués larmoyaient, et le découragement le gagnait. L'instrument conservait ses secrets. Démoralisé, Lambton décida de le remonter.

Il s'éloigna pour aller quérir un peu de cette colle biologique à base de peau, de gélatine et de collagène d'os humains qu'il avait inventée. Il alluma un réchaud pour la mettre à chauffer légèrement dans une large soucoupe métallique.

Un autre bruit retentit dans son dos. Il le mit sur le compte des pigeons. Il ne vit pas que, sur l'étagère, les cordes du violon tsigane et les chevilles étaient en train de glisser les unes vers les autres, tandis que la vis de sa presse tournait en sens inverse pour libérer la table de bois. En quelques secondes, les différentes pièces se remirent en place comme si l'instrument n'avait jamais été démantelé.

Lambton enfila des gants résistant à la chaleur, prit le récipient de colle chauffé à la température adéquate. Lorsqu'il se retourna, ses yeux se posèrent sur le violon reconstitué ; la surprise lui fit lâcher la soucoupe. Un peu de colle lui brûla la peau des chevilles à travers son pantalon, mais il ne sentit rien, tellement sa stupeur était grande. Il n'était pas de nature craintive, mais, cette fois, il sentit un sentiment d'appréhension l'envahir. Les Tsiganes avaient vu juste : le violon ne se laissait pas altérer.

– « Incendie mortel dans Old Nichol Street ! » cria plusieurs fois le vendeur de journaux qui faisait les cent pas au pied de Ludgate Hill, où se dressait la cathédrale St Paul.

Les lève-tôt se précipitèrent pour se procurer la plus récente édition du *Daily News*. Bientôt, la nouvelle de l'horrible drame courut sur toutes les lèvres. On se mit à spéculer sur l'origine du brasier qui avait enflammé en quelques minutes une demi-douzaine de nids de misère, emportant cinq familles complètes dans la mort. On parlait d'une quarantaine de victimes, même si on savait très bien que ceux qui s'entassaient dans ces immeubles décrépits se comptaient par centaines.

– « Un appareil mécanique aperçu sur les lieux ! » poursuivit le crieur en agitant son canard au-dessus de sa casquette.

– Le propriétaire du pâté de maisons, un certain Archibald Knight aurait péri, en tentant de porter secours à des miséreux ! déclara un homme à son épouse frissonnante d'effroi, mais fascinée par l'article que son mari lui lisait à voix haute.

Les Londoniens étaient friands de faits divers où l'horreur se mêlait au surnaturel. Et quoi de plus extraordinaire que ces mécaniques à vapeur qui envahissaient désormais leur quotidien ? Que l'une d'elles ait pu commettre un tel forfait était tout simplement inouï. Ces machines fascinaient autant qu'elles inquiétaient. Par ailleurs, le feu était la bête noire des Londoniens. Deux cents ans plus tôt, le Grand Incendie avait consumé plus de treize mille bâtisses, jetant à peu près quatre-vingt mille personnes à la rue. Depuis ce triste jour, on craignait les flammes autant que la peste.

Hawthorne Lambton héla le crieur pour se procurer un exemplaire du journal. Il parcourut avec fébrilité l'article s'étendant sur deux colonnes. Si le journaliste relatait les événements avec force détails, il ne donnait aucune description précise de l'appareil mécanique qui avait été aperçu sur les lieux. L'artisan respira plus librement. La veille, il avait décidé de tester l'idée qui n'avait cessé de tourmenter son esprit tout le jour, après avoir vu le violon se reconstituer seul.

Profitant de la brume qui enveloppait la City en fin d'après-midi, le chef des Freux avait transporté son automatophone sur le terrain qu'il convoitait. Puisque le violon avait des pouvoirs immenses, pourquoi ne pourrait-il en tirer quelque bénéfice pour lui-même ? À défaut de lui sauver la vie, l'instrument pouvait certainement lui procurer certains avantages. Il avait donné rendez-vous à Archibald Knight aux environs de quatre heures de l'après-midi, avant que les allumeurs de réverbères ne se mettent à l'ouvrage. Lambton n'avait pas renoncé à acquérir le pâté de maisons, mais il n'entendait pas se faire rouler. Cependant, comme la fois précédente, l'homme se fit tirer l'oreille.

– Vous comprenez, je ne peux pas mettre mes locataires dehors sans leur trouver un relogement décent...

Malgré son beau discours, le propriétaire ne cherchait qu'à obtenir plus d'argent. Le bien-être de ces miséreux lui importait autant que sa première chemise. Comme Knight refusait avec obstination de discuter de ses conditions, l'artisan démarra son violoniste mécanique. La musique n'avait-elle pas la réputation d'adoucir les mœurs ? Il était convaincu qu'à tout le moins, elle amènerait son interlocuteur à de meilleures dispositions. C'était à tenter. Qu'avait-il à perdre ?

Pendant un long moment, il ne se passa rien. Les notes furent emportées par le vent. Le ventripotent propriétaire répéta une fois de plus la somme exigée, insistant sur le fait que ce n'était pas négociable, la musique semblant même exacerber son intransigeance. Soudain, une lueur orangée apparut au deuxième étage d'un immeuble de quatre. Des cris retentirent. Ils virent deux personnes sauter par une fenêtre, les vêtements en feu. En quelques secondes à peine, le brasier prit de l'intensité. N'écoutant que son courage et son inconscience, Knight se précipita vers l'édifice, comme s'il pouvait éteindre l'incendie à mains nues. Il y pénétra. Un pan de mur s'écroula derrière lui, empêchant tout retour en arrière. Des hurlements de frayeur et des appels au secours fusaient de partout dans le pâté de maisons. Le feu s'était lancé à l'assaut de deux bâtisses voisines, les embrasant comme des boîtes de carton. Trop abasourdi, Lambton n'arrêta pas son automatophone tout de suite. Après quelques minutes, il prit enfin conscience de l'horreur de la situation. Était-ce le violon magique qui avait déclenché ce sinistre ? Abandonnant un moment son automate, l'artisan courut vers l'immeuble où Knight avait disparu. Il dut battre rapidement en retraite, tant la chaleur et les flammes étaient puissantes. Des miséreux sortaient hébétés des édifices environnants, toussant, crachant, tant la fumée s'était faite dense dans le quadrilatère. Profitant du brouhaha et du sauve-qui-peut, Lambton arrêta enfin la musique et emporta sa mécanique en direction de sa voiture garée non loin de là.

Une minute plus tard, le bruit des roues de son coche se perdit dans le vacarme d'une des constructions qui s'écroula. Sa fuite au cœur de la nuit fut couverte par le brouillard mêlé de fumée et de poussière.

– Ah, maître Lambton! l'interpella un voisin, tandis qu'il s'éloignait de Ludgate Hill, le journal à la main. Quelle histoire! Vous qui fabriquez de si belles horloges et montres, pensez-vous vraiment qu'une machine puisse avoir allumé ce brasier de son propre chef?

L'horloger dévisagea celui qui lui parlait. Il avait déjà réparé certains des coucous et pendules de ce voisin incrédule.

– Un appareil mécanique n'est pas doué de raison ni de vie propre. Il n'obéit qu'à celui qui en tourne la clé pour le mettre en marche! répondit Lambton, un tantinet sur la défensive.

– Oh, vous pensez donc que la machine incriminée n'est qu'un leurre pour détourner les soupçons quant à l'identité du véritable coupable... de chair et de sang? poursuivit l'homme qui, de toute évidence, voulait entreprendre une longue conversation.

– Je n'en sais pas plus que vous! fit Lambton, laconique, en agitant le journal. Bien le bonjour, monsieur.

Il tourna les talons sous l'œil dubitatif de son voisin.

La veille, sa fuite l'avait conduit à l'île aux Chiens. Les grandes artères étant prises d'assaut par les véhicules des pompiers, il avait jugé préférable de s'éloigner au maximum du lieu du crime. Depuis, il ne cessait de s'interroger. Était-ce vraiment lui, ou plutôt le violon tsigane, qui était à l'origine de la catastrophe ou n'était-ce qu'une coïncidence ? Le meilleur moyen de le savoir, songea-t-il, était de recommencer l'expérience.

22

Une silhouette menue avançait, courbée sous les assauts de la pluie qui ruisselait sur son chapeau baissé. Même si son *Inverness coat*[10] usé laissait passer l'humidité et le froid, Mirko Saster ne ralentissait pas le rythme. Il avait quitté le havre de paix du cirque de Zerka dès le lever du jour. En décembre, le soleil n'apparaissait pas avant les huit heures, mais il s'était réveillé beaucoup plus tôt. Fébrile, impatient, inquiet aussi.

L'avant-veille, des informations notables étaient parvenues au campement par l'intermédiaire d'une famille de nomades de passage dans le Staffordshire. Une jeune fille correspondant à la description de Toszkána Sinti avait été aperçue à la gare de Great Yarmouth un mois plus tôt, puis peu après dans le village balnéaire de Gorleston-on-Sea. Ce renseignement venait donc confirmer ce qu'il avait appris auprès de la bonne des Fiztmartin. Le conseil des sages du cirque, composé de trois personnes dont le vieux Zerka, s'était réuni pour décider de la marche à suivre. Puisque Mirko ne pouvait retourner à Londres, où il risquait d'être de nouveau capturé par Hawthorne Lambton, et parce qu'il connaissait la jeune fille, c'était à lui qu'incombait la tâche de partir à sa recherche.

Quant à Leschi, il n'avait pas redonné signe de vie, mais son silence était normal. On lui avait demandé d'agir avec

---

10. Manteau ample et large, sans manches, comportant une pèlerine qui recouvre les épaules. Aussi appelé « macfarlane ».

prudence. Lambton n'étant pas le dernier venu, le boxeur ne devait pas précipiter ses actions.

De temps en temps, Mirko faisait halte sur la route pour laisser passer un coche, un automoteur à deux roues crachant des nuages de vapeur, un cavalier et son cheval. Pour sa part, il préférait aller à pied, car, malgré le mauvais temps, les traces laissées par d'autres nomades ayant suivi le même chemin étaient toujours lisibles pour celui qui savait regarder. Là un tout petit bout de tissu accroché à une branche, ici un rameau brisé dans un angle particulier, quelques pierres disposées dans un certain ordre, tous ces *patrins* lui parlaient. Ainsi, les Gipsies pouvaient savoir si la maison, la ferme ou le village où était apposé un signe était accueillant pour les nomades ou, au contraire, hostile. Pouvait-on vendre dans cet endroit de la dentelle, de la vannerie, de la ferronnerie? Y avait-il eu une mort ou une naissance dans tel autre, ce qui faciliterait la divination de la diseuse de bonne aventure? Fallait-il éviter ce domaine dangereux dont le propriétaire haïssait les voyageurs? Toutes ces indications étaient vitales pour les coureurs de grand chemin.

Avisant un petit ruban blanc accroché à un épineux, Mirko quitta la route pour fouiller le bas-côté. Il n'eut pas de difficulté à trouver trois baguettes de bois, deux disposées en pointe, la troisième ressemblant à une flèche. Ce *patrin* lui était spécialement destiné. La famille de nomades venue le prévenir au cirque l'y avait laissé pour qu'il sache qu'il était sur le bon chemin. D'ailleurs, une petite poignée de cenelles d'aubépine lui confirma que le message s'adressait bien à lui. La famille avait choisi cet arbuste épineux pour représenter Toszkána Sinti. Le jeune homme se remit en marche. Il espérait arriver à Gorleston-on-Sea dans huit jours, au maximum. Il était résistant et comptait bien se déplacer durant les huit heures d'ensoleillement de la journée, en prenant peu de pauses, si ce n'est pour chasser et se restaurer.

Mais Mirko n'était pas seul à se diriger vers le Norfolk. Après avoir fait son rapport au chef de la Confrérie des Freux, Foster Riley était retourné aux abords du cirque tsigane, veillant cette fois à se tenir à distance des chiens. Lambton l'avait chargé de surveiller le jeune Saster, convaincu qu'il reviendrait à Londres pour tenter de s'emparer du violon.

Au lever du jour, le voyant prendre une direction autre que celle de la capitale, l'Assommeur avait hésité. Peut-être n'était-ce qu'une ruse destinée justement à déjouer une éventuelle surveillance. Il avait filé le train au nomade. Bien vite, ce dernier avait instauré une bonne distance entre eux. Le jeune homme se déplaçait d'un pas vif, sans ralentir ni prendre de pause. Le *garotter*, même s'il arpentait chaque jour le pavé londonien, n'était pas habitué à ce genre d'exercice de longue haleine. Il peinait à suivre la cadence. Finalement, après quatre heures de filature, il perdit le Tsigane de vue. S'il rentrait pour annoncer à Lambton un tel revers, il était assuré de finir la gorge ouverte cette fois. Le chef n'accepterait pas un nouvel échec.

Au bout d'un moment, Foster Riley avisa une ferme au bout d'un champ en friche. Qui disait ferme, disait chevaux ! Juste à ce moment de la journée que l'on appelle entre chien et loup, il se faufila dans l'exploitation agricole comme une ombre. Tapi à l'angle d'une grange, il guetta le départ du garçon d'écurie, puis entra dans le bâtiment. Trois chevaux noirs renâclèrent à son approche. Des selles étaient posées en équilibre sur les portes des box. L'homme se hâta d'en installer une sur le dos de l'animal qui lui parut le plus calme, serra les sangles, puis ressortit en le tenant par la bride. Le bruit des sabots claquant sur le pavé de la cour lui fit craindre que le valet ou le propriétaire des lieux le surprenne. Le vol de chevaux n'était pas un crime anodin à cette époque où les équidés étaient encore indispensables pour les véhicules hippomobiles malgré la constante progression des voitures automobiles. Ils constituaient également une source de revenus importants pour les propriétaires adeptes de turf. Le vol d'un cheval était passible de longs mois de prison et même d'exil si le maître était puissant.

D'une main, Riley força la bête à le suivre, mais, de l'autre, il brandissait son colt, prêt à toute éventualité. Lorsqu'il fut en vue de la route, sa tension se relâcha. Il rempocha son arme et se hissa avec maladresse sur le dos du trotteur. Il n'avait guère l'habitude de monter à Londres, mais il avait appris à se tenir en selle, dans sa jeunesse, lorsqu'il écumait les campagnes avec le gang familial.

Entre-temps, Mirko s'était arrêté pour la nuit. Comme la pluie tombait sans discontinuer, il venait de se réfugier en bordure d'un pré délimité par un muret de pierres sèches à demi écroulé. Ramassant à la hâte les pierres déchaussées et tombées, il avait érigé un abri de fortune, par-dessus lequel il tendit un morceau de toile que lui avaient remis les saltimbanques. Il aurait aimé allumer un feu pour se réchauffer, mais le mauvais temps ne le lui permettait pas. Pour son souper, il n'avait qu'un peu de pain sec, une cuisse de lièvre grillée et un petit flacon d'eau-de-vie que lui avait donnés la femme de Zerka. S'il voulait manger durant les prochains jours, il devrait faire comme tous les Tsiganes : compter sur la générosité des villageois ou des commerçants ambulants ou, au pire, voler sa pitance si on ne l'aidait pas. Il retrouvait avec une certaine nostalgie la façon de vivre et les gestes qu'il avait connus depuis sa naissance, avec ses parents nomades.

Riley faillit dépasser sans le voir celui qu'il était chargé de pister. Ce fut une toux grasse, en provenance d'un tas de pierres, qui lui fit ralentir le trot de son cheval. Il jeta un œil aux alentours. Lui aussi devait maintenant trouver un abri pour la nuit. Il n'allait quand même pas demander l'hospitalité au jeune nomade dans son refuge improvisé. Il poursuivit donc son chemin dans l'espoir de dénicher une grange ou d'arriver dans un village avant que la nuit ne tombe tout à fait. La chance fut de son côté. Il découvrit une cache de chasseur abandonnée à moins d'un demi-mille.

Dans les allées de Bethnal Green, on trouvait souvent plus de rats et de cadavres abandonnés que d'êtres humains vivants. Les misérables maisons, construites autour de cours en terre battue, étaient régulièrement inondées par les eaux pluviales qui faisaient dévaler dans les intérieurs des rejets domestiques de toutes natures. Des mares nauséabondes se formaient de-ci de-là à cause de l'extraction d'argile de certains potiers pour la fabrication d'objets usuels, mais aussi de briques et de tuiles. Ils ne se donnaient pas la peine d'aller bien loin et puisaient leur matière première à même les venelles non pavées. Dans certaines cours, cochons, vaches, lapins, poules et canards ajoutaient leurs déjections à celles des habitants. Les activités des tripiers, des fondeurs de suif, des abattoirs clandestins et légaux contribuaient non seulement à l'odeur pestilentielle et à l'air vicié, mais également aux énormes tas de fumier qui se putréfiaient au détour des cloaques. Dans de telles conditions, il n'était guère étonnant que des maladies frappent les plus faibles, notamment les jeunes enfants. Si les épidémies de choléra étaient redoutées, bien peu de mesures étaient prises pour les éviter. Plusieurs pensaient que les miasmes en étaient responsables et, pour tenter de s'en prémunir, on évacuait les eaux usées de la ville vers la

Tamise et la Fleet, devenues par endroits de véritables égouts à ciel ouvert. L'été, les odeurs étaient encore plus insupportables que l'hiver.

C'était ce terrain de jeu que Hawthorne Lambton venait de choisir pour tester sa théorie. Après les taudis de Old Nichol Street, il avait jeté son dévolu sur d'autres propriétés de Bethnal Green. Rachetant les bicoques à vil prix pour les raser, il espérait réaliser une plus-value lorsque viendrait le moment de revendre les terrains au Metropolitan Railways. Par ailleurs, avec l'Exposition universelle qui commencerait dans six mois, Londres avait besoin d'améliorer son image, alors que les touristes allaient affluer par millions.

« D'une pierre deux coups ! se dit le chef des Freux. Mais il faut d'abord chasser les miséreux. » L'accident mortel d'Old Nichol Street avait été une révélation. Si le violon tsigane était véritablement responsable de l'incendie, pourquoi ne pas se servir de ce pouvoir pour parvenir à ses fins ? Bien sûr, il y avait eu et il y aurait des morts, mais que valait l'existence de ces misérables que la vie n'avait pas gâtés ?

Obsédé par le violon, Lambton perdait peu à peu contact avec la réalité. Il n'arrivait plus à s'émouvoir – si tant est qu'il y soit parvenu un jour – de la terrible destinée de ces pauvres gens qui tentaient de survivre, malgré tout.

Pour se rendre à Bethnal Green, il avait opté pour une voiture hippomobile banale. Il ne fallait pas que d'éventuels témoins parlent de son cheval vapeur, trop associé dans l'imagerie populaire au chef de la Confrérie des Freux. Le maître artisan s'engouffra sous une porte cochère et arrêta le fiacre dans une cour intérieure désertée. Avec délicatesse, il installa son automatophone sur le siège du cocher plutôt que sur le sol en terre détrempée. Après son forfait, sa fuite en serait facilitée. Il ne voulait pas courir le risque d'endommager son automate en lui faisant réintégrer l'intérieur du coche dans la précipitation s'il était découvert.

Une fois que le violoniste mécanique fut bien calé et maintenu en place par des sangles, Lambton mit l'instrument de musique entre ses bras. Patientant quelques secondes, il s'assura que personne ne l'épiait, puis tourna la clé pour démarrer l'androïde. Les premières notes s'élevèrent, faisant miauler de stupeur quelques matous aux alentours. Quelque part dans une ruelle, un chien hurla à la mort.

Le violoniste joua pendant une dizaine de minutes, tentant de reproduire, avec maladresse, une mélodie tsigane. Il ne se passa rien.

Dépité par cet échec, Lambton fouetta le cheval qui les emporta, lui et sa machine, vers l'île aux Chiens. Il avait espéré un nouvel incendie et c'était raté. Il ne comprenait pas pourquoi cette fois le pouvoir du violon avait été neutralisé.

Deux jours plus tard, plusieurs enfants du quartier se mirent à se plaindre de diarrhée abondante. Chaque jour, leurs parents faisaient la file aux bornes-fontaines où coulait une eau contaminée puisée dans la Tamise et dont on se servait autant pour cuire la nourriture que pour boire ou se laver. En une semaine, plusieurs cas de dysenterie furent signalés. Une nouvelle épidémie commençait.

23

Les tuyaux crachotèrent deux fois, rejetèrent de la vapeur, puis hoquetèrent encore et s'éteignirent. Dans le dirigeable de la police, les deux *constables* de la patrouille, énervés, se jetèrent sur les cadrans pour vérifier et contre-vérifier, essayant de relancer l'hélice de poussée. En vain. L'appareil tangua, puis bascula vers l'arrière. La roue d'engrenage des deux ailes latérales s'engagea et parvint à stabiliser le vaisseau aérien quelques secondes, puis celui-ci repartit vers l'avant et piqua du nez. Les policiers, jugeant que rien ne pouvait sauver leur engin, ajustèrent le harnais de leur propulseur individuel et se jetèrent par-dessus bord. Une minute plus tard, l'aéronef s'écrasa avec un fracas métallique dans l'estuaire de la Tamise.

Les deux *bobbies* étaient en descente contrôlée lorsque, à leur stupeur et effroi, leurs dispositifs personnels s'étouffèrent. Le premier policier s'enfonça dans les eaux du fleuve et coula à pic, entraîné par le poids de son matériel. Le second se fracassa le crâne sur le quai de la darse sous l'œil médusé de marins qui s'activaient sur un navire en réparation.

Au même moment, des cris montèrent d'un peu partout sur les docks. De nombreuses machines à vapeur rendaient l'âme de façon inexpliquée et simultanée. Non loin de là, des chaudières d'usines éclatèrent, brûlant grièvement les ouvriers qui les nourrissaient en charbon. En quelques instants, l'East End fut le théâtre de nombreux incidents qui coûtèrent la vie à une vingtaine de personnes.

Dans Fleet Street, plusieurs fiacres mécaniques tombèrent en panne, provoquant un embouteillage monstre. Des cochers en vinrent aux mains. Un couteau jaillit. Bilan, un mort, un blessé grave. Tout près de là, devant The Old Lady of Threadneedle Street[11], un jeune employé, qui en était à son premier jour de travail, fut attaqué, alors qu'il transportait un sac de bons du Trésor. Son agresseur, un homme ruiné par la spéculation, tira à bout portant sur le courtier et tenta de disparaître avec son butin. Il n'alla pas bien loin. Un Assommeur l'intercepta, lui régla son compte d'un geste vif et s'appropria les valeurs.

Tous ces événements survinrent à quelques minutes d'intervalle, peu de temps après que Hawthorne Lambton, inconscient des catastrophes qui se déclenchaient ici et là, eut de nouveau mis en marche son automatophone. Dans son repaire, concentré sur son appareil, il cherchait à comprendre pourquoi aucun événement ne se produisait alors qu'il disposait du fameux violon magique tsigane.

Cette série d'incidents attira l'attention à la fois de Leschi, le boxeur gipsy, et de Clive Landport, le chef de la brigade des machines à vapeur. Ce n'était pas tant les faits en eux-mêmes qui éveillèrent la suspicion du détective – Londres était une immense ville et il s'y passait toujours quelque chose – que leur synchronisme. Lorsque, dans les heures suivantes, Landport consulta les rapports de ses enquêteurs, il fut frappé par l'heure indiquée pour chaque événement. Tout s'était déroulé en moins de deux minutes à plusieurs milles autour d'un point central : l'île aux Chiens.

---

11. Surnom de la banque d'Angleterre, située au cœur de la City, dans la rue Threadneedle.

Dans la matinée, c'est en se rendant à la pension tenue par Abigaïl que Leschi s'était mis en quête de l'Assommeur. Mirko lui ayant appris que Foster Riley était son voisin de garni, il avait jugé tout à fait naturel de commencer par là. Mais aucun locataire n'avait vu le *garotter* dans l'immeuble depuis une semaine.

Pendant des heures, le Tsigane arpenta Bethnal Green. Il chercha l'Assommeur toute la journée. Celui-ci avait quitté la ville, selon ce qu'en disaient les détrousseurs et les Braillards qu'il interrogeait. Voilà qui n'arrangeait guère ses affaires.

– Pourquoi qu'tu cherch' Riley ? l'apostropha un gredin alors qu'il se renseignait au Old Court Pub.

– J'ai un combat, sam'di… mais…

– Mais…, releva le malfaiteur, hautain.

– J'peux pas ! M'suis démis ! grimaça le boxeur en montrant son épaule gauche.

– L'chef va pas aimer ! répondit l'autre.

– Faut r'porter ! insista Leschi. J'dois parler à Riley !

– Hum ! Y est pas là. Y a qu'l'chef qui peut annuler un combat…

– Tu sais qu'l'chef parie toujours sur moi ! le pressa le Gipsy. Si j'me bats blessé, j'vais perdr' pis lui aussi. Y appréciera pas qu'on y ait caché ça ! Si tu veux l'prév'nir toi-même…

L'homme le dévisagea et une lueur d'anxiété traversa son regard.

– T'es fou ?! J'veux pas m'faire désosser. Fais donc tes commissions toi-même ! J't'emmène l'voir !

Leschi retint un sourire. La crainte que Lambton avait inspirée à ses troupes jouait en sa faveur. Personne n'osait prendre de décision sans lui en parler. C'était justement sur cela qu'il comptait pour s'introduire dans le repaire du Freux.

Alors que le détrousseur et le boxeur approchaient de l'île aux Chiens, des notes de musique s'échappèrent de la cave de l'immeuble, par un soupirail entrouvert. Quelques secondes plus tard, ils furent les témoins privilégiés de la chute du dirigeable et des sauts mortels des deux policiers.

– Les notes de sang ! soupira Leschi en se remémorant la légende du violon tsigane.

Cette partie de l'histoire n'était jamais racontée aux étrangers qui visitaient la Transylvanie. Les Tsiganes préféraient garder pour eux ses côtés les plus sombres, redoutant que des êtres mal intentionnés, comme Lambton, utilisent le violon pour ses sinistres pouvoirs.

Dans le pays au-delà des forêts, on disait que lorsque Zoran Sinti avait rapporté le violon dans sa famille, il n'avait pas tardé à constater son immense puissance. Chaque fois qu'il en jouait, des événements heureux se produisaient. Toutefois, si un *gadjo* se risquait à en tirer quelques sons, c'était tout le contraire : les malheurs les plus noirs fondaient sur le village et sur les auditeurs qui avaient la mauvaise fortune de se trouver dans les environs. Bien vite, cette musique néfaste avait reçu le nom de « notes de sang ».

Pour Leschi, ces notes étaient synonymes d'urgence. Qui sait quel drame l'artisan allait provoquer ? Le boxeur devait entrer dans l'édifice, mais la présence des molosses dans le périmètre lui interdisait de le faire en fraude. Cependant, le pugiliste gipsy n'évoluait pas en terrain inconnu. La Confrérie des Freux était bien implantée dans la pègre sportive. Lui-même était un habitué de ces *Prize ring*, rencontres professionnelles illégales courues par les adeptes de combats à poings nus. Ses accointances dans le milieu, et notamment avec Foster Riley, faisaient de lui un visage connu des Freux. Le détrousseur rencontré au Old Court Pub serait son passeport pour s'approcher de Lambton.

À leur arrivée devant l'immeuble, un maître-chien patrouillait aux alentours avec deux mastiffs encarcanés dans leur corset hérissé de pics métalliques. Depuis que l'une d'elles avait attaqué Riley, l'homme tenait ses bêtes avec d'énormes chaînes. Reconnaissant un Assommeur au sein du duo qui s'approchait, il lui adressa un signe de tête et retint ses dogues. Les deux hommes s'engouffrèrent dans l'édifice qui ne payait pas de mine. Le garde poursuivit sa tournée de surveillance.

Comme personne ne vint au-devant d'eux, Leschi et son compagnon hésitèrent. Devaient-ils monter l'escalier branlant menant à l'étage ou, au contraire, descendre celui, en tout aussi mauvais état, qui conduisait au sous-sol ?

– La musique vient d'en bas ! fit remarquer Leschi. L'chef doit être là !

L'autre hocha la tête pour manifester son accord. Ils dégringolèrent les marches.

Irrité par le bruit de leurs bottes ferrées qu'ils ne cherchaient pas à atténuer, Lambton arrêta son automatophone. Il se précipita au-devant de ceux qui le dérangeaient.

– Bo'jour, m'sieur ! Leschi veut vous parler ! dit l'Assommeur en reculant de deux pas lorsqu'il constata l'air farouche de son chef.

– Quoi ? aboya l'artisan.

– C'est à propos du combat de sam'di ! commença le boxeur.

Derrière lui, son compagnon amorça une retraite ostensible. Un geste qui réjouit le Gipsy. Il avait besoin d'être seul pour mener à bien son entreprise.

– Quoi, le combat ? Qu'est-ce qui se passe ? grogna le chef des Freux, la tête ailleurs.

Leschi entendit l'Assommeur qui remontait en toute hâte, puis la porte métallique de l'entrée grinça. Pour sa part, les traits durs de Lambton ne l'impressionnaient pas. Il lui servit sa fable concernant sa blessure à l'épaule, tout en avançant le torse pour l'obliger à reculer et à le laisser entrer dans la salle, sans que l'horloger en ait pleinement conscience. Sa manœuvre réussit.

La pièce était petite. Au milieu trônait le violoniste mécanique. En un coup d'œil, le Tsigane repéra le violon. Son poing gauche partit à une vitesse fulgurante et écrasa le nez de Lambton. Une droite suivit, s'abattant sur la tempe du chef des Freux qui ne réalisa pas ce qui lui arrivait. Il était assommé avant même de choir lourdement au sol. Sans faire ni une ni deux, Leschi s'empara du violon et de l'archet, et sortit en refermant la porte derrière lui. Il grimpa les quelques marches quatre à quatre et se propulsa dehors. Le maître-chien achevait de faire un tour complet autour de la bâtisse avec ses molosses. Le boxeur prit le temps de le saluer d'un signe de tête, et s'éloigna en sifflotant. Surtout ne pas donner l'impression de fuir. Il disposait de peu de temps avant que l'alerte soit donnée. Pas assez pour repasser chez lui prévenir sa femme, mais elle saurait se débrouiller si quelqu'un se pointait à sa bicoque. Il se dirigea à grandes enjambées vers la gare de Paddington et sauta en douce dans le premier train qui desservait les comtés nord-ouest du pays. Il ne voulait pas laisser de trace d'un passage par les guichets. Il trouverait un moyen de rejoindre Wolverhampton lorsqu'il aurait mis suffisamment de milles entre Londres et lui.

C'était un train de marchandises. Leschi sourit en constatant, ironie du sort, qu'il s'agissait d'un wagon transportant des poêles en fonte alors que le froid de décembre s'était fait plus mordant que jamais. Il remonta le col de son manteau et s'assoupit.

La consultation des rapports de ses limiers avait orienté Clive Landport vers l'île aux Chiens. Moins d'une heure après le passage de Leschi, il arriva à son tour sur les lieux.

– Police ! cria-t-il au maître-chien au moment où celui-ci s'apprêtait à détacher ses molosses.

Dans l'entrebâillement d'une porte métallique, il lui sembla reconnaître une silhouette familière. Il s'approcha et vit Hawthorne Lambton, le nez en sang, le visage tuméfié, un sac de glace sur la tempe.

– Vous avez été agressé, monsieur ? s'enquit le détective.

– Non, une chute dans l'escalier, répondit l'horloger. Ça fait des mois que je dois faire réparer ces marches, mais vous savez comment c'est, ça coûte cher et on reporte !

Le policier le dévisagea. Il ne croyait pas à cette fable, mais si l'artisan ne portait pas plainte, il n'y avait pas matière à diligenter une enquête.

– Vous avez déménagé votre entrepôt, quelle bonne idée ! poursuivit Landport.

Lambton fronça les sourcils d'incompréhension.

– À la suite de l'intrusion dans le hangar de Waterloo, vous avez tout déplacé ici, c'est bien cela ? continua le policier.

– Oh... euh... non... oui, euh... non ! J'ai quelques appareils ici, mais c'est surtout mon bureau d'où je gère mes expéditions à l'étranger... Vous comprenez, près des docks, c'est plus pratique.

Landport hocha la tête. Les explications étaient précipitées, mais plausibles.

– Vous permettez ? fit-il en désignant l'intérieur de l'édifice de la main.

L'horloger recula avec un zeste de réticence, mais ouvrit néanmoins le passage à son interlocuteur.

– Je vous en prie ! Prenons l'ascenseur... les marches sont traîtresses !

Le policier jeta un coup d'œil en direction de l'escalier, effectivement en piteux état, mais praticable.

Lambton introduisit Landport dans son salon. Tout y était impeccable, aucune trace de lutte ni de désordre. Jouant à l'hôte irréprochable, l'horloger offrit un sherry à son vis-à-vis, mais celui-ci refusa.

– Puis-je visiter tout l'édifice, je vous prie ?

Cette fois, l'artisan se montra clairement sur la défensive. Si le policier découvrait le *tread-wheel* et le *crank-mill*, le cachot, et la chambre-prison du haut, il n'aurait pas besoin d'addition-ner un plus un pour soupçonner son appartenance à la pègre. Et de là, étant loin d'être un imbécile, Landport finirait par découvrir son identité de chef de la Confrérie des Freux. Ce qui n'était même pas envisageable.

Était-il venu seul ? Y avait-il d'autres limiers postés aux alentours ? Ces questions taraudaient Lambton.

La décision qu'il allait prendre à la suite de cette visite indésirable serait lourde de conséquences. Il ne pouvait laisser le policier fouiner à sa guise. L'alternative était simple : le mettre dehors en lui refusant l'accès au reste du bâtiment ou l'éliminer.

Dans le premier cas, le détective comprendrait qu'on tenait absolument à lui dissimuler quelque chose et revien-drait avec un contingent de sergots. Dans le deuxième, sa disparition alerterait sa brigade ; il n'était certainement pas venu à l'île aux Chiens sans en parler à quiconque. Dans un cas comme dans l'autre, Lambton ne disposerait que de peu de temps pour plier bagages et quitter le pays. Il trouverait le moyen de faire venir son fils, plus tard, là où il se serait réfugié, quand tout danger serait écarté. Seabert était en de bonnes mains avec Miss Deans et Grady pour s'occuper de lui en son absence. Les policiers ne s'en prendraient pas à un enfant. Ses serviteurs seraient interrogés, mais Grady serait muet comme une tombe et Miss Deans ne savait rien de ses activités interlopes ; pour elle, il n'était qu'un habile artisan horloger.

Tandis que ses pensées s'agitaient, Lambton remarqua que le policier s'intéressait à la tache sombre maculant le tapis, là où Riley avait balancé son sac contenant les tripes de chats. Il regretta de ne pas s'être débarrassé purement et simplement du revêtement de sol maculé.

– Mon chat est revenu dans un sale état... moribond ! lança-t-il dans une tentative d'explication.

– Pauvre bête ! soupira Landport. Il y a un dérangé qui s'en prend aux félins et les éviscère. Votre chat en a peut-être été la victime.

– Oui... peut-être !

– Monsieur Lambton, si quelqu'un vous a agressé, vous devez porter plainte, fit Landport en se retournant vers l'horloger. Après l'intrusion dans votre entrepôt de Waterloo, vous êtes probablement ciblé par une bande criminelle qui s'intéresse à vos créations. De telles merveilles valent leur pesant d'or. Ne les laissez pas vous intimider...

– Merci, détective Landport. Tout va bien, je vous assure, fit l'horloger en désignant ses bosses. Ce n'est qu'un banal accident domestique. Je vous raccompagne...

Il entrouvrit la porte et dirigea le policier vers la cabine de verre et de laiton pour regagner le rez-de-chaussée.

Le limier n'insistant pas pour visiter le reste de l'immeuble, Lambton avait pris la décision de le laisser partir, en espérant ne pas commettre une erreur qu'il regretterait amèrement.

Une fois dans la cour, Landport actionna son propulseur, monta de quelques pieds dans les airs et s'éloigna dans un nuage de vapeur.

Lorsqu'il se fut assuré que le détective était suffisamment loin de son repaire, le chef des Freux se précipita à la cave d'où il tira son automate violoniste pour l'embarquer dans son coche. Retournant dans son salon, il décrocha le portrait de John Lambton. C'était le seul souvenir qu'il lui importait de conserver. D'un geste vif, il alluma deux lampes à huile, dont il se servit pour enflammer tentures, tapis et tapisseries. Il eut un pincement au cœur de voir ainsi disparaître en quelques minutes ce qu'il avait mis des années à collectionner. Mais le temps n'était pas aux lamentations.

Il retourna au sous-sol, répandit du pétrole sur les appareils de torture, et craqua un paquet de Lucifer qu'il jeta sur la coulée d'essence.

En quittant les lieux, il avisa le maître-chien et lui ordonna de ne pas intervenir pour tenter d'éteindre l'incendie.

– Surveillez bien. Je veux que le feu efface toute trace de l'entrepôt. Ensuite, disparaissez avec vos bêtes ! Je saurai vous retrouver si j'ai besoin de vous.

Lambton sauta dans sa voiture, et son cheval vapeur l'emporta au cœur de la cité. La parfaite maîtrise de soi dont il avait fait preuve pendant la visite de Landport et au moment de mettre le feu à ses biens se fissura soudain. La rage l'envahit. La perte de ses possessions, mais surtout celle du violon était plus qu'il n'en pouvait supporter. Les Tsiganes allaient payer cher leur audace.

– Je n'aurai plus qu'un seul objectif dans l'avenir, vous anéantir, ignobles voleurs ! Dussé-je faire le tour du monde, je retrouverai mon violon ! jura-t-il entre ses dents.

24

Hawthorne Lambton fit un rapide détour par son atelier. Il devait récupérer les ossements humains et effacer toute trace de ses morbides activités. Au moment de quitter sa boutique, il s'assura que l'affiche à sa porte était bien tournée du côté *Closed*, histoire de décourager d'éventuels clients. Ensuite, il grimpa chez lui, s'empara d'un sac contenant des vêtements de rechange et des bons au porteur qu'il tenait toujours prêts. Ne détestant rien de plus que d'être pris au dépourvu, il avait tout préparé, depuis des années, en cas de fuite soudaine. Il referma la porte de son *home* sans un regard en arrière. Son atelier et, bien sûr, son repaire lui manqueraient beaucoup plus que ce gîte qu'il n'avait occupé que pour étayer sa couverture d'honorable artisan horloger.

Il lança son coche à cheval vapeur vers le quartier des pubs de bas étage. Il lui restait une dernière chose à faire. Il s'arrêta devant le Old Court Pub où il savait trouver quelques détrousseurs. Il aurait préféré mettre la main sur le jeune Cody Walder, mais celui-ci s'était volatilisé. D'ailleurs, à bien y penser, il trouvait cette disparition fort étrange. Le gamin avait-il été arrêté sans qu'il en soit averti ? C'était improbable, avec tous les sergots corrompus qui se chargeaient de le prévenir si un Freux était mis à l'ombre. Toutefois, si le Braillard était déjà enfermé dans la maison de correction de Tothill Fields Bridewell, peut-être était-ce lui qui l'avait vendu à Landport pour tenter d'échapper à son destin ? Cody semblait mener grand train depuis quelque temps. Lambton grimaça. Si Walder l'avait trahi, il le paierait cher.

D'une bourrade, il enfonça la porte du pub. Abigaïl jeta les hauts cris avant de voir à qui elle avait affaire. Ses protestations moururent sur ses lèvres. Ils étaient une dizaine de buveurs attablés à la taverne. Depuis la mort d'Yoshka Sinti, les affaires étaient mauvaises. Abigaïl avait engagé de nouveaux musiciens, mais l'ambiance n'était plus la même. Quelques habitués avaient déserté les lieux. Seuls les boit-sans-soif invétérés, mais aux poches de plus en plus vides, s'incrustaient encore. La tenancière se lamentait de jour en jour. Le violon tsigane non seulement apportait la joie, mais faisait aussi tinter son tiroir-caisse.

Dès son entrée dans le boui-boui, Lambton avisa deux détrousseurs avachis à une table. Il les houspilla.

– Debout, misérables soûlauds ! J'ai du travail pour vous !

Trois yeux chassieux – un des hommes était borgne – se levèrent péniblement vers lui. En voyant leurs regards, le chef des Freux se raidit. Il n'y avait ni crainte ni respect dans leurs prunelles, seulement une grande lassitude. Comment la méfiance qu'il inspirait encore quelques jours auparavant avait-elle pu se transformer en si peu de temps en une profonde indifférence ?

– J'ai besoin de vous, tout de suite ! aboya-t-il en bousculant le borgne. Venez !

Les deux Assommeurs grognèrent, se levèrent de mauvaise grâce, titubants.

– Toi, enchaîna Lambton en désignant le deuxième larron, un certain Rory Bready, rameute une demi-douzaine d'hommes et autant de Braillards. Je veux vous voir dans deux heures à l'entrepôt de Waterloo.

Il poussa le borgne dans le dos pour l'obliger à sortir du pub.

– Hé, ils ont pas payé leurs pintes ! s'indigna Abigaïl.

Aussitôt, elle se mordit les lèvres, se demandant quelle mouche l'avait piquée de traiter le chef des Freux de si haut.

À la grande surprise de la matrone, l'horloger ne réagit pas à l'offense pour laquelle, il y a quelques heures encore, il aurait demandé réparation. Sans prendre la peine de compter, il jeta une poignée de monnaie sur le comptoir de bois strié de coups de couteau et poisseux d'alcool séché.

Une fois dans la venelle, d'une main ferme, Lambton fit grimper le cyclope dans son fiacre, tandis que l'autre bandit s'éloignait d'un pas traînant au cœur de la nuit.

Trois heures plus tard, huit Assommeurs et trois Braillards s'affairaient dans le hangar de Waterloo. Sur les indications de leur chef, ils démontaient avec méthode, mais aussi empressement, les appareils mécaniques. Les Braillards les emballaient de paille, puis, pièce par pièce, le tout était rangé dans de solides caisses de bois. Les Freux avaient ensuite pour mission d'acheminer ces boîtes à bord du *Delfino*, le navire de la Confrérie qui se tenait toujours prêt à appareiller aux St Katharine Docks, à l'ombre de la Tour de Londres. Ses merveilles n'étant constituées que de métal et non d'éléments biologiques humains, Lambton n'avait nul besoin de les détruire pour effacer ses coupables travaux.

Toutefois, il préféra s'occuper en personne des pièces de son automate tueur qu'il n'avait pas encore eu le temps de réparer. Celles-ci voyageraient en compagnie des os rapportés de sa boutique-atelier, dans un caisson renforcé qui les protégerait de tout accident de manipulation.

Quelques menus insectes-espions, deux exemplaires de son système de communication à distance pour joindre Miss Deans et Riley furent les seuls objets qu'il conserva par-devers lui.

Lorsque le hangar fut complètement vide, Lambton débrancha ses héliographes et les emballa à leur tour, puis il referma soigneusement l'entrepôt. Landport et ses enquêteurs n'y trouveraient rien d'incriminant.

Aux St Katharine Docks, les vagues clapotaient autour d'un immense bâtiment noir aux parements cuivrés. Son nom, le *Delfino*, en lettres de cuivre majuscules brillait de tous ses feux. Le tout nouveau vaisseau de Lambton avait ainsi été nommé par son propriétaire en l'honneur du luthier Antonio Stradivarius et de son célèbre violon du même nom.

Il s'agissait d'un navire imposant, lourd, muni de trois ponts. Il pouvait à la fois être mû à la voile, à la rame ou à la vapeur. Des voiles noires s'accrochaient à ses cinq mâts de pin et de laiton. Arrondi à la poupe, il se terminait par un étambot de métal où s'attachaient les engrenages du gouvernail. Effilé à la proue, il affichait une étrave d'acier rappelant le nez d'un dauphin, qui lui permettait de fendre les éléments avec force. Le vaisseau était tout aussi manœuvrable sur l'eau, par mer démontée, que dans les airs, par vent soufflant en rafales. Bien entendu, c'était une conception signée Hawthorne Lambton.

Les caisses furent installées dans la cale, placées judicieusement pour éviter tout déplacement impromptu. L'équipage, composé d'une douzaine de marins expérimentés et des trois Braillards travaillant comme mousses, attendit l'ordre du propriétaire pour lever l'ancre.

Lambton renvoya ses détrousseurs à terre non sans leur avoir donné ses ordres.

– Riley vous contactera dans quelques semaines, dit-il à Rory Bready. D'ici là, faites-vous oublier. Pour le moment, la Confrérie des Freux se met en dormance. Toutefois, ne laissez pas une autre organisation prendre le haut du pavé à Londres. La nature ayant horreur du vide, il y aura des tentatives de nos rivaux pour contrôler la ville. Faites savoir à tous que je reste le chef et que je ne serai jamais loin. Je garde un œil sur la Confrérie. Si vous êtes tentés de désobéir, vous connaissez le châtiment...

Il mima le passage d'un couteau sur sa gorge. Les *garotters* hochèrent la tête en silence, puis quittèrent le quai. En quelques heures, le message de Lambton fut transmis aux quatre coins de la ville. Pour le moment, l'indiscipline et la mutinerie n'étaient pas au programme. Tous savaient que Foster Riley, chef en second, saurait garder une main de fer sur l'organisation.

Grâce à son système de guidage intégré, le *Delfino* profita de l'obscurité de la nuit pour quitter le quai, remonter la Tamise, franchir son embouchure et s'éloigner en pleine mer, cap au nord, d'abord sur la mer du Nord, ensuite sur la mer de Norvège.

Après deux heures de navigation à la voile, un Braillard, étonné, s'extasia :

– Oh, les poissons sautent hors de l'eau !

En effet, tout autour d'eux bondissaient des milliers de bars, lieus jaunes, soles, cabillauds et d'autres espèces non identifiées.

– C'est signe de mauvais temps ! cria un marin en affalant une voile.

– Sortez les ailes latérales ! aboya aussitôt le capitaine.

Les flots devenaient très agités. Il était temps que le *Delfino*, nef hybride aussi bien apte à naviguer sur l'eau que dans les airs, s'élève en tant que vaisseau volant. Se laissant porter par les courants aériens, le bâtiment prit promptement de l'altitude et de la vitesse.

Tout à coup, l'appareil se cabra ; une rafale de vent cherchait à le coucher sur le flanc. Tout autour, le ciel se couvrait de nuages menaçants. Voulant fuir devant le mauvais temps, le capitaine ordonna de conserver le mode aérien. Sous le *Delfino*, les eaux démontées de la mer rugissaient et des creux impressionnants se formaient, alors que des vagues hautes comme des murs tournoyaient en rouleaux assourdissants. À bord, tous craignaient plus la vague scélérate que la bourrasque de vent. Les marins aidèrent les Braillards à sangler des harnais pour leur éviter de passer par-dessus bord. Le capitaine chercha un instant Lambton des yeux, puis, ne le trouvant pas sur le pont, il fut rassuré de le savoir à l'abri dans sa cabine.

Cependant, la tempête enflait. Des masses d'air sous le point de congélation se déplaçaient rapidement. Un orage de neige menaçait. La crainte saisit les matelots qui, pourtant, en avaient vu d'autres. Mais, cette fois, le *thundersnow* était le pire à avoir jamais frappé la mer du Nord. De mémoire de navigateur, on avait rarement vu un tel phénomène. Les courants ascendants emportaient le *Delfino* comme un vulgaire fétu de paille happé par les tourbillons du vent. Les moteurs s'emballaient et parvenaient difficilement à maintenir le cap et l'altitude. Au loin, des éclairs bleus, jaunes, rouges bariolaient le ciel. Leur lumière vive était aussi effrayante que le bruit sourd du tonnerre qui parvenait à l'équipage. Cette manifestation était presque impossible, sur le plan strictement météorologique, et pourtant ils y assistaient tous, éberlués.

Superstitieux comme le sont tous les marins, ceux-ci se demandaient quels dieux ils avaient offensés pour subir un tel orage hivernal.

Des cristaux de glace se mirent à crépiter sur le pont et sur les hommes, les blessant de leurs pointes effilées. Avant que le capitaine puisse modifier le cap de son vaisseau, l'étrave du *Delfino* s'enfonça dans un épais nuage noir chargé d'électricité. L'eau en dessous, très bonne conductrice, bouillonnait et attirait les éclairs. La foudre, prenant le chemin le plus facile et le plus court pour atteindre le sol, s'abattit sur le mât principal qui s'enflamma comme une allumette. En un rien de temps, le feu courut sur les voiles, les autres mâts, le pont. Le vaisseau roula, puis s'écroula comme une masse dans les flots rugissants. Le *Delfino* coula en quelques secondes. Quarante-huit heures plus tard, alors que la tempête se calmait, quelques caisses intactes remontèrent à la surface parmi une multitude de débris de bois. Des corps sans vie flottaient aux alentours.

25

Deux jours après sa rencontre pour le moins fracassante avec Lambton, Leschi était revenu sans encombre au cirque tsigane de Wolverhampton. Il ne s'y éternisa pas. Le violon ne pouvait rester en sa possession. Sa légitime propriétaire, la fille d'Yoshka Sinti, devait le récupérer avant que d'autres catastrophes ne surviennent.

Zerka lui ayant appris la destination de Mirko, le boxeur reprit aussitôt la route. Elle était facile à suivre. En plus des cenelles d'aubépine et des autres marques concernant Toszkána, le pugiliste trouvait de loin en loin les *patrins* laissés par le jeune Saster.

Toutefois, au fur et à mesure de son cheminement, Leschi remarqua aussi de nouvelles indications. Ici et là, Mirko parsemait son parcours de signes montrant qu'il se savait suivi. Bientôt, ce furent des plumes de corbeau coincées sous des pierres en bordure de talus qui lui en apprirent plus. Ainsi, Mirko signalait qu'il était pisté par un Freux. Pour Leschi, il n'y avait aucun doute à avoir, c'était Foster Riley, puisque celui-ci était introuvable à Londres. Connaissant la dangerosité du personnage, le pugiliste pressa le pas.

En milieu d'après-midi, il arriva en vue d'un corps de ferme devant lequel folâtraient deux chevaux noirs. Il se dirigeait vers la longère pour se renseigner lorsque des coups de feu éclatèrent. C'était sur lui qu'on tirait. Le Tsigane se jeta à plat ventre, haletant, tenant le violon et l'archet à bout de bras pour ne pas les endommager.

« Voleur de chevaux ! » « Pilleur de poulaillers ! » « Face de rat ! » Les insultes fusèrent.

Leschi rampa à reculons pour se glisser dans une ravine gelée. Il n'était pas le bienvenu dans le coin, c'était le moins qu'on puisse dire. Deux hommes armés s'amenaient dans sa direction, un *gentleman-farmer* quinquagénaire et un garçon d'écurie adolescent. Profitant du paravent des herbes hautes, Leschi amorça un mouvement de contournement, suivant la courbe de la ravine. Il y avait un muret à moins de cinquante pas. Son dessein était de plonger derrière sans se faire repérer, puis de filer sans s'exposer. Les voix se rapprochèrent.

– Salopard... si tu penses me voler un autre cheval, tu vas voir de quel bois on se chauffe, ici ! gronda le fermier.

Tout s'éclaira pour le boxeur. Quelqu'un avait dérobé une monture dans cette ferme. Il pouvait s'agir de Mirko qui, désirant se rendre à destination rapidement, avait trouvé un moyen de locomotion ou, et c'était plus probable, c'était l'œuvre de son poursuivant. Leschi n'hésita plus. À croupetons, il se faufila plus loin dans la ravine, puis, se levant d'un bond, il fondit vers le muret. Un autre coup de feu claqua. Par chance, le Gipsy n'était déjà plus à portée du tireur. Il traversa le champ en friche à toute vitesse, laissant ses assaillants les bras ballants.

Dans les villages, les *constables* étaient généralement des citoyens assermentés qui avaient les mêmes prérogatives que les sergots de la ville. Le fermier devait être un de ceux-là, mais Leschi préférait ne pas s'en assurer. Plus il mettrait de distance entre lui et ce hameau, mieux il s'en porterait. Il poursuivit sa course sur le chemin pierreux pendant presque un demi-mille avant de découvrir un nouveau *patrin* laissé par Mirko : une plume de corbeau entremêlée à quelques brins d'herbes, imitant la crinière tressée d'un cheval. Voilà la confirmation qu'il attendait : Foster Riley était bien celui qui était sur la monture ; le jeune Saster cheminait à pied. Le boxeur suivait la bonne direction. Il était toutefois intrigué par la présence de l'Assommeur. Pourquoi filer Saster, alors que le violon était entre les mains des Freux jusqu'à ce que lui-même le récupère ?

Le plan d'Edmund avait fonctionné au-delà de ses espérances. Trop heureuse de voir enfin son fils unique s'intéresser à une femme, Lady Clare s'évertuait à favoriser ses rapprochements avec la Tsigane même si, bien entendu, leur relation ne pourrait jamais être autre chose qu'une aventure. Chaque jour, elle envoyait son rejeton passer une heure ou deux dans la chambre jaune. Edmund s'était cependant rendu compte qu'elle demeurait derrière la porte à guetter les bruits. Les jeunes gens avaient donc dû mettre au point un stratagème pour la tromper sur ce qui se passait vraiment entre eux. Pendant une vingtaine de minutes, Toszkána et lui simulaient les bruits d'une passion sexuelle dévorante. La première fois, le fou rire les avait interrompus à quelques reprises, mais, de jour en jour, ils étaient devenus de véritables comédiens. Une fois assurés que Lady Clare avait cessé de les espionner, ils devisaient tranquillement de la suite à donner à leur étrange relation. Puisque sa mère avait consenti à ce qu'ils entretiennent des rapports exclusifs, Edmund avait rassuré la danseuse : elle ne serait pas livrée à d'autres messieurs tant et aussi longtemps qu'il l'aurait sous sa protection. Malheureusement, celle-ci risquait de lui faire défaut dans les semaines à venir.

– Dans quelques jours, après les fêtes de fin d'année, je vais devoir regagner Londres, lui murmura-t-il cet après-midi-là. Je dois terminer mes études de médecine.

– Ne me laissez pas ici! geignit Toszkána. Votre mère ne tiendra pas sa parole si vous n'êtes plus là...

– Je le sais bien, mais que pouvons-nous faire?

– Emmenez-moi avec vous...

– À Londres?

Edmund sembla réfléchir.

– Non, reprit-il, ce serait trop risqué! Sir Bryant est acoquiné avec des malfrats de la Confrérie des Freux, il les préviendrait et ces criminels vous enlèveraient.

À la mention du nom de cette organisation interlope, la jeune fille sentit un grand froid l'envahir. L'agression contre son père était encore bien présente dans sa mémoire. Elle en avait narré des bribes à Edmund. Le jeune Wood avait été formel : si les Freux étaient impliqués dans l'assassinat de son père, c'était une raison de plus pour lui faire au plus vite quitter le pays.

– Vous ne serez jamais en sécurité tant que vous serez dans le royaume, soupira Edmund, sa main dans la sienne. Vous devez retourner en Transylvanie.

– Mais comment? Il me faut de l'aide, se lamenta la danseuse.

– Ne connaissez-vous pas des gens de votre peuple en Angleterre? Des nomades qui pourraient vous accueillir un certain temps et faciliter votre passage sur le continent? demanda le jeune homme.

– Nous ne connaissions que quelques personnes, admit Toszkána. Le cousin d'un cousin de mon père, un boxeur appelé Leschi. Je crois qu'il vit dans la *rookery* de St Giles.

Edmund grimaça. La *rookery* de St Giles était peut-être le quartier le plus mal famé de Londres. Il voyait mal comment il pourrait s'y aventurer sans risque pour rencontrer ce Leschi.

– Personne d'autre ? s'étonna-t-il.

– Quelques nomades de passage et… votre mère ! répondit-elle d'un air dépité. Nous avons aussi fait la connaissance d'un *mudlark* appelé Mirko Saster, qui a aidé mon père la première fois qu'un Freux l'a attaqué. Je ne sais pas où il habite. Mon père et moi ne devions pas rester longtemps à Londres. Il voulait parler à un artisan horloger, un certain Hawthorne Lambton.

– Le voisin horloger de ma mère ! s'exclama Edmund, surpris.

– Oui, confirma Toszkána. Mon père est venu tout exprès de Transylvanie pour voir cet homme. Il nous a fallu beaucoup de temps pour le trouver. Il y a une trentaine d'années, il était passé dans notre hameau. Mon arrière-grand-père maternel lui avait raconté la légende du violon des Sinti, mais, pauvre *papu*[12], il n'a pas su retenir le nom de cet Anglais.

– Pourquoi vouliez-vous trouver Lambton ?

– Mais pour détruire le violon ! s'impatienta la jeune fille, comme si elle s'adressait à un demeuré, incapable de suivre sa pensée.

Edmund fronça les sourcils. Décidément, cette histoire lui paraissait aussi confuse qu'étrange. Qu'est-ce que Toszkána lui cachait ? Pourquoi venir de si loin pour détruire un instrument de musique ?

Un coup frappé à la porte de la chambre jaune l'empêcha d'interroger plus longuement son amie.

– Entrez ! dit-il.

---

12. Grand-père, en romani.

La porte s'écarta de quelques pouces, juste assez pour permettre à Violet de passer son minois dans l'entrebâillement. Elle semblait curieuse, comme si elle s'attendait à interrompre une partie de jambes en l'air. Elle en fut pour ses frais. Toszkána était sagement assise sur son lit, parmi les froufrous d'une superbe robe de soie et de dentelle offerte par son «amant», et Edmund était à califourchon sur la chaise droite de la coiffeuse, comme d'habitude.

– Monsieur Edmund! l'interpella-t-elle. Votre mère désire vous parler.

– Oui, j'arrive!

– Au salon de réception, précisa-t-elle en adressant un clin d'œil à Toszkána.

Le jeune homme remit la chaise à sa place et sortit. Violet se précipita en travers du lit, à plat ventre. Le visage entre les mains, tournée vers la Tsigane, elle soupira :

– Alors? Raconte... Est-il gentil avec toi? Ah, comme tu en as de la chance! Regarde, j'en ai la chair de poule, simplement à penser à lui. Il doit faire l'amour comme un dieu... Allez, je veux des détails.

Elle se donna un élan et, la souplesse du matelas faisant le reste, elle se retourna sur le dos, les mains croisées derrière la tête, celle-ci déposée sur le moelleux oreiller de plumes d'oie.

– Il n'y a rien à dire! répliqua Toszkána en se levant pour s'installer sur la chaise devant la coiffeuse.

– Hé, ne fais pas la mijaurée! l'apostropha Violet. Tu as tiré le meilleur numéro, mais ce n'est pas une raison pour prendre de grands airs. Tu es comme nous, ma belle... cocotte!

– Laisse-moi, veux-tu? demanda la Gipsy en se saisissant de sa brosse pour coiffer ses longs cheveux noirs.

– Tu vas bientôt perdre tes grands airs ! la menaça Violet. Ton Edmund part demain pour Londres. Sir Bryant l'a exigé. Et toi, tu vas passer à la casserole, ma poulette !

Violet sortit de la chambre jaune. Toszkána entendit la clé tourner dans la serrure. C'était devenu une habitude : on l'enfermait. La jeune femme sentit l'anxiété la gagner. Pourquoi Lady Clare avait-elle appelé Edmund ? Qu'est-ce qu'elle était en train de mijoter ?

Toszkána n'avait rien à faire de toute la journée. Edmund lui avait procuré quelques livres qu'elle peinait à déchiffrer, puisqu'ils étaient en anglais, une langue qu'elle maîtrisait à l'oral, mais bien peu à l'écrit. C'était ainsi que le temps s'écoulait, lent et ennuyeux, entre deux visites du jeune Wood, seulement rythmé par les pauses des repas que Violet ou Candice lui apportaient dans sa chambre. La température était maussade et froide depuis une semaine, ce qui décourageait les promenades à l'extérieur. Son tempérament de nomade souffrait de cet enfermement.

Elle s'approcha de la fenêtre qu'elle ouvrit. L'air vif du soir s'y engouffra, apportant quelques flocons de neige jusqu'à son visage offert au vent. Elle sursauta en entendant un coup contre sa porte. L'heure du repas n'était pourtant pas encore arrivée. De plus, Edmund ne venait jamais deux fois dans la même journée. Son esprit s'emballa. Et si c'était quelqu'un qui voulait la conduire à Sir Bryant ou, pire encore, le porc en personne qui revenait à la charge ? La Tsigane referma son châle sur sa poitrine, le tenant serré d'une main frémissante.

– Oh, je vous ai fait peur ! s'excusa Edmund en entrant dans la chambre en prenant soin de ne pas faire de bruit.

Toszkána fut aussitôt en état d'alerte.

– Que se passe-t-il ? s'inquiéta-t-elle.

– Rien, rien de grave, rassurez-vous ! J'ai eu une idée. Puisque je dois partir pour Londres demain à l'aube, il faut que vous quittiez cette maison dès ce soir.

Edmund jeta un sac de cuir sur le lit. Il en tira une chemise, un pantalon et une veste d'homme larges et sombres.

– Emballez quelques affaires !

– Mais nous ne pourrons pas sortir d'ici avec un bagage ! protesta la danseuse.

– Je vais le jeter par votre fenêtre. En contrebas, il y a une platebande de graminées qui résistent à la saison hivernale, elles dissimuleront le sac jusqu'à ce que nous le récupérions. Vite ! Maintenant, enfilez les vêtements d'homme que voici !

– Mais...

– Chut ! Hâtez-vous !

Le jeune homme se détourna pour ménager sa pudeur. Toszkána n'avait pas beaucoup d'effets personnels, hormis deux robes offertes par Edmund, dont celle qu'elle était en train de retirer, un vêtement de nuit et quelques produits de beauté éparpillés sur la coiffeuse. Le sac fut vite fait. Edmund s'en saisit, se glissa sur le petit balcon et le fit descendre en s'assurant qu'il reste bien près du mur sur l'arrière de la platebande.

Il retira une casquette de la poche de son pantalon et la posa de guingois sur la tête de la danseuse.

– Rentrez vos cheveux dessous !

Elle obtempéra maladroitement.

– Voici mon plan, lui dit-il. Lorsque l'obscurité tombera complètement sur le jardin...

Il consulta sa montre de gousset.

– ... dans une heure, sortez de cette chambre et dirigez-vous vers le vestibule. Essayez de vous comporter avec moins de grâce, marchez d'un bon pas, comme un homme. À cette heure-là, il y a peu de monde au rez-de-chaussée. On vous prendra pour moi... croyant que je sors prendre l'air ! Surtout, ne parlez à personne. Si on vous hèle, répondez par un grognement. Je vous attendrai au bout du chemin. J'ai deux chevaux à notre disposition. Je vais vous conduire chez les Wood, mes parents adoptifs, à Norwich.

– Vont-ils accepter de me recevoir... d'avoir une Gipsy sous leur toit ? protesta-t-elle mollement.

– Je leur expliquerai... Ils n'aiment pas trop ma mère. S'ils savent que ça peut la contrarier, ils seront d'accord pour vous aider. C'est le mieux que je puisse faire, Toszkána !

– Écoutez ! s'exclama tout à coup la jeune fille. On dirait... on dirait un air de... violon !

Ils s'approchèrent de la fenêtre. La neige et le vent leur apportaient un son doux, velouté, peu puissant.

Soixante-douze heures plus tôt, grâce aux *patrins* laissés en cours de route, Leschi avait rejoint Mirko à Gorleston-on-Sea. Le jeune Tsigane s'était introduit dans une maison de vacances désertée pour l'hiver. Il avait tenté de visiter quelques pubs des alentours, mais, son teint hâlé et ses cheveux sombres trahissant sa condition de Gipsy, on lui en avait interdit l'entrée. Finalement, en errant dans le village et en proposant ses services d'homme à tout faire dans quelques résidences, il avait pu capter quelques bribes de conversation des gens du coin. On se méfiait des étrangers et surtout des nomades par ici. Des propos au sujet d'une maison de débauche fréquentée par les notables du coin et qui n'était pas regardante sur la provenance des filles attirèrent cependant son attention, mais personne ne voulut en dire plus.

Finalement, Mirko aborda un pasteur devant l'église locale et lui répéta son baratin : il avait besoin de travail, il était disposé à faire n'importe quoi, il ne voulait pas passer l'hiver dehors.

– Tu pourras peut-être trouver du boulot à *Ma petite folie*, lui indiqua le *clergyman*. La dernière fois que j'ai rendu visite à Lady Clare, elle m'a dit qu'elle n'était pas satisfaite de son factotum. Et puis, elle aime bien les basanés dans ton genre.

Mirko dressa l'oreille. Devant son air perplexe, le pasteur Francis, qui avait la langue bien pendue, surtout lorsqu'il sortait du pub, vanta la beauté d'une nouvelle arrivée, une jolie rétive aux cheveux noirs comme les plumes d'un corbeau.

– Une noiraude de ta race ! Pfff, il n'y a bien que Sir Bryant et cet idiot d'Edmund Wood pour vouloir se glisser entre les jambes de cette moricaude. Quoique... elle est bien tournée !

Le pasteur faisait le dégoûté, mais Mirko ne s'y trompa pas : il y avait de l'envie et de la luxure dans sa voix. Le jeune homme n'avait pas besoin de plus de détails pour reconnaître la fille d'Yoshka Sinti. Il serra les poings, vouant au diable ceux qui avaient attenté à la vertu de la petite danseuse.

Ce fut en se dirigeant vers la maison que le ministre du culte lui avait indiquée qu'il se retrouva nez à nez avec Leschi, tout souriant, brandissant le violon et l'archet à bout de bras.

Depuis le milieu de l'après-midi, Leschi et Mirko, tapis dans les dunes derrière la résidence dont le terrain donnait sur la mer, avaient tenté d'échafauder un plan pour entrer dans *Ma petite folie*, afin d'arracher la petite danseuse des mains des tenanciers de ce bordel. Malheureusement, Foster Riley venait de se faire admettre dans la maison, sans doute en donnant un mot de passe à l'un des domestiques, car il avait été introduit sur-le-champ.

En effet, si Lady Clare restait dans l'ignorance du rôle exact de son énigmatique voisin londonien, Hawthorne Lambton, les Freux, eux, connaissaient tout des activités de la veuve Fitzmartin, grâce à l'un de leurs affidés, le très peu honorable Sir Bryant.

26

Attirés par les notes de musique, Edmund et Toszkána s'avancèrent sur le petit balcon.

– Je reconnais ce son très particulier. C'est celui du violon de mon père, murmura la Gipsy. Comment est-ce possible ?

– Rentrez, vous allez prendre froid ! Je vais jeter un coup d'œil dans le jardin, répondit le jeune homme.

Il la repoussa gentiment, mais avec assurance, dans la chambre.

– Je reviens vous chercher dès que la voie est libre.

Il plongea une main dans la poche de sa veste.

– Prenez la clé et enfermez-vous ! N'ouvrez à personne d'autre que moi !

Lorsque la porte se referma sur lui, Toszkána s'assura de la verrouiller, mais, malgré les recommandations du jeune Wood, sa curiosité exacerbée, elle retourna sur le balcon pour fouiller des yeux la pénombre. Quelques notes de violon montèrent de nouveau jusqu'à elle. Elle ne distinguait rien, mais son instinct lui disait que quelqu'un l'appelait. Ami ou ennemi ? Telle était la question.

Alors qu'il franchissait la dernière marche de l'escalier et se dirigeait vers le vestibule, Edmund fut arrêté par des voix en provenance du salon où sa mère avait l'habitude de recevoir ces messieurs en quête de plaisir passager. Il s'immobilisa pour écouter. L'une des voix était celle de Lady Clare, mais il ne reconnaissait pas l'autre. Il s'approcha de la porte à double battant restée entrouverte. Un homme de la carrure d'un débardeur des docks lui tournait le dos, occupant tout son champ de vision.

L'homme portait une redingote élimée qui lui descendait sous les genoux, sur un pantalon rayé gris et noir ceint à mi-mollet par des bottes de cuir aux boucles chromées. Sa capuche rabattue laissait deviner un cou de taureau ; les côtés de son crâne et sa nuque étaient rasés jusque fort haut et il ne restait qu'une calotte de cheveux bruns au centre. Edmund n'avait pas besoin d'un dessin pour comprendre que cet individu n'était pas un client. Il n'avait rien du notable qui vient prendre du bon temps à *Ma petite folie*.

En examinant le personnage avec minutie, Edmund Wood aperçut un morceau de tissu rembourré en forme de bec de corbeau qui jaillissait de la poche droite du long manteau. Cette découverte fut suffisante pour le jeter dans l'escalier menant à la chambre jaune.

– C'est moi, vite, ouvrez ! lança-t-il en secouant violemment la poignée.

– Edmund ? s'enquit Toszkána.

– Oui ! Dépêchez-vous !

Ouvrant des yeux de hibou terrorisé, la jeune fille le regarda bondir dans la chambre dès qu'elle lui eut déverrouillé la serrure et, alarmée, elle recula jusqu'à sa coiffeuse.

– Vite, partons ! Tout de suite !

Il l'attrapa par la main et l'entraîna vers les marches qu'ils dévalèrent sans prendre la précaution d'atténuer le bruit de leur fuite sur les marches de bois.

– Que se passe-t-il ?

– Pas maintenant ! cria Edmund lorsqu'ils franchirent le pas de la porte.

Malgré les traces de neige qui rendaient le chemin glissant et ses légères chaussures à talons qui dérapaient sans cesse, il la força à courir. Tout au bout de l'immense parc arboré les attendait deux chevaux et, au-delà, la liberté.

Après avoir donné le mot de passe à un domestique, Riley était entré dans la villa. À une centaine de pieds de là, attentifs, les deux Tsiganes avaient quitté l'abri des dunes pour se rapprocher des bosquets aux branches craquantes de glace. La température chutait tandis que le soleil se couchait. Une petite neige fine avait recommencé à tomber.

– L'arrivée de ce Freux confirme nos soupçons, souffla Leschi. La fille d'Yoshka est ici.

– Comment l'en faire sortir, maintenant ? bougonna Mirko. Nous ne savons pas s'il y a des serviteurs ni combien. Et avec un Assommeur à l'intérieur, les risques d'échec sont accrus.

– Ouais. Faire le coup de poing contre Riley, c'est une chose, mais s'ils sont plusieurs... j'aurais sûrement le dessous. Ça n'avancera pas nos affaires si je me fais étendre ! confirma le boxeur en faisant craquer ses jointures.

Mirko remua pour trouver une position plus confortable. La caisse du violon résonna en heurtant une branche d'arbuste.

– Ah, espèce d'idiot ! se sermonna-t-il. Mais oui... la solution, nous l'avons là, sous la main. Le violon ! Si elle reconnaît celui de son père, elle se manifestera.

Il ajusta l'instrument sous son menton et plaça l'archet en position. Une fois de plus, le violon décida de lui-même de la mélodie à interpréter. Elle était lente, triste et lancinante comme une plainte. Les notes s'élevèrent, portées par le vent qui enflait.

Après quelques minutes, une fenêtre s'ouvrit à l'étage de la villa. Deux jeunes hommes parurent sur le balcon.

– Hum! Qui sont ces gandins? Ne nous montrons pas pour le moment! fit Leschi en serrant fortement l'avant-bras de son compagnon pour l'empêcher de quitter le bosquet. S'ils sont chargés de surveiller notre amie, nous risquons de saboter nos chances de la tirer de là.

De découragement, Mirko laissa pendre l'archet le long de sa jambe. Mais, aussitôt, il le replaça sur le violon.

– Et si... Mais oui, Leschi! J'ai une idée! s'enflamma-t-il, tout en essayant de contrôler son excitation pour ne pas attirer l'attention des deux individus du balcon. La légende raconte que Daria a dû tourner trois fois autour de la tour sombre pour envoûter Toma et qu'il la rejoigne.

– Essayons! s'enthousiasma Leschi.

Le plan de son compagnon valait la peine d'être tenté. Mirko replaçait le violon contre son épaule pour recommencer à jouer lorsque les deux inconnus réintégrèrent la chambre. La porte-fenêtre fut repoussée, mais non close. Un instant plus tard, un seul des deux revint sur le balcon, se penchant légèrement par-dessus la balustrade pour mieux sonder le jardin. Une longue mèche de ses cheveux s'échappa de sa casquette.

Mais de nouveau la silhouette s'éclipsa à l'intérieur. Leschi et Mirko quittèrent le bosquet pour amorcer le premier tour de la villa. La musique se fit plus chaude, enveloppante, entêtante, déployant toute la force de son envoûtement.

Brusquement, bondissant sur le chemin glacé, deux individus apparurent devant eux. D'un côté comme de l'autre, on se figea de stupéfaction. Ce fut Edmund qui réagit le premier. Sans crier gare, il sortit un revolver de la poche intérieure de sa veste, en arma le chien, faisant tourner le barillet qui aligna la chambre chargée face au canon qu'il braquait sur la poitrine de Mirko.

Le soleil était maintenant couché, il faisait sombre. La lune était masquée par d'immenses nuages noirs, chargés de pluie glacée. Chacun se demandait à qui il avait affaire. De sa main libre, Edmund fit passer Toszkána derrière lui.

– Place, ou je n'hésiterai pas à tirer ! lança-t-il aux intrus qui lui faisaient face.

Mirko et Leschi reculèrent de quelques pas.

– Halte-là ! cria derrière eux une voix forte, saisissant le quatuor.

Avec circonspection, ils pivotèrent en direction de la villa. Alerté par le bruit de la fuite d'Edmund et de Toszkána, Riley s'était précipité à leurs trousses. Il brandissait son redoutable boudin de sable. À quelques pas derrière lui, une lampe-tempête tenue à bout de bras par Lady Clare jetait un éclairage falot sur le sentier. Ce fut sans doute ce qui incita Mirko à agir. Mû par un pur réflexe, plutôt que par sa raison, il se jeta sur Edmund pour détourner l'arme toujours pointée. Surpris, celui-ci appuya sur la gâchette. La balle atteignit Riley à l'épaule, le forçant à lâcher son assommoir et lui arrachant un cri mêlé de douleur et de surprise.

Accroupie, terrorisée, le visage entre les mains pour ne pas voir la scène, grelottante autant de froid que de peur, la danseuse déguisée en homme se mit à implorer la protection de la patronne des Tsiganes.

– Sara la Noire, protégez-moi !

– Toszkána ! l'apostropha Leschi, étonné.

– Toszkána ! cria Edmund, essayant de lui faire un rempart de son corps.

– Toszkána ! répéta Mirko en la relevant et en la serrant contre lui.

– Garce ! sifflait au même moment Lady Clare.

Reprenant ses esprits, le boxeur poussa Mirko et la jeune fille vers les arbres.

– Fuyons !

– Edmund ! Je t'ordonne de rester ici ! hurla la veuve Fitzmartin.

La lumière jaune de la lampe-tempête dévoila son visage tordu de rage. Sans un regard pour sa mère, le jeune Wood courut derrière le trio tsigane qui avait quelques pieds d'avance sur lui. Ils filèrent entre les arbres.

– J'ai deux chevaux cachés après la grille ! cria Edmund en bifurquant soudain sur sa droite. Venez !

Sans se poser de question, les Tsiganes le suivirent jusqu'à l'endroit où, effectivement, deux hongres gris cendré patientaient.

Mirko sauta en selle et d'une poigne solide hissa Toszkána derrière lui.

– Suivez-moi ! Je connais un endroit où nous pouvons nous réfugier ! dit-il en stimulant sa monture des talons.

Leschi fit monter Edmund derrière lui et tous quatre prirent le chemin de la maison inoccupée où Mirko avait passé les derniers jours. Il savait y trouver assez de vêtements chauds pour affronter la température de décembre et de bocaux de conserve pour se nourrir quelque temps.

Les fuyards se reposèrent toute la nuit, puis, au petit matin, se remirent en route en longeant la côte. Le trajet s'effectua sans encombre, mais ils demeurèrent sur leurs gardes. La Confrérie des Freux disposait de nombreux informateurs, surtout dans les petits ports où ils pouvaient en toute impunité dissimuler le fruit de leurs trafics : tabac, alcool, opium, bois précieux et produits coloniaux divers. La plus grande discrétion était donc requise. Cependant, leur condition de Gipsy leur assurait aussi une certaine protection. On ne se souciait guère des nomades. Si les Anglais les chassaient ou les fuyaient, ils ne s'intéressaient pas à leur véritable identité.

À Felixstowe, petit port situé à une journée de cheval de leur point de départ, ils se séparèrent. Edmund rentrait à Londres, chez son ami Henry avec qui il vivait depuis près d'un an. Leschi, pour sa part, préférait se mettre au vert avec le cirque de Wolverhampton. Dès le printemps, les forains partiraient en tournée en Écosse, c'était ce qu'il lui fallait pour se faire oublier. Il ferait prévenir sa femme. Depuis le temps qu'elle le harcelait pour qu'ils quittent la ville, elle serait bien heureuse de repartir sur les routes, elle aussi. Leurs adieux furent sincères, mais sans effusion. Ils savaient qu'ils ne se reverraient jamais.

– Merci pour tout, Edmund. Sans vous, je ne sais pas ce que je serais devenue ! déclara Toszkána en lui pressant chaleureusement le bras.

Tout sourire, le jeune homme s'inclina devant elle, puis serra la main de Mirko Saster.

– Soyez prudents ! leur lança Leschi en faisant pivoter l'hongre gris.

Pendant un moment, les deux Tsiganes regardèrent leurs compagnons s'éloigner, puis se mirent à errer sur les docks. Il y avait peu de navires à quai à Felixstowe. Toute la journée, ils tournèrent autour des entrepôts, tâchant d'en apprendre plus sur les navires qui embauchaient. Le déguisement masculin de Toszkána rendait leurs discussions avec les marins plus simples. Ils pouvaient se faire passer pour deux hommes cherchant un embarquement. S'ils savaient que les capitaines ne prendraient jamais de femme à leur bord, ils découvrirent aussi très vite qu'ils n'engageraient pas non plus de nomades. Cette nuit-là, ils durent dormir à la belle étoile, cachés sous une chaloupe retournée, enveloppés dans des voiles abandonnées pour avoir moins froid. Ils ne fermèrent pas l'œil une seconde et le petit matin les trouva transis et tremblants.

– Il faut qu'on embarque aujourd'hui, sinon nous allons mourir de froid ici ! grogna Mirko.

En sortant de leur cachette, ils virent que les marins avaient allumé des braseros autour desquels ils se pressaient. Ils les rejoignirent pour tenter de se réchauffer un peu. Un matelot distribuant des tasses de thé bouillant les dévisagea quelques secondes. La veille, ils avaient échangé quelques mots.

– Hé, les Gipsies, vous cherchez à embarquer, paraît-il ? Y a un rafiot qui cherche des bras... au bout !

Il pointa l'index vers un appontement, à l'écart des entrepôts.

– T'nez, buvez ça !

Il tendit à chacun un gobelet de métal fumant.

Une fois la boisson avalée, Mirko et Toszkána s'en allèrent dans la direction indiquée. Un navire de bois et de métal se balançait contre le wharf. Il était en mauvais état et semblait avoir subi de nombreuses avaries. Les jeunes gens s'approchèrent. Les lettres de cuivre en majuscules indiquaient le nom du bâtiment : *Elf*.

Quelques gars faisaient le pied de grue sur le ponton.

– Besoin de dix matelots et de deux moussaillons ! lança une voix rauque, apparemment celle du capitaine.

– Destination ? demanda un sexagénaire famélique.

– Belgique ! lui jeta un marin en franchissant la passerelle pour monter sur le bateau.

– Cargaison ? interrogea encore l'homme maigre.

– Pas d'tes affaires ! cria le capitaine. T'embarques ou pas ?

– Pass' mon tour ! répliqua le matelot en bougonnant contre ces satanés contrebandiers qui mettaient en péril la réputation des bonnes gens.

Mirko leva le bras et cria :

– Nous sommes vos mousses, m'sieur !

Le capitaine les toisa d'un œil suspicieux.

– Gipsies…, soupira-t-il.

Il garda le silence quelques secondes, puis, haussant les épaules, fit un signe de tête invitant Mirko et Toszkána à monter à bord, ce que ceux-ci s'empressèrent de faire avant qu'il ne change d'idée et ne les chasse, comme les autres.

Avisant le violon que Mirko tenait à la main, le commandant du navire ajouta :

– Sais-tu en jouer au moins ?

– Oui, m'sieur ! confirma le jeune homme.

– Eh bien, tu nous f'ras la sérénade tous les soirs !

– Moi, j'ai un harmonica ! lança un trapu en brandissant son instrument au-dessus de sa tête.

– C'est pas un orchestre que j'monte… c'est un équipage ! ironisa le capitaine, qui rejeta la candidature de ce nouveau musicien.

Trois autres hommes, dont celui qui avait offert du thé aux Tsiganes un peu plus tôt, montèrent encore à bord avant que l'embarquement soit complet.

– Les mousses, nettoyage du pont ! hurla leur nouveau maître.

Mirko déposa le violon sur un tas de cordages, de manière à le garder à vue, puis, saisissant les chiffons et le seau rempli d'eau, Toszkána et lui se mirent à débarrasser le pont des traces de la dernière tempête que le navire avait essuyée. Ils veillèrent ensuite au bon ordonnancement de l'accastillage, qui venait d'être acheté à terre pour remplacer les objets et les accessoires brisés ou disparus en mer.

Cinq heures plus tard, le bâtiment mit à la voile. La mer était calme, un joli frais arrière soufflait de manière favorable et le poussait à bonne allure.

À la veillée, comme promis, Mirko reprit le violon, mais plutôt que d'en jouer lui-même, il le tendit à sa compagne.

– Il t'appartient ! Désormais, c'est à toi d'apporter un peu de bonheur à nos pauvres âmes.

Toszkána prit délicatement l'instrument entre ses mains rougies par le froid, le vent et l'eau glacée. Dès que l'archet toucha les cordes, des notes d'une nostalgie poignante s'envolèrent, arrachant des soupirs de mélancolie aux matelots les plus endurcis.

Puis, la nuit tombant, chacun se trouva un coin pour dormir, tandis que trois marins veillaient. Mais, pour Toszkána, le sommeil tardait à venir.

– Je ne sais pas si c'est une bonne idée de le rapporter en Ardeal, murmura-t-elle en laissant ses doigts glisser sur le manche et la table de bois sombre.

Devant le silence de Mirko, elle poursuivit sa réflexion :

– Mon père et moi sommes venus en Angleterre pour tenter de mettre un terme à la malédiction qui frappe les femmes de mon clan. Ma grand-mère maternelle était une *drabengri*[13].

---

13. Diseuse de bonne aventure, voyante, en romani.

Mirko frissonna. La magie tsigane avait déjà prouvé sa toute-puissance. Dans leur culture, sorcières, magiciennes, sages-femmes, les femmes étaient un peu tout cela à la fois en raison de leurs connaissances des herbes et des signes, ainsi que de leurs facultés de divination pour lire le comportement et la personnalité d'autrui afin d'en tirer un savoir occulte.

– Quelques heures avant de quitter notre monde, ma grand-mère a vu en songe l'horloger anglais venu au village il y a bien longtemps. Elle a affirmé que lui seul avait le pouvoir de nous débarrasser du violon magique... parce qu'il est un *borsako*[14]. Il utilise des ossements humains pour créer ses machines. Pendant des mois, mon père l'a cherché dans tout Londres. Il a interrogé plusieurs artisans, en vain. Et puis, un jour, le destin nous a aidés. Il a voulu que nous soyons hébergés chez Lady Clare, en face du maître-horloger Hawthorne Lambton. Mon père voyait cela comme un signe favorable. Plusieurs fois, il a cogné à sa porte, mais la boutique-atelier était toujours fermée. Malheureusement, *dad* a été assassiné la veille du jour où il devait faire une nouvelle tentative pour lui parler.

Des larmes se mirent à glisser en silence sur les joues de la jeune fille. Dans l'obscurité, Mirko ne les remarqua pas.

– Je comprends tes craintes, Toszkána, mais j'ai aussi quelque chose à t'apprendre. Un *mulo* est venu me visiter, il y a quelques semaines. L'âme a dit qu'elle devait retourner en Ardeal... Elle doit retourner à sa terre.

Mirko lui raconta sa vision et l'interprétation qu'en avait faite le *patchivalo* Zerka.

– Il ne faut pas contrarier les âmes, Toszkána. Elles nous récompenseront, fais confiance au *mulo*.

---

14. Sorcier maléfique, en romani.

27

Riley fulminait. Non seulement il avait été blessé, mais il avait en outre perdu la trace des Tsiganes. Et comme si ce n'était pas suffisant, la diabolique invention que Lambton l'obligeait à trimballer ne fonctionnait pas. Il était incapable de joindre le chef des Freux.

Sa première nuit dans la villa de Lady Clare avait été agitée. Un médecin appelé d'urgence avait extrait la balle fichée dans son épaule. Un pouce plus bas et c'en aurait été fait de lui, avait expliqué le praticien en lui torturant les chairs. Puis la fièvre s'était mise de la partie. La seule bonne nouvelle dans son malheur, c'était que la veuve Fitzmartin avait ordonné à Violet et à Candice de le veiller à tour de rôle. Au moins, les beaux visages penchés sur lui l'avaient plus rasséréné que la face aplatie et chafouine du docteur. S'il avait été en état, il aurait largement profité des atouts des demoiselles, mais il n'avait pas le cœur à la galipette.

Après une deuxième nuit réparatrice, Riley avait repris la route, sans grand espoir de retrouver les fuyards. Il n'avait même aucune idée de la direction qu'ils avaient empruntée. C'était comme chercher une aiguille dans une meule de foin. N'ayant plus rien à faire dans l'East Anglia, il avait choisi de retourner à Londres. Et c'était la raison pour laquelle il patientait maintenant, assis sur un banc de bois du quai de la gare de Norwich.

Sous l'œil étonné de quelques voyageurs, l'Assommeur secoua rudement et pour la énième fois l'appareil de communication remis par Lambton, allant même jusqu'à le cogner deux ou trois fois contre son siège pour essayer de l'activer. La machine s'allumait, il entendait un son grésillant, une série de bips, une sonnerie longue et soutenue... et rien de plus. Aucune réponse à l'autre bout.

Pendant le trajet Norwich-Londres, il essaya à plusieurs reprises de faire fonctionner la maudite invention, sans y parvenir, ce qui ajouta à sa rogne d'avoir été ridiculisé par les Gipsies et par Edmund Wood. Il se jura que si un jour l'un d'eux tombait entre ses pattes, il ne survivrait pas à cette rencontre, même si Lambton lui ordonnait de ne pas les toucher ou si Lady Clare s'interposait.

Une fois arrivé à Londres, Riley constata que l'appareil ne s'allumait plus du tout. De rage, il le jeta de toutes ses forces sur le pavé où le bidule se fracassa. Saisis, des voyageurs s'écartèrent de lui, affichant un air réprobateur.

Puis, en râlant et en agitant son boudin de sable sous le nez des passants qui s'écartaient, effrayés autant par sa mine que par son arme, l'homme traversa Londres à grandes enjambées, se dirigeant vers l'île aux Chiens.

Une odeur de bois brûlé envahit ses narines avant même qu'il ne soit à portée de vue de l'antre de la Confrérie. Un pressentiment le poussa à courir vers le dernier bâtiment donnant sur la Tamise. Il s'arrêta net en découvrant le monceau de ruines calcinées que la pluie des derniers jours avait transformées en boue noire et collante.

Riley resta planté là de longues minutes, les bras ballants, à se demander ce qui s'était passé. Il chercha des ouvriers à interroger, puis, se souvenant que c'était dimanche, il comprit que personne ne pourrait l'éclairer. Il tourna les talons.

Son étape suivante fut l'entrepôt de Waterloo. Mais il n'eut guère plus de chance. Tout était fermé. Les caisses de bois dont il s'était servi pour entrer frauduleusement dans le hangar deux mois plus tôt étaient toujours là, appuyées contre le mur, sous le vasistas. Il les escalada pour jeter un coup d'œil par la fenêtre sale. Il n'y avait plus rien à l'intérieur. Éberlué, il redescendit de son perchoir.

Lambton avait formellement interdit aux détrousseurs de se rendre à sa boutique-atelier sans y être convoqués, mais, nécessité faisant loi, le *garotter* n'avait plus d'autre choix que de passer outre à cet ordre. Il retraversa le pont, en direction du Strand. Désormais, sa colère se teintait d'appréhension. Alors qu'il approchait de son but, il entendit une voix le héler. Il s'assura d'avoir son boudin bien en main avant de se diriger vers celui qui l'appelait. C'était Rory Bready, un Assommeur avec lequel il faisait parfois le coup de main.

– Riley, enfin t'voilà ! l'interpella l'homme en s'avançant vers lui.

– Qu'est-ce qui s'passe, ici ? répondit Riley, sur ses gardes.

– On aimerait bien l'savoir, figur'-toi ! L'chef a embarqué sur l'*Delfino* avec tout son barda, on sait pas où y est allé. Y a dit que tu nous trouv'rais, pis qu'la Confrérie était en sommeil. Ça commence à s'exciter dans les troupes. Y en a qui veul' prendr' l'contrôle...

Riley fit osciller son boudin de sable avec impatience. Il sentait bien que son confrère en filouterie avait autre chose à lui dire, mais qu'il tournait autour du pot. L'absence de Lambton n'était pas suffisante pour que ses hommes entrent en mutinerie ; il y avait plus.

– Crach' l'morceau ! ordonna-t-il à son vis-à-vis.

Rory Bready grimaça, puis se lança :

– Y a des rumeurs dans l'Confrérie. Y en a qui disent qu'l'*Delfino* a coulé dans l'mer du Nord. Une gross' tempêt' s'est l'vée dans les heur' qui ont suivi l'appareillage. Y aurait pas d'survivant.

Foster Riley resta coi. Il dévisagea son compère, cherchant à y trouver une trace de forfaiture ; il n'y lut que la plus parfaite crétinerie. Bready était trop bête pour inventer de tels boniments.

Si le navire était effectivement devenu le tombeau de Hawthorne Lambton, cela faisait de lui, Riley, le nouveau chef des Freux. Un poste qu'il convoitait, mais qu'il n'avait jamais rêvé d'obtenir de cette façon, sans avoir à se battre pour le gagner, même s'il le méritait, bien entendu. L'important désormais était de s'assurer que les commérages n'en étaient pas et que le *Delfino* et son propriétaire étaient bien en train de nourrir les araignées de mer. Sa deuxième tâche serait de se choisir un adjoint, autant que possible une sombre brute sans trop de cervelle qui ne convoiterait pas sa position. Tiens, Rory Bready pourquoi pas ? Enfin, Riley devrait réunir tous les Assommeurs et les Braillards pour leur faire comprendre qu'il prenait le commandement. Ça ne se ferait peut-être pas sans quelques grincements de dents ni coups fourrés, mais il se montrerait intraitable. Il devait agir sans tarder pour asseoir son autorité.

– Suis-moi ! dit-il à son compagnon.

– Où ça ?

– Tu l'verras bien, viens ! rétorqua Riley en se dirigeant vers la boutique-atelier située à moins de trois rues de là.

L'affichette tournée à *Closed* les renseigna. L'affaire était fermée. Riley grimpa les quelques marches vers l'appartement du dessus, pendant que Rory Bready, troublé, l'attendait au pied de l'escalier. Il activa le marteau de porte à de multiples reprises, sans réponse. Il cogna même de ses poings, sans plus de succès. Enfin, il se tourna vers son confrère.

– Réunion c'soir ! Au Old Court Pub. Assommeurs et Braillards. Seulement les chefs de gangs.

Bready hocha la tête et déguerpit à toutes jambes, pour porter la convocation aux Freux. De bouche à oreille, elle atteindrait tous les hommes et tous les gamins de la Confrérie de Londres en quelques heures. Elle rejoignit ainsi Cody Walder qui sévissait autour des résidences de Wembley, où il s'ennuyait ferme. Le Braillard fut heureux de l'appel qui apportait un peu de changement à sa vie de *snakeman* de banlieue des dernières semaines. Il se mit en route aussitôt pour rentrer à Londres, sautant dans un convoi de marchandises qui avait ralenti au franchissement d'un ponceau.

Sur l'*Elf*, les deux mousses couraient de bâbord à tribord, de la poupe à la proue pour exécuter les ordres du capitaine et même des marins. Ils n'étaient ni plus ni moins que des valets à qui l'on donnait les tâches les plus désagréables à effectuer : vider les seaux des latrines, récurer le pont, enrouler les cordages, repriser les voiles abîmées, s'assurer que le capitaine avait toujours une théière prête sur le réchaud, faire le service des repas, disposer des rebuts, bref, tous les travaux ingrats. Mais Toszkána et Mirko ne se plaignaient pas. Ils n'allaient pas passer leur vie à bord. Ce travail n'était pour eux qu'un moyen simple et gratuit d'accéder au continent.

– Tiens, moussaillon, port' ça à not' armateur ! lança un matelot.

Il tendait à Toszkána un plateau sur lequel étaient posés une miche de pain, une gamelle de haricots noirs et un quart de fer blanc rempli de bière.

Les deux Tsiganes avaient appris peu après leur départ que le propriétaire de l'*Elf* était à bord, grièvement blessé par la chute d'une caisse de bois lors de la dernière tempête que le navire avait essuyée en mer du Nord. Depuis, il soignait ses plaies et ses bosses à l'écart de tous.

La danseuse se hâta de satisfaire l'ordre du marin. Elle cogna à la porte de la cabine, au deuxième pont. Un grognement lui répondit.

– Dîner, *Sir*! déclara-t-elle en modifiant sa voix pour la rendre moins féminine.

– Laisse ça devant la porte et dégage! répondit l'homme enroué derrière le battant.

– À vos ordres, *Sir*!

Toszkána posa le plateau et s'éloigna, mais, sa curiosité étant la plus forte, elle resta dans la coursive à guetter celui qui le ramasserait. Elle en fut pour ses frais. Seule une main osseuse aux longs ongles se glissa dans l'ouverture et tira les vivres à l'intérieur.

À cette vue, la jeune fille frémit. Cette présence lui parut maléfique. En elle se mêlèrent peur et révulsion. Son enfance avait été bercée par la légende du balaur, ce serpent polycéphale aux ailes de chauve-souris des contes roumains, incarnation du mal, vivant généralement dans le point d'eau du village qu'il prenait sous sa coupe. Pourquoi ce mythe s'imposait-il si brusquement à son esprit? Elle courut se réfugier auprès de Mirko et lui raconta ses craintes.

– Ce sont les événements des derniers mois qui te tourneboulent l'esprit, se moqua gentiment son compagnon. Tu sais très bien que c'est un être tout ce qu'il y a d'humain qui est dans cette cabine. Le balaur est un mythe.

Ce soir-là, après avoir joué un nouvel air sur son violon, Toszkána s'endormit blottie contre Mirko qui assurait le premier tour de veille sur l'instrument. Vers minuit, la tranquillité de la navigation assoupit le jeune homme.

Ce furent des notes de musique qui le rappelèrent à sa surveillance, en sursaut. L'archet courait sur les cordes, seul, sans aucune intervention de qui que ce soit. Alertée à son tour, la danseuse ouvrit les yeux. À la lumière pâle de la lune, Mirko vit une main osseuse se retirer prestement dans l'ombre. Repoussant les couvertures humides dans lesquelles ils s'étaient enveloppés, il scruta la pénombre. Tout semblait calme. Deux marins tirant sur leur pipe devisaient, accoudés au bastingage. L'homme de quart était à son poste sur le gaillard d'avant, interrogeant des yeux les flots et le ciel, et veillant à la bonne route du bateau.

Mirko se persuada qu'il avait imaginé cette scène, sans doute à cause de la description farfelue que sa compagne avait faite de l'armateur blessé. Si le violon avait joué, c'était parce qu'en remuant dans son sommeil, Toszkána ou lui-même l'avait malencontreusement heurté, se dit-il. Il rassura la jeune fille et ils retournèrent se coucher. Mirko resta éveillé jusqu'à deux heures, moment où Toszkána prit son tour de garde du violon. Aucun autre événement ne vint troubler leur nuit ni la journée suivante.

La troisième nuit, vers minuit, encore une fois le violon se mit à jouer tout seul. Toszkána, qui assurait sa surveillance à ce moment-là, attrapa avec fermeté la main qui s'était approchée. L'homme, surpris, laissa échapper un cri. Mirko, qui ne dormait que d'un œil, bondit sur ses pieds. À la lumière de la lune, des étoiles et de la lampe-tempête que l'intrus agitait, ils reconnurent un des membres d'équipage.

– J'voulais juste j'ter un coup d'œil, se défendit-il.

– Tu voulais le voler, sale canaille !... gronda Mirko.

– Un si bel instrument... Qu'est-ce ça fait entr' des mains d'Gipsies ? ronchonna l'autre qui retrouvait son aplomb et les défiait avec orgueil. Vous l'avez sûr'ment volé, vous aussi ! Ça vaut un bon prix !

L'intention de l'homme était claire : il voulait le violon pour le revendre et réaliser un profit facile. Bousculant Mirko qui pesait bien trois fois moins que lui, le matelot referma la main sur le manche de l'instrument.

La dispute ayant attiré l'attention, tout l'équipage était maintenant réveillé et faisait cercle autour des trois protagonistes. Deux marins encouragèrent de la voix leur camarade à dépouiller ces damnés Gipsies.

– Ne touche pas au violon, il t'arrivera malheur ! l'avertit Toszkána.

En essayant de reprendre son bien, elle oublia de maquiller son timbre qui se révéla beaucoup plus aigu que celui d'un homme. Dans la cohue qui s'ensuivit, sa casquette s'envola, laissant apparaître sa longue crinière noire. Même si la pénombre recouvrait l'*Elf,* tous virent bien que le mousse était une fille. La surprise leur cloua le bec quelques instants. Puis les matelots se mirent à rire d'une façon lubrique ; certains lui lancèrent des mots salaces. Ce fut l'intervention du capitaine qui ramena tout le monde à l'ordre.

– En bas ! cria-t-il aux Tsiganes en désignant l'échelle qui menait au pont inférieur.

Sans protester, serrant son violon contre sa poitrine, Toszkána descendit la première. En passant devant la cabine de l'armateur, elle tressaillit. Il lui sembla avoir vu un œil au judas de la porte.

Le capitaine déverrouilla la petite pièce voisine, qui servait à entreposer du matériel de pêche et des voiles de rechange, et y enferma le jeune couple.

– D'main matin, nous accost'rons en Belgique ! D'ici là, j'veux pas vous voir sur l'pont... mamzelle ! jeta-t-il sur un ton à la fois railleur et furieux à Toszkána.

Elle opina de la tête. Le danger serait trop grand si elle passait outre à cet ordre, elle en avait conscience.

Pour sa part, Mirko bénit le sort qui avait voulu que l'identité de sa compagne ne soit découverte qu'à la veille de leur arrivée. Qui sait ce qui serait advenu si elle l'avait été avant ? Il n'osait en imaginer les scénarios probables.

La nuit se termina sans aucun autre incident, mais ni Mirko ni Toszkána ne fermèrent l'œil, guettant les bruits au-dessus de leur tête, mais surtout ceux dans la coursive.

Le lendemain, comme prévu, l'*Elf* jeta l'ancre dans le port d'Anvers. Les deux Tsiganes quittèrent le bord en toute hâte et sans même réclamer leurs soldes de moussaillons. Devant eux s'annonçaient quelques semaines de voyage. Ils devaient traverser plusieurs länder allemands, l'Autriche puis la Hongrie avant d'arriver finalement en Ardeal. Dans leur périple, l'aide des Fils du vent leur serait indispensable. Les nomades vivant dans ces contrées avaient l'habitude de se déplacer sur ce vaste territoire et en connaissaient les endroits sûrs, les raccourcis autant que les routes à éviter. Leur seul impératif : arriver à la tour sombre avant le vingtième anniversaire de Toszkána, en mai. Comme l'hiver était beaucoup plus rude dans ces pays d'Europe de l'Est qu'en Angleterre, ils s'étaient entendus pour demander asile au premier groupe de Tsiganes dont ils croiseraient le chemin, et pour ne reprendre la route qu'à la fin-mars quand les températures diurnes seraient plus clémentes.

28

ARDEAL, DERNIÈRE SEMAINE D'AVRIL 1851

Il ne neigeait plus, mais la température demeurait glaciale en Transylvanie. Depuis quarante-huit heures, Mirko et Toszkána étaient entrés dans l'inextricable sylve du pays au-delà des forêts. Ils cheminaient lentement, essayant de retrouver les antiques sentiers sur lesquels la végétation avait repris ses droits depuis longtemps.

Au début de leur périple, ils avaient trouvé des pistes d'animaux, ours ou cerfs, qui leur avaient permis de pénétrer profondément dans les sous-bois. Mais, depuis des heures, plus rien. À part le bruit de leurs pas sur des branches craquantes, il n'y avait aucun son, pas même celui d'un oiseau. Le moindre effleurement du vent ou de rameau bourgeonnant les faisait sursauter. Cette absence de vie était pesante, étouffante, angoissante. Elle influait même sur leur attitude. Ils avaient cessé de se parler, chacun s'enfermant dans ses pensées.

Sans s'être donné le mot, tous deux revivaient les événements des derniers jours, dans le village où ils s'étaient arrêtés. C'était celui où, depuis trois générations, le clan auquel appartenaient les Sinti s'était sédentarisé. La jeune fille y avait retrouvé quelques proches parents et amis.

Mais la joie des retrouvailles se teintait de la tristesse de la voir revenir seule d'Angleterre, sans son père, le célèbre Yoshka Sinti, la gloire des Fils du vent.

Quand, après avoir narré leurs péripéties et raconté comment le musicien avait perdu la vie, les jeunes gens avaient mentionné leur intention de rapporter le violon dans les ruines de la tour sombre, les objections avaient fusé.

– Voilà près de deux cents ans que le clan évite cette partie de la forêt, les avertit une vieille parente *drabengri*. Plus aucun chemin praticable n'y conduit. Vous allez vous perdre, tourner et tourner pendant des heures, des jours, des semaines, des mois, des années...

Mirko et Toszkána échangèrent de longs regards. Même si l'aïeule disait vrai, ils n'avaient guère le choix. Il fallait lever la malédiction qui pesait sur la tête de la jeune fille. Le temps pressait.

Au fil des ans, de nombreuses superstitions étaient venues se greffer aux faits avérés concernant les profondeurs d'Ardeal. La forêt était si dense qu'il n'était pas rare que des bûcherons *gadjé* s'y égarent, ce qui avait donné lieu à une multitude de légendes. Le soir à la veillée, autour du feu qui brûlait au centre du village, on murmurait que le sylphe noir s'en prenait à ceux qui venaient le défier aux environs de la tour sombre. Personne du clan ne s'y était risqué. Il n'y avait que les étrangers pour passer outre aux avertissements, car ils ne croyaient en rien. Mal leur en prenait : on ne les revoyait jamais.

– Si une *romani chay*[15] pousse l'audace jusqu'à troubler sa paix, il l'emportera comme il a pris Daria autrefois, poursuivit la *drabengri*, ce soir-là. Même celles d'entre nous, les femmes, qui pratiquent la médecine par les herbes et la divination par les plantes, ne vont plus si loin dans la forêt.

Elle se tut. Quelques secondes plus tard, fixant intensément Toszkána, elle reprit, la voix pleine de ressentiment :

---

15. Fille tsigane, en romani.

– Tu es une Sinti. Ton père a tout essayé pour détruire ce violon. Il a préféré nous priver du bonheur et de la prospérité que sa musique apportait à notre clan pour te sauver. Tu connais la malédiction qui frappe les femmes de ta famille...

– Justement, l'interrompit la jeune danseuse, il faut que cela cesse.

La *drabengri* la foudroya du regard, tandis que des murmures s'élevaient parmi les Tsiganes réunis autour d'eux.

– Comment oses-tu couper la parole à une sage ? s'indigna le fils aîné de cette dernière. La vie en Angleterre t'a-t-elle donc appris à ne plus respecter ni les traditions ni les anciens ?

Toszkána se mordit les lèvres, mais, le visage fier, elle continua de défier son entourage.

– Mirko a été visité par un *mulo*, poursuivit-elle en inspirant profondément pour se forcer au calme. L'âme du violon exige de retourner dans la forêt. Il faut lui obéir.

Un nouveau silence lui répondit. Les Tsiganes hochaient la tête, sans un mot. Tous avaient la même pensée. Si le *mulo* avait parlé, il fallait respecter sa volonté, à défaut de quoi on s'exposait aux pires anathèmes. Cette fois, ce ne serait plus une seule famille qui en souffrirait mais bien tout le village, voire tous les Fils du vent si le *mulo* laissait exploser sa fureur et sa toute-puissance.

Sans le dire ouvertement, plusieurs membres du clan, même au sein de sa parenté, commencèrent à regretter que l'unique descendante directe de Zoran Sinti soit revenue au village. Son entêtement ne pouvait leur apporter que quelque malheur.

– Je vous conduirai le plus loin possible dans la forêt, déclara enfin la *drabengri*. Mais je n'irai pas au-delà des sentiers qu'il est possible de fréquenter sans risque. Vous devrez trouver vous-mêmes le chemin de la tour sombre.

Mirko et Toszkána acceptèrent. Au petit matin, la vieille femme tint parole. S'enfonçant dans la brume qui montait de la terre humide et froide, ils parcoururent, dans le mutisme, la douzaine de kilomètres de sentiers praticables. Puis la *drabengri*, sans un au revoir ni un mot d'encouragement, tourna les talons.

– Elle croit que nous ne reviendrons jamais ! murmura Mirko en déchirant, à l'aide d'un coutelas qu'on lui avait remis au village, un rideau de lierre qui entravait leur progression.

– Elle a peut-être raison ! soupira Toszkána.

Depuis quarante-huit heures, ils ne pouvaient se fier qu'à leur instinct et aux connaissances ataviques transmises par leur peuple nomade pour avancer dans la direction qu'ils pensaient être celle de la tour en ruine.

En fin d'après-midi, ils venaient de s'installer sur un tapis d'aiguilles de pin pour se reposer lorsque, sans avertissement, le violon que la jeune fille avait posé près d'elle se mit à vibrer. Quelques notes stridentes retentirent quand l'archet commença à courir seul sur les cordes. Perplexes et inquiets, Mirko et Toszkána se redressèrent. Rien autour d'eux n'indiquait une quelconque modification de leur environnement. Le vent était tombé, rien ne bougeait, ni fougère ni insecte... Les notes continuèrent à s'élever.

Mirko se leva, tourna sur lui-même pour examiner les alentours. Le violon tentait sûrement de leur signaler un danger potentiel. Au deuxième tour, le jeune homme se figea, le regard fixé sur une forme indistincte qu'il discernait à peine dans la futaie de chênes.

– Là ! s'écria-t-il en pointant le doigt.

Toszkána bondit et s'approcha de lui. Se hissant sur la pointe des pieds, elle tenta de voir ce que son compagnon lui montrait entre les arbres.

– Nous sommes arrivés ! Je crois que c'est la tour sombre, murmura Mirko, comme s'il craignait, en parlant trop fort, d'alerter des créatures qu'il préférait ne pas rencontrer.

À cet instant, le violon cessa d'émettre son air stridulant, et l'archet retomba sur les aiguilles de pin. La jeune fille ramassa l'instrument et la baguette. Mirko se chargea de leurs maigres bagages contenant la nourriture qu'on leur avait offerte au village, et ils se remirent en route, zigzaguant entre les fûts imposants des chênes.

Après une quinzaine de minutes, les ruines de la tour noircie se dressèrent devant eux. Sur sa muraille couraient des sarments de vigne desséchés auxquels se mêlaient les premiers bourgeons des lierres. Tout autour, des racines affleurantes dessinaient des veines sombres sur le sol, soulevant les pierres d'un chemin envahi d'herbes folles. Un conifère poussait ses branches par une ouverture béante d'un mur à demi effondré. L'ensemble ainsi colonisé par la végétation était d'une beauté effrayante.

Un craquement fit se retourner les jeunes Tsiganes d'un bloc. Inquiets, ils tentèrent de voir au-delà de la sombre masse végétale qui les encerclait.

– Peut-être un animal, souffla Mirko.

Sa compagne ne répondit pas. Ils n'avaient pas rencontré âme qui vive depuis deux jours, et les environs ne bruissaient d'aucune activité. Sans se consulter, ils commencèrent à rassembler des sarments morts pour les disposer dans la tour effondrée au centre de laquelle Mirko dégagea un cercle suffisamment large pour ne pas risquer d'enflammer toute la forêt lorsqu'ils mettraient le feu aux branchages.

Ils en avaient largement discuté au cours de leur périple, la meilleure façon de rendre le violon à sa terre était de le brûler et d'en abandonner les cendres à l'intérieur de la tour qu'il n'aurait jamais dû quitter. Zoran Sinti avait commis une terrible erreur deux siècles plus tôt en emportant l'instrument au lieu de le détruire sur place. Il revenait à sa descendante, Toszkána, de réparer cette faute et de rendre la paix aux âmes de la famille de Daria.

– C'est le moment ! chuchota Mirko en jetant une dernière branche sur l'amas.

La jeune fille attrapa délicatement le violon entre ses mains, en prenant garde de ne pas en faire vibrer les cordes. Elle le déposa au milieu du bûcher, l'archet reposant à ses côtés.

– Lorsqu'un Tsigane s'en va, la tradition veut que sa famille brûle tout ce qui lui a appartenu, déclara-t-elle. Je respecte donc nos coutumes, père. Ce violon fut le tien, celui de mon grand-père et de nos aïeux avant toi, personne n'a voulu accomplir ce sacrifice, pour le plus grand malheur des femmes de notre famille, il est temps maintenant de mettre un terme à notre funeste destin. Que le feu purifie ces âmes !

Au moment où Mirko lançait un brandon enflammé sur le tas de bois, un hurlement lugubre déchira le silence. Les deux jeunes gens se rapprochèrent l'un de l'autre, terrifiés par ce cri qui n'avait rien d'humain. Tout à coup, une bogue brune et épineuse de châtaigne heurta l'épaule de Toszkána. Puis ce fut un déluge de fruits bruns et piquants qui déferla sur eux du haut de la tour. Ils coururent se réfugier, pour éviter d'être blessés, sous un gros chêne qui poussait à deux pas de là.

– Regarde ! s'exclama Mirko en indiquant le sommet des ruines.

Une forme filiforme, osseuse, s'y mouvait. Elle alimentait en bogues un appareil sur deux roues fait de bois foncé et de laiton, et ressemblant à un canon à balles.

– Le sylphe noir ! murmura Toszkána.

– Hum ! Cette silhouette m'est familière. Un sylphe n'a pas besoin d'une machine... Mais, non, je dois faire erreur, ce n'est pas possible..., réfléchit Mirko à voix haute.

Une goutte de pluie tomba sur le front de la petite danseuse, puis une autre. Cette fois, ce n'était plus des fruits durs dont le couple devait se méfier, mais bien d'une averse glacée dont l'eau devenue grésil crépitait sur eux en fines pointes acérées. Ils se jetèrent hors d'atteinte sous l'arche touffue d'une haie de buis qui n'avait pas été taillée depuis deux siècles. Ce faisant, ils dérangèrent une belette et ses petits au terrier. Le mammifère dévoila ses canines effilées, mais n'attaqua pas les intrus, se contentant de belotter en plongeant la tête la première dans son refuge.

– Des bogues de châtaignes, de la pluie, une belette..., énuméra Toszkána, les yeux agrandis de terreur. Ce sont les trois signes qui précédaient l'apparition du sylphe noir à Daria. Le monstre est de retour.

Tremblante, elle se blottit entre les bras de son compagnon, qui lui-même n'en menait pas tellement plus large qu'elle.

Sans répondre, car il ne savait comment rassurer son amie, Mirko jeta un coup d'œil en direction du bûcher. Le feu avait bien pris. La pluie n'était tombée que sur eux, et non sur le foyer qu'il avait dressé au cœur de la tour. D'ailleurs, l'averse était déjà terminée. Il n'était pas loin de croire lui aussi que la créature maléfique continuait de hanter le domaine.

Délaissant son abri avec prudence, le jeune homme se glissa jusqu'au feu. Les flammes s'étaient emparées du violon. Les cordes avaient déjà fondu ; les quatre chevilles d'os étaient en cendres ; le bois dur de la table et du fond se consumait lentement ; l'âme s'embrasa en se tordant, tandis que l'archet se contractait en grésillant. Encore quelques minutes et l'instrument cesserait d'exister.

Mirko se redressa, les mains sur les hanches, pour assister aux dernières minutes du violon magique. Constatant que plus rien ne la menaçait, Toszkána le rejoignit. Main dans la main, ils contemplèrent l'autodafé jusqu'au moment où ils furent convaincus que le violon ne se reconstituerait pas.

– Nous avons réussi ! murmura la Tsigane. Je n'arrive pas à le croire. N'y avait-il vraiment que cela à faire ?... Pourquoi mon père ne l'a-t-il pas compris ?

– Ton père a gardé ce violon bien plus longtemps que toi. Sa magie l'avait envoûté comme elle a charmé tous ceux qui l'ont eu en leur possession. Il ne pouvait plus s'en libérer, même au prix de ta vie... Toi seule pouvais mettre fin à la malédiction.

– Et le sylphe noir ? s'enquit-elle, dans un souffle à peine perceptible.

– Parti... Aucun doute que l'âme l'ait emporté au loin ! Viens, il est temps que nous retournions auprès des nôtres, pour vivre en paix à notre tour.

Mirko attira la jeune fille à lui, la prit dans ses bras et posa délicatement ses lèvres sur celles, fraîches et roses, de sa compagne.

Les deux jeunes gens s'éloignèrent de la tour sombre, se promettant de ne jamais revenir en ce lieu et de n'en dévoiler le chemin à quiconque.

Lorsqu'il fut assuré que les Tsiganes ne reviendraient pas sur leurs pas, un être mince, tout de noir vêtu, s'approcha du tas de cendres qu'ils avaient laissé derrière eux. Tombant à genoux, la créature éclata en sanglots, ses doigts plongés dans les résidus calcinés. Elle resta ainsi, recroquevillée, pendant de longues heures, jusqu'à la nuit tombée. Ses pleurs étaient ponctués de cris de désespoir et de haine. Puis les pelles qui lui servaient de mains se mirent fébrilement à ramasser les cendres, même s'il était impossible de distinguer celles du violon de celles des sarments brûlés. Les poussières tièdes glissèrent dans un sac qu'elle portait en bandoulière. Puis l'être se redressa et, d'une démarche abattue, quitta les abords de la tour sombre.

Au cœur de la nuit, des notes de musique réveillèrent l'être amaigri qui s'était assoupi dans une cabane effondrée dont il avait fait son refuge depuis plusieurs semaines. Située à moins d'une heure de marche du château abandonné, cette masure avait autrefois abrité Daria et sa famille. C'était la raison pour laquelle il l'avait choisie pour demeure dès son arrivée en Ardeal. De là, il pouvait facilement surveiller la tour et surtout les allées et venues dans cette partie de la forêt. Pendant des mois, personne ne s'en était approché, jusqu'à cette fin d'après-midi où les deux Gipsies avaient surgi, le prenant de court, alors qu'il revenait de sa collecte journalière de baies et de champignons qui constituaient l'essentiel de ses repas.

Hawthorne Lambton était dans un piteux état. Vêtu de haillons, il n'avait plus rien de l'artisan distingué qui arpentait les rues londoniennes quelques mois plus tôt. Sa minceur naturelle était devenue maigreur ; il n'avait plus que la peau sur les os.

Par miracle, il avait survécu à la tempête ayant coulé le *Delfino* en mer du Nord. Tous les membres d'équipage qui s'étaient attachés pour surmonter la tempête avaient péri noyés, empêtrés dans leurs harnais. Les survivants avaient dû se débarrasser de la majeure partie de la cargaison pour passer en mode submersible. L'habileté du capitaine et le travail opiniâtre d'un unique matelot avaient permis de ramener le bâtiment jusqu'au port de Felixstowe. Le vaisseau était en effet capable de naviguer sur les flots, dans les airs, mais aussi sous la mer, ce qui avait sauvé la vie de l'horloger.

Quelle n'avait pas été sa surprise d'apercevoir Mirko Saster et Toszkána Sinti, alors que son navire n'était à quai que depuis quelques jours pour recruter un nouvel équipage. Aussitôt, Lambton avait ordonné à son matelot de les lui envoyer quand il avait appris qu'ils cherchaient un embarquement pour le continent. Ce marin qui distribuait des tasses de thé brûlant sur le port les avait dirigés vers l'*Elf*, mieux connu sous le nom de *Delfino*. Le navire avait perdu quelques-unes de ses lettres de cuivre dans la tempête.

Après l'appareillage de Felixstowe, prétextant une blessure, Lambton s'était terré dans sa cabine pour éviter d'être vu par les deux Gipsies. Son plan était si simple qu'il ne pouvait que réussir : s'emparer du violon et jeter les deux mousses par-dessus bord, en pleine mer. Ni vu ni connu ! Mais le damné instrument en avait décidé autrement. Il s'était mis à jouer dès que l'homme s'en était approché. Ne réussissant pas à le dérober lui-même la première fois, il avait ordonné à un matelot de faire une seconde tentative. En vain.

Dès lors, il avait dû revoir son plan. Grâce à ses insectes espions, il avait surpris certaines conversations des Gipsies et avait ainsi pu prendre connaissance de leur destination et de leurs intentions.

Protégés par d'autres Tsiganes pendant la partie terrestre de leur voyage, les deux jeunes seraient inaccessibles. Lambton avait donc choisi de les devancer en Ardeal. Il était hors de question qu'il les laisse détruire ce violon. Il lui appartenait.

Pendant que les nomades sans le sou devaient compter sur l'aide des Fils du vent, lui, qui en avait les moyens, avait voyagé en première classe dans un train qui lui avait fait traverser l'Europe en tout confort.

Une fois arrivé en Transylvanie, grâce à ses insectes mécaniques, seules inventions rescapées du naufrage du *Delfino*, il lui avait été aisé de repérer à la fois l'ancienne cabane des bûcherons et la tour du vieux château. Il ne lui restait plus qu'à s'embusquer et à attendre.

Les notes de musique emplirent l'ancienne chambre de Daria qu'il s'était octroyée. De chambre, elle n'avait plus que le nom. C'était une pièce ouverte aux quatre vents ; son toit s'était effondré et ses pans de bois étaient rongés par les insectes. N'avait résisté au passage des ans que le mur de pierre où se dressait la cheminée, mais il était tapissé de lierre et de végétaux parasites. Un arbre avait pris racine en plein centre de la cabane et étendait radicelles et branches dans toutes les directions. Mais Lambton ne voyait rien de tout cela. Le violon seul occupait ses pensées, en chassant toute idée un tant soit peu censée. Son obsession l'avait conduit à la folie. Serrant contre lui le sac contenant les cendres du violon, il s'était assoupi.

Les notes de musique qu'il entendit cette nuit-là ne furent qu'hallucinations. Rien ne vint briser le silence profond de la forêt.

ÉPILOGUE

VINGT ANS PLUS TARD

Depuis plusieurs minutes, le moteur d'une automobile retentissait au fond de la vallée. Puis le bruit de ses roues sur les pavés à l'entrée du village se précisa. Adossées aux arbres qui bordaient la place publique, Daria et ses amies tressaient des paniers avec l'osier que les garçons du hameau avaient coupé au printemps précédent.

Les filles du clan levèrent les yeux lorsque le cabriolet automobile passa devant elles. L'homme au volant fixait la route cahoteuse avec attention. De son casque argenté s'échappaient des boucles châtain clair qui caressaient sa nuque. Des lunettes rondes cerclées de métal vert protégeaient ses yeux de la poussière soulevée par les roues. Derrière lui flottait au vent le foulard de soie rouge et or qu'il avait négligemment noué autour de son cou.

À son passage, Daria sentit son cœur faire un bond dans sa poitrine. La vision de l'étranger fut fugace, mais elle se grava sur ses rétines et dans ses pensées. Sa beauté et sa prestance lui avaient coupé le souffle. Des yeux, elle accompagna le cabriolet jusqu'au bout de la route qui se perdait, à deux cents mètres de là, dans la profonde forêt d'Ardeal.

La tête ailleurs, la jeune Tsigane eut beaucoup de difficultés à se concentrer sur sa tâche. En temps normal, elle pouvait tresser deux petits paniers en six heures, mais, cette journée-là, elle n'en fit qu'un... mal monté, à l'osier lâche. Un vrai gâchis.

Incapable de continuer son travail, elle abandonna ses amies et courut jusque chez elle.

– Je vais ramasser des champignons, jeta-t-elle à son père qui était en train de fendre du bois dans le jardin.

Mirko leva la tête et sourit à sa fille.

– Ne va pas au-delà de la clairière habituelle, l'avertit sa mère Toszkána, qui s'affairait à étendre du linge fraîchement lavé sur la corde.

– Bien sûr ! répondit Daria en se précipitant hors de la maison.

Aussitôt, elle suivit en courant le chemin qu'avait emprunté le cabriolet. Lorsqu'elle arriva à la clairière, elle dut se rendre à l'évidence : la voiture était entrée plus profondément dans les bois. Il lui était interdit d'aller plus loin. De terribles légendes entouraient ces bois que les vieux du village se plaisaient à raconter pour mettre en garde les plus jeunes. Si Daria était persuadée que leurs histoires étaient parfois exagérées, elle avait cependant assez de respect pour les anciens pour savoir qu'ils ne mentaient pas. Quelque chose de mauvais vivait dans l'obscurité de la sylve et mieux valait ne pas le provoquer. Deux filles et un garçon téméraires avaient disparu, cinq ans plus tôt. La *drabengri* était formelle : une malédiction frappait cette partie de la forêt.

En soupirant, Daria récolta cèpes et girolles, puis revint au village. Elle avait le cœur lourd de ne pas avoir revu le jeune homme conduisant la splendide voiture qui avait traversé le village un peu plus tôt. Elle espérait qu'il ne lui arriverait rien de mal. Il devait être étranger, car aucun Fils du vent n'aurait eu la témérité d'entrer si loin dans la forêt.

Trois jours de suite, l'automobile traversa le village, attirant les regards, mais surtout emportant chaque fois un peu plus le cœur de la jeune Daria.

Le troisième jour, elle se posta dans la clairière qu'on lui avait interdit de dépasser et attendit le mystérieux étranger. Le bruit caractéristique du moteur lui parvint enfin. Elle vit le cabriolet se faufiler avec lenteur dans un sentier dont elle n'avait jamais soupçonné l'existence, tant la végétation y était dense. Elle hésita.

« Oh et puis après tout, voilà trois jours qu'il va et vient dans les bois et rien de mal ne lui est arrivé, songea-t-elle. Je peux bien l'y suivre un peu. Que peut-il donc y faire ? Est-ce un chasseur ou un explorateur ? »

Peu à peu, elle constata que les lierres, les fougères, les branches s'écartaient sur son passage. Son cœur battait la chamade. En elle, l'excitation de l'aventure se mêlait à celle de transgresser les ordres de ses parents. Le temps filait, mais Daria ne se rendait plus compte des heures qui s'écoulaient. La nuit succéda au jour, puis le jour à la nuit. Elle ne ressentait ni faim ni fatigue. La voiture traçait un chemin dans la profondeur des bois, ralentissant parfois pour qu'elle ne la perde pas de vue.

Et puis, tout à coup, elle la découvrit, droit devant elle, une tour en ruine envahie par une inextricable végétation. Le cabriolet avait disparu, mais au sommet de la tour le foulard de soie rouge et or s'agitait. Ce ne fut qu'à cet instant que la peur s'insinua dans les veines de la jeune Tsigane. Elle ne savait pas où elle était. En tournant sur elle-même, elle constata que le sentier qui l'avait conduite jusque-là n'était plus visible ; la végétation s'était refermée sur ses pas. Les battements de son cœur s'accélérèrent. Elle eut l'impression que c'était désormais le seul bruit ambiant. La panique menaçait. Son pouls s'emballa.

Soudain, un air de violon emplit le silence. Des trilles et des harmoniques, vibrato et glissando, portato et tremolo, en nuances forte et fortissimo que le vent portait jusqu'à elle. Daria se força au calme. Elle s'approcha d'une brèche dans un mur donnant accès à la tour. Ses pieds menus écrasaient à peine les fougères et les broussailles qui en meublaient l'intérieur. Était-ce le jeune homme qu'elle avait suivi qui jouait si bien ?

Elle se figea brusquement. D'énormes pierres formaient un amas sous lequel il lui sembla discerner les ossements blanchis par le temps d'une main humaine. Avalant sa salive, elle reprit sa progression, puis s'accroupit pour mieux voir. Effectivement, il s'agissait bien d'os. Maîtrisant sa crainte et poussée par la curiosité, Daria s'employa à déblayer l'éboulis. Peu à peu, un squelette lui apparut. Des lambeaux de vêtements pourris subsistaient autour des jambes et des bras, mais le corps avait été consciencieusement nettoyé par les vers et les insectes. Un éclat brillant attira son attention. Parmi les décombres scintillaient de petits insectes mécaniques rouillés. Dans la paume de sa main, elle recueillit une libellule,

deux papillons et une minuscule coccinelle au métal habilement ciselé. La jeune fille était si absorbée par sa découverte
qu'elle en oublia celui qui l'avait attirée dans ce lieu. Ce ne fut
que lorsque la musique reprit qu'elle fut tirée de son état
second.

Elle se détourna du cadavre pour examiner l'intérieur de
la tour. Elle repéra vite un cercle libre de toute végétation et,
en son centre, un tas de cendres sur lequel reposait un très
beau violon. Lorsqu'elle avança la main, la mélodie cessa. Avec
prudence, Daria se saisit de l'instrument et de la baguette.
C'étaient de magnifiques objets. Oubliant tout, elle fit courir
l'archet sur les cordes, faisant vibrer l'âme du violon.

FIN

Pour écrire à l'auteure :
cpdevailly@gmail.com

Site Internet :
http://corinnedevailly.fr.gd

Ou sur Facebook :
https://www.facebook.com/CorinneDeVailly.Auteure

Suivez-nous sur le Web

RECTOVERSO-EDITEUR.COM

FACEBOOK.COM/EDITIONSRECTOVERSO

MARQUIS

Québec, Canada

Achevé d'imprimer au Canada